RAINER W. GRIMM wurde 1964 in Gelsenkirchen / Nordrhein-Westfalen, als zweiter Sohn, in eine Bergmannsfamilie geboren und lebt auch heute noch mit seiner Familie und seinen beiden Katzen im längst wieder ergrünten Ruhrgebiet. Erst mit fünfunddreißig Jahren, bedingt durch eine Rückenerkrankung, entdeckte der gelernte Handwerker seine Liebe zur Schriftstellerei. Als unabhängiger Autor veröffentlicht er seitdem seine historischen Geschichten und Romane, die meist von den Wikingern erzählen.

Rainer W. Grimm

Jarlsblut - Saga

Der erste Band

Historischer Roman

Bibliografische Information Der Deutschen Bibliothek:
*Die Deutsche Bibliothek verzeichnet diese Publikation in der
Deutschen Nationalbibliografie; detaillierte bibliografische Daten
sind im Internet über* http://dnb.ddb.de *abrufbar.*

Alle Rechte liegen beim Autor
© 2016 Rainer W. Grimm
www.rwgrimm.jimdo.com

Herstellung und Verlag:
BoD - Books on Demand, Norderstedt
Covergestaltung: Siglinde Lítilvölva
Layout: RWG
ISBN: 978-3-7431-1595-8

Inhaltsverzeichnis

1. Die Burg der Wölfe 7
2. Die Flucht in den Norden 17
3. Des Thorsteins Rache 36
4. Das Schwert 51
5. Gesippenhass 75
6. Das Urteil 93
7. Der Racheschwur 109
8. Ein neues Heim 125

9. VON EINER ENTFÜHRUNG 145

10. DER KAMPF IN SØRHAMNA 161

11. VON EINEM NEUEN JARL
    UND EINER HOCHZEIT 176

12. EINE BÖSE ÜBERRASCHUNG 192

13. JARL EINAR 210

14. DER KÖNIG DES TRØNDELAG 224

15. EINARS STREICH
    GEGEN ASBJÖRN 238

1. Die Burg der Wölfe

Auf dem flachen Kamm einer Anhöhe, zu dessen Füßen sich der Fluss Lipsia[1] schlängelte, erblickte man über den Kronen der Bäume die Palisaden der Burg Wulfshöhe. Ein Kastell, drohend, stark und mit festen, steinernen Fundamenten seit mehr als hundert Wintern den anrückenden Heeren trotzend. Das alte Bollwerk hatte bisher jedem Angriff standgehalten, hatte in der Zeit, in der Karl der Franke das Land der Sachsen mit Krieg überzog, dem Gaugrafen Wulfbart und seinen Kriegern einen sicheren Rückzugsort geboten. Und so fühlten sich die Bewohner auch jetzt hinter den Mauern und Palisaden gut geschützt, denn es hatte in der Vergangenheit kein Feind die Wulfshöhe erstürmen können.

Die meisten Grafen des Sachsenlandes, die der Engern, der Nordalbinger, der West- und Ostfalen, hatten ihre Macht im Jahr 785 n. Chr. verloren und sich dem König der Franken nach aufreibenden Kämpfen unterworfen. Herzog Widukind und die anderen Stammesführer hatten vor Karl ihr Haupt geneigt, die Taufe empfangen, um Vasallen des Franken zu werden.

Dies geschah vor zwanzig Wintern und machte aus dem heidnischen Sachsenland einen Teil des christlichen Reiches der Franken. Doch war der Widerstand der asentreuen Sachsen nie ganz erstarrt.

Seit der König vor vielen Wintern, aus dem Frankenland kommend, mit seinem Heer und seinen Priestern nach Norden und Osten vordrang, war das Land der Sachsenstämme mit dem Schwert und dem Blutzoll

---

[1] Lipsia, Lupsia - Lippe

tausender Göttertreuer zum Glauben an den neuen Gott bekehrt worden. Und aus dem König der Franken war im Jahr 800 n. Chr. der Kaiser Karl der Große geworden. Nun saß Karl aber in seiner Pfalz in Aachen und es schien, als sei für ihn das Werk der Bekehrung vollbracht. Um die wenigen Heiden, die es noch gab, würden sich seine Herzöge und Grafen schon kümmern. Der Krieg gegen die Sachsen war für ihn längst Vergangenheit, der große Franke Carolus Magnus war alt, und das Sachsenland war christlich geworden. Durch den Zuzug fränkischer Siedler und der Verschleppung vieler Sachsen ins Frankenreich war der Widerstand merklich abgeebbt. Klöster und Abteien gab es nun zur Genüge, und der Sachsenherzog sowie seine Grafen und Bischöfe, seine Vögte und Stadthersen, sorgten dafür, dass die wenigen Heiden sich still verhielten.

Rabenschwarz war die Nacht, und der Himmel über der kleinen Trutzburg war von düsteren Wolken gänzlich verhangen. Der Donnergott Donar, Sohn des einäugigen Göttervaters Wodan, ließ seinen mächtigen Hammer kreisen, und begleitet vom dunklen Grollen seiner Schläge fuhren grelle Blitze aus dem Himmel nieder. Der Regen prasselte seit Tagen auf die Dächer herab, obwohl es eigentlich die Zeit des Jahres war, in der die Sonne heiß auf das Land niederschien.
Die Priester schrieben das Jahr 806 n. Chr., und der Tod des Grafen Wulfbart, hatte dessen Sohn zwei Winter zuvor zum Herren über die Wulfshöhe gemacht. Und dieser junge, sächsische Gaugraf Wulfram leistete der Bekehrungswut der Christen, so wie es sein Vater tat, Widerstand und weigerte sich, ein Anhänger des Herrn Christus zu werden.

Viele Monde hatte der junge Graf sich darauf vorbereitet, gegen die Schergen der christlichen Grafen zu kämpfen,

hatte Tag für Tag gesehen, wie Menschen aus den brandgeschatzten Dörfern auf seine Burg kamen. Doch das feindliche Heer hatte auf sich warten lassen.
Nun aber war die der Burg vorgelagerte Siedlung in Flammen aufgegangen, und die Bevölkerung suchte Schutz hinter den Mauern der Trutzburg Graf Wulframs. Auch aus den Dörfern und von den Höfen, die sich weit um die Burg in den Wäldern verstreuten, waren die Menschen in die Festung ihres Herrn geflohen. Sogar die Asentreuen[2] aus der nahen Siedlung Wesele[3], die zwischen den Christen lebten, waren gekommen, bevor die feindlichen Krieger die Stadt besetzt hatten und nach den Heiden suchten.
Diesmal war die Lage ernst!
Nein, sie war längst aussichtslos, denn seit Wochen belagerten die Feinde in großer Zahl die kleine Burg im Westen jenes Landes, das der Frankenkönig sich einst mit harter Hand einverleibt hatte.

Vom dichten Wald geschützt, der die Burg umgab und der bis an die Mauern heranreichte, glaubten die Asentreuen hier vor den Angreifern sicher zu sein. Die Macht der Bischöfe in den neugegründeten Bistümern von Mimigernaford[4] und Minda[5] aber war groß, und sie hatten sich, wie es schien, nun vorgenommen, die Versäumnisse Karls nachzuholen. Denn auch sie selbst konnten sich nicht erklären, warum man die Burg des heidnischen Grafen so lange verschont hatte. Wahrscheinlich war der alte Herr der Wulfshöhe für den Herzog nicht mehr als eine lästige Mücke gewesen, die er hätte zerdrücken können, wann immer es ihm beliebte, und somit schützte ihn wohl der

---

[2] Asen – Nordisches Göttergeschlecht
[3] Wesele - Wesel
[4] Mimigernaford - Münster
[5] Minda - Minden

Hochmut des Herzogs Ekbert[6]. Dies glaubten die Kirchenherren jedenfalls.

Nun, nachdem Wulfram der Graf geworden war, hatte der Herzog in Osnabruggi[7] geglaubt, der junge Graf würde sich von ganz allein dem Christentum zuwenden.

Doch jetzt gab es einen unter den Gaugrafen, der sich bei den Bischöfen Liebkind machen wollte, und der sich aus Habgier gegen den abtrünnigen Wulfram stellte.

„Gott zum Gruße, Graf Dittmar. Du hast mich rufen lassen", sprach der Mann in der Kutte eines Priesters. Der Angesprochene hob seine Hand und winkte den Mann heran. „Komm näher, Ulfeus", verlangte der Graf, der auf einem mit dicken Fellen gepolsterten Stuhl an dem großen Tisch nahe dem Kamin saß und sich die Keule eines Kaninchens schmecken ließ. „Nimm Platz und iss etwas, Priester. Weerta, lass einen Teller und einen Becher bringen für unseren Gast." Die Gemahlin des Grafen wandte sich um und klatschte in ihre Hände, woraufhin sofort eine Sklavin herbeigeeilt kam.

Der Priester folgte der Aufforderung des fränkischen Edelmannes und nahm dankend Platz. „Ich glaube nicht, dass du mich hergerufen hast, um mit mir ein Mahl einzunehmen", lächelte der Priester seinen Gastgeber freundlich an. „Was kann ich also für dich tun?"

Beherzt griff er auf den Teller, der reichlich mit den Teilen des gebratenen Tieres gefüllt vor ihm stand, und ließ es sich schmecken.

„Ich wusste immer, dass du kein dummer Mann bist, Ulfeus", lächelte der Graf. „Ja, du hast natürlich recht, und

---

[6] Herzog Ekbert I. - Sachsengraf und Herzog zwischen Rhein und Weser, wahrscheinlich bis 825 n. Chr.
[7] Osnabruggi – Osnabrück in Westfalen

ich will auch gar nicht lang um den heißen Brei herumreden."

Er warf einen abgenagten Knochen auf den Tisch.

„Hatte Kaiser Karl nicht befohlen, dass alle Sachsen von ihren alten Göttern ablassen sollen, und dass das Opfern bei Todesstrafe verboten sei?"

Ulfeus nickte zustimmend, zog aber seine Stirn kraus, denn er war über die Gottesfurcht des Dittmar schon ein wenig erstaunt. Der Gaugraf von Halatram[8] war nicht unbedingt als eifriger Christenmensch bekannt.

„Ist es nicht an der Zeit, aus diesem Teufelsanbeter Wulfram endlich einen aufrechten Christen zu machen? Darum wirst du als mein Priester nach Mimigernaford gehen und bei Ludgerius[9] die Klage vorbringen, dass mein Nachbar immer noch dem Wodan opfert."

„Ich bin erstaunt, Graf Dittmar." Der Priester sah den Gauherrn streng an. „Verzeih meine Zweifel, aber seit wann bist du so besorgt um das Seelenheil deines Nachbarn? Ist es nicht eher die Hoffnung, dass Wulfram den Tod findet und du dir seinen Gau einverleiben kannst, die dich antreibt?"

Dittmar sah den Priester aus zusammengekniffenen Augen an und begann dann lauthals zu lachen.

„Ich kann dir nichts vormachen, Ulfeus. Du hast natürlich recht!" Er wandte sich seinem Weib zu, das der Unterhaltung kaum zu folgen schien und stattdessen ein Kaninchenteil nach dem anderen in sich hineinstopfte. An der Leibesfülle der Weerta sah man, dass sie meist großen Hunger hatte.

„Er lässt sich nichts vormachen, unser Priester. Ein schlauer Fuchs ist er!" Weerta nickte nur mit vollen Backen.

„Ohne einen Grund kann ich nicht in das Land meines Nachbarn einfallen. Dazu brauche ich die Hilfe der Kirche.

---

[8] Halatram – Haltern in Westfalen
[9] Ludgerius – 805 n. Chr. zum ersten Bischof von Münster ernannt

Wirst du mir behilflich sein, Priester? Der Bischof muss dafür sorgen, dass die anderen Grafen mir Krieger stellen. Nur in Gottes Namen ist es mir möglich, gegen die Burg des Wulfram vorzugehen!"

Er sah den Mann mit dem roten, zur Tonsur geschnittenen Haar ernst an. „Es wird dein Schaden nicht sein."

„Soso! Wie gedenkst du mir meine Hilfe denn zu vergüten, werter Graf?"

„Mir schwebt da etwas vor, mein Freund, das dir sicher gefallen wird. Scara, komm her!", rief der Graf der Sklavin zu, und das junge Weib trat an den Tisch. Sie war nicht älter als sechzehn Winter, hatte ein schönes Gesicht, braunes, gelocktes Haar, und sie war die Tochter eines Handwerkers aus der Siedlung. Ihr Vater hatte das Mädchen dem Grafen übereignet, um seine Steuerschulden zu begleichen. Dittmar ergriff den Saum ihres Kleides und hob dieses weit empor, sodass der Blick des Priesters auf ihre Scham fiel.

„Wie wäre es damit? Ich weiß doch, das du einer jungen Möse nicht abgeneigt bist, Priester." Grinsend sah der Graf den erröteten Gottesmann an. „Sie wird dein Lohn sein und du kannst Scara besteigen, wann immer dir danach ist!"

Der Graf fasste nach der Hand des Ulfeus und führte diese, gegen eine kurze, anfängliche Gegenwehr zwischen die Beine des jungen Weibes. „Sträube dich nicht, Priester!" Sofort wurde die Stirn des Mönches feucht und sein Gesicht begann rot zu glühen.

„Gut! Ich tue es", sprach der Priester, räusperte sich und musste schwer schlucken.

„Du kannst gehen." Dittmar ließ das Kleid der erschrockenen Sklavin los und diese verschwand eilig.

„Dann sind wir uns einig", grinste der Franke. „Aber denke daran, ich muss den Kriegszug anführen."

Zufrieden füllte der Graf dem Priester seinen Becher mit Wein, bevor er diesen entließ.

Schon am nächsten Tag erfuhr der Graf von der Abreise des Priesters Ulfeus, doch es vergingen fast zwei volle Monde, bevor dieser in die Siedlung zurückkehrte.
Und er brachte gute Kunde für den Gaugrafen.

*

Das Land des Stammes der Westfalen war, wie das der vielen anderen Stämme, bis hinauf in das Friesenland und weit nach Osten, bis in das Grenzgebiet zu den slawischen Stämmen der Wenden und Abodriten, der Liutizen und Pommeranen, längst unter dem Befehl des Frankenkaisers zu einem großen Reich verschmolzen.
So fest, wie es die Bischöfe gerne gesehen hätten, war der christliche Glaube jedoch nicht in den Köpfen der Bevölkerung im Westen des Reiches angekommen, denn es gab in den Gebieten der christlichen Bistümer starrköpfige Männer und Frauen, die immer noch zu dem Platz pilgerten, an dem einst der heilige Baum der Götter, Irminsul geheißen, gestanden hatte, und den, wie man sich erzählte, der Franke Karl mit eigenen Händen vor vielen Wintern gefällt haben sollte. Niemand wusste, ob dies wirklich der rechte Platz war, und nicht einmal die wenigen Priester und Goden kannten nun noch den wahren heiligen Ort, denn das Land hatte sich in der Zeit des langen Krieges verändert. Doch hierher kamen die Asentreuen des Sachsenlandes und hielten ihre geheimen Versammlungen ab, hier huldigten sie ihren Göttern und priesen die Kämpfer, die es wagten, sich gegen den Unterdrücker zu erheben. Hier erbaten sie das Heil des einäugigen Göttervaters, der begleitet von seinen zwei Wölfen durch die Menschenwelt streifte und die Götterwelt regierte. Seinem Sohn Donar, dem Donnergott, dem mächtigen Hammerschwinger, sowie dem Fruchtbarkeitsgott Ing, der Winterbringerin Hulda und der

Frühlingsbringerin Ostara, die Leben spendete. Und natürlich den anderen Göttern. Doch vor allem, von dem Stammesgott Saxnot erbaten sie ihr Heil.
Nun aber sollte es geschehen, dass die Asentreuen endgültig ausgemerzt würden. Die Landgier des Grafen Dittmar sollte dafür Sorge tragen, dass die Burg Wulfshöhe des Wulfram fallen würde. Dies wäre Beispiel und Warnung für die heidnischen Häuptlinge des Landes und der unchristliche Spuk in dem Gau, in dem viele Bewohner der Höfe und Dörfer immer noch an das Heil ihres weisen und mutigen Grafen sowie seines Weibes glaubten, und die im Gedenken an ihre Ahnen, den Glauben an die alten Götter der Asen und Vanen hochhielten und diesen ihre Opfer darbrachten, sicher ein Ende finden.

Ulfeus, der Priester aus Halatram, hatte ganze Arbeit geleistet, hatte sich zuerst nach Minda begeben und dort bei dem Bischof Erkanbert vorgesprochen. Diesem hatte er die grauslichsten Geschichten von dem asentreuen Gaugrafen aufgetischt, sodass dieser ihn mit einer Empfehlung versah und er sich auch in die angrenzenden Gaue begab, um dort die Priester dazu zu bewegen, ebenfalls bei den Bischöfen vorstellig zu werden. Viele der Priester hatten es selbst noch mit diesen abscheulichen Heiden zu tun, und so manches Mal fiel auch ein Kopf, doch Herr wurden sie dieser Plage nie so ganz, und so kam ihnen der Priester aus Halatram gerade recht.
Einige schlossen sich dem Ulfeus an, als dieser nach Mimigernaford ging, um bei Bischof Ludgerius die Vernichtung der Heiden einzufordern.
  „Ich wusste nicht, dass es so schlimm steht", sprach der Bischof, als er die Priester zur Audienz lud. „Und du sagst, es gibt einen Grafen, der sich offen zu den Heidengöttern

bekennt. Wie ist das möglich, wo der Kaiser doch allen Sachsen den Glaubenswechsel befahl?"

„Die Wege des Herrn sind unergründlich", antwortete Ulfeus demütig.

„Und nun verlangt ihr von mir, dass ich einen Krieg vom Zaun breche. Wegen eines abtrünnigen Grafen?", zeigte der Bischof wenig Bereitschaft gegen die Heiden vorzugehen.

„Ich hörte von keinem Befehl, ja nicht einmal von dem Wunsch des Kaisers oder des Heiligen Vaters in Rom, in dieser Angelegenheit etwas zu unternehmen."

Vom Kaiser, der in seiner Pfalz in Aachen residierte, gab es keinen Befehl, die Heiden in seinem Reich zu jagen, und ein Feldzug kostete Geld, also ließ man die wenigen Heiden im Untergrund gewähren. Hin und wieder drängte man einen zur Taufe oder schlug ihm zur Abschreckung den Kopf herunter, doch der Krieg gegen die Sachsen war längst beendet, und solange die Gaugrafen gehorsam ihre Abgaben zahlten, sollte es dabei bleiben.

Doch Ulfeus glaubte noch einen Trumpf zu besitzen und sprach: „Hier habe ich ein Schreiben für Euch."

Er trat vor und überreichte dem erstaunt dreinschauenden Bischof die Pergamentrolle mit dem Siegel Bischof Erkanberts. Ludgerius erbrach das Siegel, entrollte die Botschaft und begann interessiert zu lesen.

„Darf ich das Wort an Euch richten?", fragte Ulfeus demütig. „Unter vier Augen!"

Ludgerius winkte den Priester heran und dieser trat dicht vor den Stuhl des Bischofs.

„Eine Fehde zwischen zwei Gaugrafen würde sicher nicht die Aufmerksamkeit des Kaisers oder des Papstes erwecken. Mein Graf Dittmar wäre bereit, die Angelegenheit zu erledigen. Allerdings müsste er in diesem Fall von euch Waffenhilfe in Anspruch nehmen. Schickt ihm einige Truppen an die Lipsia, und er wird dafür sorgen, dass dieser

Wulfram ein treuer Diener Gottes wird oder zur Hölle fährt!"

Der Bischof kratzte sich nachdenklich an seiner auffallend krummen Nase. „Laut deines Schreibens ist Erkanbert von Minda bereit, Krieger nach Halatram zu senden. So will auch ich meine Grafen um Krieger bitten. Sage dies dem Dittmar und überbringe ihm meinen Segen!"

Und so kam es, dass die hohen Kirchenherren von den Grafen verlangten, dem ketzerischen Spuk ein Ende zu bereiten. Und diese schickten ihre Krieger in den Gau des Grafen Dittmar.

*

2. Die Flucht in den Norden

Die Kirchenherren wurden nun nicht müde, die Grafen zu drängen, dem verbliebenen, heidnischen Volk die Taufe angedeihen zu lassen oder sie endgültig auszumerzen.
Sich zu Christus bekennen oder sterben!
So lautete der Befehl der Bischöfe an ihre getreuen Gefolgsleute, die dem Grafen Dittmar in die Schlacht folgen sollten. Und so kam es, dass Höfe und Dörfer der als Heiden bekannten Häuptlinge in den westlichen Gauen den Lanzenreitern der Grafen zum Opfer fielen. So trugen die Flüchtenden die Botschaft der Überfälle an den einzigen Ort, der ihnen Schutz versprach, und von Graf Wulfram wussten sie, er würde nicht wanken. Dieser wunderte sich zwar über die Angriffe auf die Dörfer, doch seine Burg gab ihm Sicherheit. Er schwor standhaft zu bleiben, sammelte die Krieger und bekannte sich weiter offen zu den alten Göttern des Nordens.

Bald schon kamen die ersten Krieger nach Halatram, und auf einer Wiese am Ufer des Flusses erwuchs ein großes Lager. Einige der Grafen aus dem westlichen Sachsenland waren dem Wunsch ihrer Bischöfe zähneknirschend gefolgt und schickten ihre Abordnungen, die dem Dittmar bei dem Kampf zur Seite stehen sollten. So wuchs das Heer des fränkischen Grafen an jedem Tag ein wenig an.
Aber auch in Halatram gab es noch Asentreue, die sich vor dem fränkischen Herrn versteckten, und bald gelangte auch die Nachricht, dass sich ein Heer der Christen vor Halatram sammelte, an den Hof des Wulfram.
Sofort ließ der Graf in der Burg Wulfshöhe die Lager bis zum Bersten füllen. Vieh wurde in die Festung gebracht und

ein jeder Mann kümmerte sich um seine Waffen. Bündel mit Pfeilen wurden auf die Wehr geschafft, Speere mit ihren scharfgeschliffenen Spitzen an die Palisaden gelehnt und Körbe voll mit kopfgroßen Steinen herangeschleppt. Boten des Gaugrafen ritten von Hof zu Hof und forderten die Männer auf, sich dem Kampf ihres Herrn anzuschließen.

Es war ein schöner Tag im Sommer, als die Krieger der christlichen Gaugrafen unter dem Befehl des Grafen Dittmar von Halatram in das Gebiet um die Siedlung Wesele aufbrachen und in den Gau des Wulfram eindrangen, um den Kampf zu suchen. Auf einer großen Wiese ließ Dittmar das Feldlager errichten, und als es dunkel wurde, erhellte der Schein der Lagerfeuer weit sichtbar den Nachthimmel Die Nachricht von der Ankunft des Feindes zwang den heidnischen Grafen zum Handeln. Auch der Gaugraf Wulfram hatte seine Krieger gesammelt und trat dem anrückenden Heer mutig entgegen. Um die Feinde von seiner Burg fernzuhalten, marschierte er diesen entgegen und errichtete seinerseits sein Feldlager nicht weit des Feindes. Im Schatten eines schmalen, langgezogenen Waldgürtels, hinter dem sich erst eine grasbewachsene Senke und dann die Wiese mit dem Lager des Feindes befanden, schlugen sie ihre Zelte auf.
Einen Boten des Gaugrafen Dittmar, der Wulfram zu einer Zusammenkunft aufforderte, wies der asentreue Anführer zurück, und so trafen am nächsten Morgen die Heere in der kaum bewaldeten Tiefebene erstmals aufeinander und es kam zur ersten Schlacht.
Der Mut und die Entschlossenheit der heidnischen Krieger verlangten den Angreifern großen Respekt ab, und ließ die Kampfeslust der dem Gaugrafen Dittmar unterstellten fremden Krieger schnell sinken. Sie hatten geglaubt, den Feind zu überrennen, doch nun mussten sie erkennen, dass

dieser Feldzug keineswegs ein Spaziergang werden würde. Nach dem ersten Tag zogen sie sich wieder in ihr Lager zurück, leckten ihre Wunden und hofften darauf, in der Dunkelheit die gefallenen Krieger vom Schlachtfeld holen zu können.

Auch am zweiten Tag zogen die Heere wieder auf den Kampfplatz, und erneut entbrannte eine gnadenlose Schlacht, doch nun machte sich die Überzahl der Krieger des Gaugrafen Dittmar und der Bischöfe bemerkbar. Wulfram musste erkennen, dass er in einer offenen Feldschlacht bald unterliegen würde.

„Wir müssen fort von hier", sprach er zu seinen Hauptleuten, „denn hier werden wir den Kampf verlieren. Es sind zu viele, als dass wir ihnen in der offenen Schlacht lange standhalten können."

So entschloss er sich, die schützenden Wälle seiner Burg zu nutzen.

„Sie sind fort!", rief der Krieger, als er in das Zelt des Gaugrafen stürmte. Er war einer der Späher gewesen, die das Feldlager des Gaugrafen Wulfram im Auge behalten sollten und als er im Morgengrauen seinen Posten besetzte, hatte er es bemerkt. Die Stille war es, die ihn näher an das Lager des Feindes lockte, und so erkannte er, dass dieses verlassen war.

„Wer ist fort?", blaffte Dittmar den Mann an, der so früh am Morgen in sein Zelt getreten war. Auf einem breiten Bett, zwischen Kissen und Decken, lag der Gaugraf unbekleidet mit einer jungen Sklavin. „Los, verschwinde", befahl er dem Weib, und diese stieg aus dem Bett, hüllte ihre Nacktheit in eine Decke und verließ das Zelt.

„Und jetzt rede schon, Mann!"

„Die Feinde, Herr! Sie sind fort, bis auf den letzten Mann!"

Die Wut des fränkischen Gaugrafen war groß, denn auch er kannte seinen Vorteil in der offenen Schlacht und trauerte diesem nun nach.

„Dieser elende Feigling Wulfram hat sich in der Dunkelheit davongemacht wie ein altes Weib! Brecht sofort das Lager ab, wir folgen ihm!"

Es dauerte den ganzen Tag, das Feldlager abzubauen, denn im Gegensatz zu Wulfram, der sein Lager verlassen hatte, um schnell und ungesehen zu verschwinden, musste Dittmar seine Zelte mit sich nehmen, um im Schatten der Burg ein neues Feldlager zu errichten. So dauerte es bis in die Nacht hinein, ehe sich das Heer in Marsch setzten konnte.

Erst am frühen Morgen erreichten sie einen Ort, von dem aus sie, hoch oben auf einer Anhöhe zwischen den Kronen der Bäume, die Burg erblickten. Am Rande des Waldes ließ Dittmar das Lager errichten, und so verging ein weiterer Tag, bevor er mit seinen Kriegern durch den Wald, der Wulfshöhe entgegen marschieren und über die Siedlung zu Füßen der Burg herfallen konnte.

Nun standen die Horden des Dittmar und der anderen Grafen vor den Toren der letzten heidnischen Burg im Sachsenland, um auch den widerspenstigen Grafen Wulfram in die Knie zu zwingen. Es gab keinen Ausweg zur Flucht, denn vor dem Tor lag der Feind, und hinter der Burg fiel ein steiler Hang hinab in die Fluten des Flusses.

Kreischend war Walburga hochgefahren, als sie den Mann erblickte, der vor ihrem Schlaflager stand. Und auch Wulfram war erschrocken hochgefahren, dies aber eher wegen des schrillen Schreis seines Weibes.

„Herr, du solltest auf den Turm kommen."

Der Leibsklave des Wulfram war in die Kammer getreten, in der der Sachsengraf und seine Gemahlin auf der Bettstatt lagen und schliefen. Wulfram strich seinem Weib über den Arm.

„Beruhige dich, Walburga." Dann erhob er sich langsam.

„Was sagst du?"

„Es ist soweit! Der Feind naht!"

„Gut, ich komme! Wecke Thorstein und gebe Alarm", befahl der Graf, und der Leibsklave nickte. „Der Nordmann ist bereits auf dem Turm, Herr."

Wulfram erhob sich und begann sich anzukleiden, gürtete sein Wehrgehäng mit dem Schwert und verließ die Kammer. Als er die Leiter zum Wehrturm hinaufstieg, erkannte er im Dunkel der Nacht den hellen Schein vieler Feuer, die den Rand des Waldes in ein rotes Licht tauchten.

„Sie errichten ihr Lager", sprach Thorstein, als Wulfram neben den alten Nordmann trat.

„Glaubst du, sie werden angreifen?"

„Jetzt noch nicht! Vielleicht morgen, bei Sonnenaufgang, aber dieser fränkische Hundeschiss wird es wagen."

Abfällig spuckte Thorstein über die Wehr.

„Dann wollen wir bereit sein und ihn erwarten."

Wulfram rief seine Befehle aus und begab sich wieder in seine Kammer.

So wie es der graubärtige Thorstein erwartet hatte, begann der Angriff der Feinde in der Morgendämmerung. Jedoch gab es für die Angreifer nur einen Weg, den direkten auf das Tor mit den zwei Wehrtürmen zu. Der gewundene Pfad führte hinauf zur Burg und bot nur wenig Platz für die Angriffe eines anrückenden Heeres. Es gab aber nur diesen einen Weg, denn die Hänge der Anhöhe rings um die Burg waren steil und kaum zu erklimmen.

Der dumpfe Klang der Hörner erschallte, Befehle wurden gerufen, und bald sah man vom Turm aus, wie die Bogenschützen des Dittmar Stellung bezogen. Doch noch flog kein Pfeil, stattdessen näherte sich ein Mann auf einem weißen Pferd. Langsam ritt er den steilen Weg hinauf und zügelte sein Pferd.

„Graf Wulfram!", rief er laut, und es schien, als wisse er genau, dass der Gerufene ihn hörte. „Ich will gnädig sein und verspreche, dich und dein Weib zu schonen, wenn du mir jetzt deine Burg übergibst und mir schwörst, von hier fortzugehen!"

Da trat der Gerufene an die Palisade über dem Tor. „Du bist völlig von Sinnen, Dittmar! Nimm dein Heer und gehe, solange du dies noch kannst!"

„Gebt mir einen Bogen, ich werde diesen Scheißkerl zu seinem Gott schicken!" Der Nordmann war neben seinen Freund und Herrn getreten und sah grimmig auf den Reiter hinab.

„Im Namen der Bischöfe Ludgerius und Erkanbert befehle ich dir, gib auf und füge dich!", rief Dittmar hinauf.

„Es ist genug", begehrte Graf Wulfram auf. „Verschwinde von meinem Land oder stirb!"

„Du hast dich entschieden, Graf Wulfram, so sollen nun die Waffen sprechen!" Listig grinsend zog der Franke die Zügel an und ritt fort.

Soweit das Auge reichte erhellten die Fackeln und Feuer der Feinde den Fuß der dicht bewaldeten Anhöhe, auf der die Burg thronte. Bald würde es geschehen!
Noch in dieser Nacht würden die Gegner den Angriff wagen, und angesichts der Größe ihres Heeres würde es das Ende der Herrschaft des Gaugrafen Wulfram bedeuten.
Der Herr der Burg, der noch nicht einmal dreißig Winter erlebt hatte, stand hinter der Wehr des Burgfrieds und sah hinunter zu den Feuern, die zahlreich durch das Laub der Bäume schienen. Warmer, durchdringender Wind blies kräftig, spielte mit seinem langen, blonden Haar.

Besorgnis zeigte sich im Blick des Anführers dieses Stammes, als er von der Wehr hinab sah und argwöhnisch das Treiben der Belagerer erspähte. Er sah auch seine eigenen Krieger und die Menschen seines Volkes, die in der Burg vor den Angreifern Schutz gesucht hatten. Mit vereinten Kräften, ob Mann oder Weib, ob Kind oder Greis, schafften sie die Steine zu den Schleudern. Brachten das Pech in den großen Kesseln zum Kochen oder schärften die Schwerter und Äxte der Krieger.

„Mutig sind sie", sprach er leise und voller Hochachtung von seinem Gefolge.

„Und doch werden sie heute alle in die Halle der Götter einziehen!" Die dunkle Stimme ließ den Grafen herumfahren.

„Thorstein, alter Kämpfer", sprach Wulfram erfreut beim Anblick des alten Mannes, der aus dem Trøndelag[10] hoch im eisigen Norden stammte, und der, solange er denken konnte, zu seinem Gefolge zählte. Thorstein hatte schon dem Vater des Grafen treu gedient und einen großen Anteil an der Erziehung des jungen Wulfram gehabt. Schnell verfinsterte sich die Miene des Anführers wieder, denn zu ernst war die Lage, um jetzt in Erinnerungen zu schwelgen. Aber es gab ihm Sicherheit, den alten Trøndner an seiner Seite zu wissen. Bedrückt sah er den Graubärtigen an. „So wird es wohl sein, alter Freund! Ich frage mich dennoch, warum sie es plötzlich gewagt haben?"

Thorstein zog seine Schultern hoch. „Es scheint, als müssten die Horden dieses elenden Trollschisses Dittmar nun auf die Hilfe seiner Eisenreiter verzichten, oder willst du einen Ausfall wagen?"

„Nein, mein Freund! Sollen sie sich erst einmal an unserer Wehr das Mütchen kühlen", grinste Wulfram.

---

[10] Trøndelag – Gau im Westnorwegen

Da hallten die Kriegshörner der Feinde durch das Tal, und die ersten Brandgeschosse flogen über die Mauern der Wulfshöhe. Schnell entflammten die mit Stroh gedeckten Dächer der Hütten, und auch der Dachstuhl des Haupt- und Wohngebäudes der Burg hatte Feuer gefangen. Wer nicht zum Kämpfen taugte, lief nun mit Kübeln über den Burgplatz und versuchte die Brände zu löschen.
Schon hatten die ersten Feinde das große Tor der Burg erreicht. Doch der Pfeilregen, der nun auf sie hinabprasselte, ließ die Angreifer erst einmal zurückweichen.

„Es scheint mir, als wolle Dittmar einen Drachen entfesseln", lachte Wulfram bitter und sah auf die Flammen, die aus seinem Haus loderten.
Dann jedoch sammelte sich die Hauptmacht des zornig angreifenden Heeres vor den Mauern der Festung. Sturmleitern wurden angelegt, an denen die Krieger versuchten, die hölzerne Palisadenwehr auf den Mauern zu erklimmen. Kopfgroße Steine ließen die Verteidiger auf die Krieger des Feindes hinabregnen, und allzu wagemutige Kletterer stürzten in den Tod. Doch für einen der stürzte, traten zwei andere an die Sturmleitern, um die Mauern zu bezwingen.
Von ihren Hauptleuten angetrieben, stürmten die Krieger wieder und wieder die Leitern empor, und so gelang es vielen Angreifern, schon bald die Wehr zu bezwingen. Nun entbrannte auf den Wehrgängen der Burg des Wulfram ein gnadenloser Kampf. Schwerter und Äxte forderten das Blut der Kämpfer, und sie bekamen es zur Genüge.

Das heiße Pech, welches die Verteidiger über die Wehr und die Pechnase zwischen den Tortürmen auf die gegen das Tor anrennenden Krieger hinab schütteten, ließ die getroffenen Feinde erst einmal schreiend den Rückzug antreten. „Sie wollen Feuer? Also geben wir ihnen von ihrer eigenen

Medizin zu kosten!", rief Thorstein wütend über die Wehr hinunter. Doch bald waren die Vorräte der heißen, schwarzen Brühe aufgebraucht.

Zur gleichen Zeit, als die Mauern erstürmt wurden, barst auch das große Tor unter der Wucht eines gewaltigen Rammbockes, und die Kriegsknechte und Kämpfer unter dem Befehl des Gaugrafen Dittmar drängten in das Innere der Burg.

„Nun, Herr, so soll es wohl sein", sagte Thorstein und zog sein Schwert aus dem Wehrgehäng. „Hoffen wir, dass uns der Göttervater freudig in seinen Hallen empfängt!"

Der blonde Clanführer, der über die Wehr des Burgfriedes hinweg beobachtete, wie der Feind seine Burg erstürmte, wandte sich dem Nordmann zu. Freundschaftlich legte er ihm die Hand auf die Schulter, während sein Weib Walburga mit einem weinenden Kind auf dem Arm zu den Männern trat.

„Ich bitte dich, Thorstein, bringe den Knaben fort von hier! Fahre in den eisigen Norden und bringe meinen Sohn nach dem Land der Nordmänner. Dort wird er sicher sein!"

Entsetzt sah der raubeinige Krieger seinen Lehnsherrn an.

„Du verweigerst mir, wie schon dein Vater, den Heldentod an deiner Seite zu sterben, junger Wulfram?", fragte er böse.

„Stattdessen machst du mich zur Amme deines Kindes!" Der Zorn des Nordmannes war groß. Da trat Walburga vor den alten Krieger und legte ihm den Knaben in den Arm. Sofort erstarb das Weinen und Wimmern des Kindes. Mit flehendem Blick sah die Gemahlin des Wulfram den Alten an, und mit der Hand strich sich der Nordmann nervös durch seinen grauen Bart. Der Herr der Wulfshöhe, Graf Wulfram, begann zu grinsen. „Du siehst, mein alter Freund, er hat dich erwählt, ihn von hier fortzubringen!"

Thorstein sah auf das kleine Bündel in seinem Arm, und sein Zorn schmolz dahin. „Hm", grummelte er in seinen grauen Bart. „So soll es wohl geschehen!"

„Komm, Walburga", befahl der Burgherr, „es wird Zeit für euch zu gehen!"
Mit Entsetzen sah das Weib seinen Gatten an. „Ich gehe nicht fort von der Wulfshöhe", sprach sie trotzig. „Wenn es dem Göttervater so gefällt, werde ich hier und heute sterben! An der Seite meines Gemahls!"
„Du gehst mit Thorstein", befahl Wulfram streng. Da nahm Walburga das Gesicht ihres Gatten in ihre zarten Hände.
„Du kannst mir nicht befehlen zu gehen. Es ist mein Schicksal, an der Seite meines geliebten Gemahls zu kämpfen und zu sterben. Dahingeschlachtet von den Schergen unseres Feindes!" Voller Stolz und mit bebender Brust sprach sie die Worte. „Oh nein, mein Wulfram! Ich bleibe an deiner Seite!"
Der Graf sah sein Weib an, und eine Träne floss ihm über die Wange, dann nickte er. „Kommt!"
Der Gaugraf führte sein Weib und den Nordmann in die Halle seines Hauses bis hinter den Hochstuhl. „Komm, hilf mir", sprach er zu Thorstein und begann die hölzerne Verschalung der Wand zu entfernen. Nachdem mehrere Bretter entfernt waren, kam eine Tür zum Vorschein. Wulfram öffnete die eisenbeschlagene Pforte, und sie traten in einen Raum, den selbst Thorstein nicht kannte. „Dies ist mein Erbe, das ich meinem Sohn hinterlasse!", sprach Wulfram. Gold, Silber und Geschmeide lagen darin, doch Thorstein trat an einen großen, steinernen Tisch. Eingebettet in den kalten Stein lag dort ein Schwert. Die Waffe schien beim ersten Anblick nicht sehr kostbar zu sein, doch sie war von geschickten Handwerkerhänden aus fränkischem Stahl gut und fein gearbeitet.

Der alte Wikinger nahm die Waffe auf und zeigte sie dem Grafen. „Dies ist das Erbe deines Sohnes!"
Erstaunt sah Wulfram den alten Mann an, den er vom Tage seiner Geburt an kannte. „Dies alte Schwert?"
Er sah sich um. „Hier liegt ein Schatz und du verlangst für mein Kind nur ein altes Schwert?"
Der Thorstein musste sich doch sehr wundern. „Wie soll ich all die Schätze tragen, mein Freund?", fragte Thorstein mit vorwurfsvoller Stimme. „Doch dieses alte Schwert wird ihm die Kraft geben, dereinst den Schatz für sich zu gewinnen! Dein Vater entriss dieses Schwert vor vielen Wintern einem fränkischen König, und seitdem ist es in dem Besitz deiner Sippe. Es ist von bester Machart und so hart geschmiedet, dass ihm kaum eine andere Klinge standhalten kann. Es ist das Schwert eines Königs.", erklärte Thorstein ruhig. „Dein Vater aber hat bestimmt, dass es hier unten im kalten Gemäuer liegt. Gut behütet vor gierigen Händen, die es in ihren Besitz bringen wollen!"
Thorstein sah den Grafen mit versteinerter Miene an.

„Dieses Schwert besitzt wirklich große Macht. Es vermag dich und den Clan zu schützen. Jedoch anders, als du glaubst!"

„Wie sollte es das? Es ist nur ein Schwert, mein Freund. Ich bräuchte Tausende davon", schüttelte Wulfram seinen Kopf.

„Du kennst die wahre Geschichte nicht? Wulfbart hat sie dir nie erzählt? So groß also war seine Scham, dass er sie dir und niemandem sonst erzählte, dachte der alte Trøndner.

„Vielleicht wird es deines Sohnes Leben schützen, denn diese Klinge ist das Pfand, das den Clan der Wulfshöhe niemals untergehen lässt." Stolz sah der nordische Gefolgsmann seinen Gaugrafen an.

„Er wird durch das Schwert einmal Herr der Wulfshöhe werden", brummelte Thorstein leise in seinen Bart.

„Was sagst du?" Wulfram hatte die Worte des Alten nicht verstanden.

„Genug geredet", mischte sich Walburga ein. „Es ist Zeit zu gehen!" Sie nahm einen großen Beutel, der reichlich klimperte, als sie ihn an den Gürtel des Nordmannes band. Auf der gegenüberliegenden Seite befand sich hinter einem Vorhang, eine weitere Tür durch die sie den Raum verließen und ins Freie gelangten. Sie standen nun auf einem sehr schmalen Pfad, der steil den Hügel hinab führte, an der Seite der Burg, die dem Ufer des Flusses zugewandt war. Diesem folgten sie, bis zu einem hölzernen Steg, an dem ein kleines Schiff fest vertäut war. Sofort ging Thorstein mit dem Kind an Bord.

„Mein guter Freund, ich danke dir", sprach Wulfram mit Tränen in den Augen. „Mögen wir uns dereinst an des Göttervaters Tafel wiedersehen!" Dann reichte er dem alten Nordmann noch einmal seine Hand.

Der graubärtige Mann löste das Tau und setzte das kleine Segel. Langsam entfernte sich das Schiff vom Ufer, und lange noch vernahm der Alte das laute Schluchzen der Walburga in seinen Ohren.

Die Angriffe der feindlichen Nachbarn scheiterten an dem steilen Weg, an den Mauern und der hohen, hölzernen Palisadenwehr der Wulfshöhe, und so entschieden sie, den Wulfram und sein Gefolge nun auszuhungern, indem sie die Burg belagerten.

Nach mehr als drei vollen Monden war es dem christlichen Grafen immer noch nicht gelungen, die Burg des Wulfram zu nehmen. Und nach unzähligen gescheiterten Versuchen der Verteidiger, aus der Burg auszubrechen, waren die Korn- und Speisekammern schon bedenklich geleert. Doch noch waren die Krieger willens, sich gegen die zahlreichen Angreifer zur Wehr zu setzen. Zwar war Wulfram einer der

Grafen, der die Häuptlinge der Stämme seines Gaus hinter sich zu scharen wusste, die meisten von ihnen hatten ihrem Herrn ja den Treueschwur geleistet, doch der größer werdende Hunger und die Drohung, ihre Dörfer und Höfe in Flammen aufgehen zu lassen, ließ viele nun wanken.

*

Einige Tage war er dem großen Fluss folgend nach Norden gesegelt, in dem Wissen, dass er mit dieser Nussschale nicht über das Nordmeer segeln konnte, und so suchte Thorstein nach einer Stadt an der Küste. In einem Dorf im Friesenland fand er einen Schiffseigner, der nordischer Herkunft war und sich bereit zeigte, den Alten und das Kind in den Norden zu bringen. Der Beutel mit den Goldstücken, den die Walburga dem Thorstein gegeben hatte, sollte den nordländischen Seefahrer schnell überzeugen.
Doch waren seine Absichten wenig ehrenhaft, und so versuchte er den Thorstein auf offener See zu berauben. Die Wellen schlugen hoch gegen den Vordersteven des Schiffes, und sie hatten sicher die Hälfte der Strecke hinter sich gelassen, da traten der Schiffsführer, sein Steuermann und ein weiterer Krieger an den grauhaarigen Alten heran. Mit grimmigem Blick sprach er: „Vielleicht sollten wir den Preis für die Überfahrt noch einmal neu verhandeln!"

„Das denke ich nicht", erwiderte Thorstein und hatte bereits seine Hand an den Schaft der Axt gelegt, die neben ihm an der Bordwand lehnte. Dies schien die drei Männer jedoch nicht zu beunruhigen, denn in seinem linken Arm hielt der Alte schließlich das Kind.

„Ich will dein Geld! Alles! Oder wir werfen dich und den Balg in die See", drohte einer der Kerle grinsend. Thorstein, der alte Trøndner, wusste genau, was geschehen würde. Es war völlig egal, ob er ihnen den Beutel übergab oder nicht, man würde ihn über Bord befördern.

So war die Entscheidung, was zu tun war, schnell gefallen! Die Finger des Alten schlossen sich um das Holz des Schaftes, und die Axt wirbelte empor, direkt dem Kerl, der Thorstein am nächsten stand, zwischen die Beine. Dieser schrie auf und fiel zur Seite, wand sich schreiend auf den Planken des Schiffes. Und während die Augen des Schiffsführers und seines Gefährten auf dem gepeinigten Kerl lagen, sprang Thorstein auf. Das Kind auf dem Arm, ließ er die Axt wirbeln, und nur einen Augenblick später lag die rechte Hand des Schiffsführers auf den Planken. Ein weiterer, schneller Hieb mit der Axt des alten Wikingers ließ den Schädel des norwegischen Schiffseigners zerplatzen wie einen überreifen Apfel, den man gegen eine Wand geschleudert hatte. Mit einem kräftigen Tritt beförderte der Alte den Seefahrer über die Reling, und als der Körper des Mannes in den eisigen Fluten versank, schwor der Steuermann des Schiffes dem Nordmann Thorstein Gehorsam.

Bald erreichten sie die Küste des Trøndelag, und der Segler fand die Mündung des großen Fjordes, in den Thorstein das Schiff hineinsegeln ließ.

„Folge dem Arm des Fjordes nach Süden, und wenn die Wasser breiter werden, dann biege nach Osten ab", sprach er zu dem Steuermann.

„Steuere das Schiff auf die Stadt Lade zu, die zu deiner Rechten liegt, doch bevor du diese erreichst, nimm wieder Kurs nach Nordosten in den großen Fjord. Dann haben wir das Ziel bald erreicht."

Vor der großen Halbinsel von Fylke lag eine kleine Insel, die den Namen Tautra trug. Hier war die Heimat des alten Kriegers Thorstein!

Entlang der sandigen Strände der berglosen, flachen Insel, segelte der Steuermann das Schiff in eine große, offene Bucht. Und von weitem sahen sie den Anlegesteg und die Häuser der Siedlung. Hier gingen der Alte und das Kind an Land.

An der Küste war die Insel meist von grünen Wiesen bedeckt, doch je weiter man in das Innere der Insel vordrang, umso bewaldeter wurde die Landschaft.

Es gab zwei große Buchten, die weit in das Landinnere reichten. Diese hier im Süden der Insel und eine im Norden. An diesen beiden Buchten lebten die Bewohner der Insel in zwei Siedlungen. Raue Menschen, gewöhnt an das harte, entbehrungsreiche Leben hoch oben im Norden. Die meisten von ihnen waren hier geboren, und nur wenige kamen vom norwegischen Festland hierher, um eine neue Heimat zu finden.

Es war Spätsommer geworden, und die Blätter begannen sich langsam bunt zu färben. Heftiger Wind fegte über die Insel, und Regen peitschte schmerzhaft auf die Haut. Thorstein wusste, dass es an der Zeit war, das Ziel zu erreichen, wollte er nicht Gefahr laufen, dass der Knabe erkrankte. So kaufte er in der Siedlung ein Pferd, um schneller voran zu kommen. Außerdem wollte er sich nicht zu lang in dem Dorf aufhalten, denn der Jarl[11], sollte dieser noch am Leben sein, war nicht gut auf Thorstein zu sprechen, und er wollte nicht, dass sich die Nachricht seiner Anwesenheit herumsprach.

Der Hof seines Bruders lag nordöstlich der Siedlung an einem kleinen See. Er ritt den Strand entlang und bog dann auf einem Pfad nach Osten in das Innere der Insel ab. Der Pfad führte durch ein kleines Wäldchen, und dann sah Thorstein endlich das Wasser des Sees. Das Ufer war mit

---

[11] Jarl – Graf /Earl

hohem Schilf bewachsen, und zwischen den sich im Wind wiegenden Halmen ragte ein hölzerner Steg hinaus in den See. An diesem Steg war ein Fischerboot vertäut. Der Weg, der am Ufer entlang führte, machte nun einen Bogen und führte, gesäumt von hohem Buschwerk, auf einen kleinen Hof zu. Langsam ritt der grauhaarige Krieger auf den Platz vor dem Haus zu und kaum hatte er das Tier gezügelt, wurde die Tür geöffnet und ein junger Mann trat heraus. Mit strengem Blick sah dieser den Fremden an, doch dann bemerkte er den Säugling, den der Mann mit den langen, grauen Haaren im Arm hielt, und sein Antlitz hellte auf. Er trat dem Fremden entgegen und überschüttete diesen mit Fragen.

„Wer bist du? Was willst du hier? Bist du ein Mann Jarl Ivars? Nein, sonst würde ich dich kennen!"
Der Alte reichte dem Mann, der etwa fünfundzwanzig Winter erlebt hatte, das Kind entgegen, und dieser nahm es ohne zu zögern an. Aber warum er dies tat, wusste er nicht. Der Knabe begann zu weinen, und der Mann schaukelte ihn auf seinen Armen, denn dies kannte er von seinem eigenen Kind. Thorstein stieg aus dem Sattel, grinste den Mann mit dem braunen Haar verschmitzt an und fragte: „Wo ist Thorberg?"

„Willst du mir nicht erst einmal sagen, wer du bist?", blaffte der Hausherr den Fremden an.

„Ich bin Thorstein, der Bruder Thorbergs. Also, wo ist er?"

„Mein Vater ist bei den Ahnen, so wie meine Mutter auch", antwortete der junge Mann. „Ich bin sein einziger Sohn Thord!"
Plötzlich trat ein Weib aus dem Haus, und auch sie trug ein Kind auf dem Arm. Sie war gleichen Alters wie Thord, hatte rotes Haar und ein hübsches Gesicht. Erstaunt sah sie ihren Gemahl an, der immer noch den Knaben auf dem Arm trug, und dieser weinte nun nicht mehr.

„Thord, was ist das für ein Kind?", rief sie, und der Angesprochene wandte sich dem Weib zu. „Woher soll ich das wissen?"

Er sah den Alten an. „Dies sind mein Weib Gerta und mein Kind Thordis. Du bist also mein Onkel Thorstein. Entschuldige, dass ich mich kaum an dich erinnere. Als du fort gingst, war ich noch nicht auf dieser Welt, aber ich hörte schon viele Geschichten über dich. Jedoch dachte ich, du wärest im Saxland[12]."

Thorstein überhörte die Frage und sprach: „Mein Bruder ist also tot? Wie starb er?"

„Es waren Jarl Ivars Leute, die ihn töteten", sprach Thord betrübt. „Mein Vater lag schon lange im Streit mit dem Jarl, doch ich kann ihm den Mord nicht beweisen. So kann ich ihn nicht beim Königsthing[13] in Lade anklagen." Seine Stimme klang verbittert. „Ich hätte längst Rache genommen, doch ich bin allein, und Ivar wird von seinen Männern gut bewacht!"

„Ivar lebt also noch, dieser elende Dreckskerl", brummte Thorstein.

„Wer ist der Mann?", fragte Gerta ihren Gemahl, als sie neben diesen getreten war. Thord lächelte sie an. „Er sagt, er sei mein Onkel Thorstein!"

„Und du glaubst ihm?", wunderte sich Gerta. „Wenn dieser Mann dein Gesippe ist, so bitte ihn einzutreten. Wir wollen ihn bewirten, wie es sich gehört. Und bring mir das Kind, es stinkt!" Sie wandte sich ab und ging ins Haus.

„Du hast ihre Worte gehört, Thorstein. Lass uns ins Haus gehen." Er wandte sich um und folgte seinem Weib. Thorstein band das Pferd an und betrat ebenfalls das Haus.

---

[12] Saxland – das Reich der Sachsenstämme, Bezeichnung der Nordleute für das Reich der Deutschen
[13] Thing – Ratsversammlung der Nordleute

Wie lange war er schon nicht mehr hier gewesen? Hier, in dem Haus, das einst sein Vater gebaut hatte, und das sein Bruder als der ältere Sohn von diesem geerbt hatte. Er trat in den kleinen Vorraum, an dessen Wände schmale Bänke standen, und dann sah er in den großen Wohnraum. Zur linken Seite führte eine hölzerne Treppe auf eine Empore. Hier war die Schlafstätte der Bewohner. Unter der Schlafstätte stand ein großer Tisch, an der Längswand war ein breites Podest als Bank befestigt, auf dem Felle lagen. Am Kopfende des Tisches stand ein Stuhl, und mittig des Raumes befand sich die längliche Feuerstelle. Zur rechten Seite des Raumes hatte Gerta ihren Kochbereich.

Es zeigte sich, dass Gerta eine gute Köchin war, und so war Thorstein bald gesättigt und zufrieden. Auch der kleine Wulfger schlief nun, denn Gerta, die ja selbst eine kleine Tochter gleichen Alters ihr Eigen nannte, hatte nicht gezögert, den Knaben an die Brust zu legen und ihn trinken zu lassen. Nun lagen beide Kinder gesättigt und gereinigt, in Felle gewickelt, zufrieden schlafend auf dem Podest längs der Wand.

„Was führt dich eigentlich hierher, Thorstein, und wer ist der Knabe?", fragte Thord neugierig, und der grauhaarige Krieger antwortete: „Das wirst du noch erfahren, aber wärest du bereit, den Knaben aufzunehmen, Neffe? Es liegt mir viel daran, dass es ihm gut ergeht!" Erstaunt sah Thord sein Weib an.

„Ich bin ein Krieger, und was soll ich alter Kerl mit einem Kind? Es zieht mich an die Seite meines Herrn. Ich muss zurück nach Saxland, um zu sehen, wie es meinem Grafen ergangen ist", sprach Thorstein eindringlich, dann löste er die Geldkatze von seinem Gürtel und legte den ledernen Beutel auf den Tisch. Ein Klimpern verriet den Inhalt. Thorstein zog eine Augenbraue hoch und begann zu grinsen.

„Es soll dein Schaden nicht sein, mein Gesippe."

„Du bist der Bruder meines Vaters, wie soll ich dir diesen Wunsch abschlagen?" Der Sohn des Thorberg wandte sich an sein Weib und diese nickte zustimmend. „Er wird der Bruder unserer Thordis sein", lächelte sie den alten Krieger an.

*

3. DES THORSTEINS RACHE

Ein halber Mond war vergangen, und Thorstein hatte sich immer noch nicht auf die Reise begeben. Er schlief im Stall und half dem jungen Thord bei dessen Arbeit auf dem See. Thord war ein Fischer!
Es war noch sehr früh am Morgen, der Nachen dümpelte auf dem See, das Netz hatten sie in die dunklen Fluten versenkt, und die beiden Männer saßen auf den Ruderbänken und dösten in der Morgensonne. „Versteh mich nicht falsch, Thorstein, aber warum bist du noch hier?", sprach plötzlich Thord, und der Alte hob seinen Kopf und lächelte verschmitzt. „Es gibt noch etwas, das ich erledigen muss. Doch noch warte ich auf den rechten Moment."

„Sagst du mir auch, was du zu erledigen hast?"

„Sei nicht so neugierig, mein Neffe", lachte Thorstein. „Ich denke, es ist besser wenn ich meine Angelegenheiten für mich behalte."

Thord zog die Schultern hoch, er war zwar nicht zufrieden mit der Antwort des Alten, aber er ließ es dabei bewenden.

„Ich bin dein Gesippe, und du lebst unter meinem Dach", sagte der Fischer ein wenig enttäuscht. „Aber halte es, wie du es meinst!"

Als sie dann am Abend beim Mahl saßen, ergriff plötzlich Gerta das Wort. „Warum willst du uns verlassen, Thorstein? Du gehörst zu unserer Sippe, und dieses Haus war einst das Haus deiner Eltern. Bleib bei uns, schließlich bist du nicht mehr der Jüngste."

Da wurde Thorstein böse. „Was erlaubst du dir, Weib?", blaffte er beleidigt, doch dann besann er sich, schwieg einen Moment und begann sogar zu lächeln. „Nun ja, der Jüngste bin ich wahrlich nicht mehr. Verzeih mir, Gerta!" Er kratzte sich den Bart. „Ich danke dir für dein Angebot, Weib, doch habe ich immer als Krieger gelebt, und zum Fischer tauge ich nicht. Ich werde nicht den Strohtod[14] sterben!"

„Aber Thorstein", mischte sich Thord ein. „Gerta hat recht. Du solltest bei uns bleiben. Es wird dir bei uns an nichts fehlen."

„Rede nicht, Junge! Ich habe nun mehr als fünfzig Winter gelebt und habe seit meiner Jugend gekämpft. Niemand wird mir meinen verdienten Lohn nehmen. Niemand nimmt mir meinen Platz an Odins Tafel! Solange ich noch ein Schwert und eine Axt halten kann, werde ich kämpfen!" Er hielt Gerta seine Schüssel hin und diese nahm sie, stand auf und ging zur Feuerstelle, um das hölzerne Gefäß erneut aus dem großen Kessel zu füllen.

Gierig tauchte er seinen Löffel in die Schüssel mit der köstlichen Fischsuppe, nachdem das Weib diese vor ihn auf den Tisch gestellt hatte. Plötzlich hob er seinen Kopf, sah zur Wand, an der ein roter Schild und ein Schwert hingen. Er hob den Finger und zeigte auf die Waffe. „Beherrscht du den Umgang mit dem Schwert?", fragte er seinen Neffen wie beiläufig.

„Ich bin Fischer, kein Krieger", antwortete dieser schroff.

„Was ist das für eine Antwort? Ein Mann muss sein Eigentum verteidigen können. Also, kannst du mit dem Schwert umgehen oder nicht?", fragte Thorstein erneut mit ungewohnt ruhiger Stimme.

„Thorberg lehrte es mich, doch hielt ich die Klinge lange nicht mehr in Händen", gab Thord zu. „Mein Vater hat Jarl Ivar oft widersprochen und ihm bei seinen Raubzügen die Gefolgschaft verweigert, und so tat ich es ihm gleich. Bisher

---

[14] Strohtod – Bei den Kriegern war es verpönt im Bett (mit Stroh gefüllte Matratzen) zu sterben. Nur der Tod im Kampf brachte den Krieger nach Walhalla

lebte ich unbehelligt als Fischer hier am Seeufer und benötigte kein Schwert."

„Und was wirst du tun, wenn es einmal vonnöten ist? Du sagtest selbst, dass der Jarl dir nicht sehr gewogen ist", gab Thorstein zu bedenken. „Morgen werden wir mit den Übungen beginnen!" Der Klang seiner Stimme erlaubte keinen Widerspruch.

„Du musst lernen, die Klinge zu beherrschen, denn du wirst es sein, der es eines Tages dem Knaben Wulfger beibringen wird."

„Dem Knaben? Warum? Ich werde einen guten Fischer aus ihm machen", entgegnete Thord.

„Das wirst du nicht! Wulfger muss lernen, mit dem Schwert zu kämpfen. Er muss ein Krieger werden!"

„Aber Thorstein, seit dem Tode des Thorberg hat uns Jarl Ivar nicht mehr behelligt. Wir wollen in Frieden leben", wandte Gerta bestürzt ein. „Der Knabe wird ein guter Fischer werden, wozu braucht er da ein Schwert?"

„Hast du mir nicht zugehört, Weib?", wurde Thorstein nun wieder grob und warf den Löffel in die Schüssel, sodass die Suppe über den Rand spritzte. Doch wieder besann er sich, atmete tief ein und legte seine Hände auf die Tischplatte.

„Nun gut, es ist an der Zeit zu reden."
Thord und sein Weib sahen den Alten schweigend an, während die beiden Kinder zu weinen begannen. Eigentlich hätte sich Gerta erhoben und nach den Kindern gesehen, doch ihre Neugier war zu groß, als dass sie jetzt den Tisch verlassen hätte.

„Wulfger ist der Sohn meines Herrn, des Gaugrafen Wulfram von der Wulfshöhe. Mein Herr gab mir den Auftrag sein Leben zu retten, darum brachte ich ihn hierher. Sein Schicksal ist es, eines Tages in das Saxland zurückkehren und den Feind seiner Eltern aus der Burg seiner Ahnen zu vertreiben. Darum muss er ein guter Kämpfer werden!"

Nun war es Thord, der tief einatmete. „Nun, wenn du es so willst, wird es geschehen."

Und so, wie es Thorstein angekündigt hatte, begann er am nächsten Tag seinen Neffen in der Handhabung von Schwert und Axt zu unterrichten. Doch Thord zeigte dabei weder Freude noch großes Talent. Und auch beim Umgang mit dem Schild zeigte er sich nicht sehr geschickt.

„Du stellst dich ziemlich dumm an", tadelte Thorstein seinen Neffen. „Es wird viel Zeit in Anspruch nehmen, bis du in der Lage bist, dich mit jedem zu messen! Und wenn die Götter dir ihr Heil schenken, wirst du sogar überleben!" Er begann lauthals zu lachen. „Ja, Gerta, aus ihm wird noch ein Krieger werden!"

Das Weib stand in der Tür, und ihr Gesichtsausdruck zeigte wenig Freude. Doch sie schwieg, wandte sich um und folgte dem Weinen der Kinder in das Haus.

Bis die Sonne im Zenit stand, übten sie sich mit den Waffen, doch das Alter zeigte dem Nordmann Thorstein seine Grenzen auf. Der junge Thord verfügte über den längeren Atem.

Die Tage vergingen, an denen der Alte seinem Neffen so einiges beibrachte, doch dann ritt er eines Tages früh am Morgen fort.

Sein Weg führte ihn in die Siedlung Sørhamna am Ufer der Sørbukta, der südlichen Bucht, dorthin, wo er schon so viele Jahre nicht mehr war. Das Dorf hatte sich kaum verändert, zwar waren einige Häuser hinzugekommen, doch der große Platz der Siedlung mit dem Langhaus des Jarls und der großen Schildhalle war noch genauso wie vor mehr als dreißig Wintern, als er fort gegangen war. Er stieg aus dem Sattel und ging, das Pferd am Zügel führend, den Hauptweg entlang. Neugierige Blicke trafen ihn, doch niemand schien ihn zu erkennen. Plötzlich aber trat ein Weib an den Knüppelzaun seines Hauses und begann zu grinsen.

„Thorstein Thordarsson! Hast du dich verlaufen? Oder was führt dich hierher nach Sørhamna?"

Der Angesprochene sah das Weib forschend an. „Du kennst mich?", fragte er erstaunt.

„Natürlich kenne ich dich. Aber wie es scheint, kennst du mich nicht mehr!" Das Weib, welches etwa gleichen Alters wie der Nordmann war, grinste Thorstein an. „Früher nannte man mich Hilgrun, die Sonne. Weil mein rotblondes Haar leuchtete wie die Strahlen der Sonne. Ich war die beste Freundin deiner Ida. Erinnerst du dich jetzt?"

„Hilgrun, die Sonne", lachte Thorstein erfreut.

„Nun ja, heute nennt man mich die Ziegen-Hilgrun, und das Leuchten meines Haares ist erloschen, wie du siehst."

„Auch mein Antlitz war einmal schöner", grinste der Mann. „Doch gegen das Alter ist noch kein Kraut gewachsen."

Da nickte das Weib zustimmend. „Kommst du, um uns endlich von Jarl Ivar zu befreien?"

„Wie kommst du darauf? Ich besuche nur meine Gesippen und das Elternhaus…"

„… und hast erfahren, dass Ivar dir erneut übel mitgespielt hat, als er deinen Bruder tötete, und nun ist die Wut in dir erwacht. Und auch die Erinnerung an Ida!" Hilgrun lächelte schelmisch. „Oder willst du mir sagen, dass du ihm den Mord an deiner Liebsten verziehen hast?"

Das Antlitz des alten Kriegers verdunkelte sich, und seine Gedanken schweiften ab, zurück in eine längst vergangene Zeit.

Damals war Thorstein noch nicht einmal so alt wie sein Neffe Thord es jetzt war, und er war kein hässlicher Kerl gewesen. Darum hatte er auch das Herz der Ida erobert, der Tochter des Schmiedes. Doch war er nicht der einzige

Freier, dem es die Schöne angetan hatte, denn auch der Sohn des Jarls, der den Namen Ivar trug, hatte sich Ida zum Weib gewählt. Die Tochter des Schmiedes schenkte ihre Liebe und auch ihren Leib aber dem Sohn des armen Fischers. Diese Schmach ließ Ivar keine Ruhe, und so begab es sich, dass er und seine Gefährten dem Paar nachstellten.

An einem schönen Platz am Ufer des Flusses hatte sich das Paar niedergelegt, und sie ließen ihrer Lust freien Lauf. Sie genossen die warmen Strahlen der Sonne auf ihren nackten Körpern, als die Männer hinterhältig über Thorstein herfielen. Fast hätten sie ihn zu Tode geprügelt, und als Thorstein aus seiner Ohnmacht erwachte, fand er den leblosen Körper der Ida im Schilf. Und es war sein Messer, das aus ihrem Körper ragte.

„Ich habe immer gewusst, dass du nicht der Mörder warst. Nun sag schon, Thorstein, wirst du ihn töten?", holte Hilgrun ihn aus seinen Gedanken zurück.

„Was?"

„Ob du ihn endlich bestrafen wirst für das, was er dir antat?", wiederholte Hilgrun ihre Frage, aber Thorstein schwieg.

„Höre zu! Ivar hat eine Angewohnheit, die du dir zunutze machen solltest. Am Tage Odins, wenn die Männer in der Schildhalle sitzen und sich vergnügen, bleibt der Jarl in seinem Haus und badet."

„Er badet?" Erstaunt sah Thorstein die Hilgrun an. „Ja, er lässt sich von zwei Sklavinnen baden. Dies tut er, seit ihm sein Weib verstarb." Wieder lächelte sie schelmisch. „Der lüsterne Bock vergnügt sich mit ihnen und schickt sie dann fort. Den Rest des Abends verbringt er allein."

„Woher weißt du das?", fragte Thorstein erstaunt.

„Ich weiß es halt, also glaube mir", forderte sie beleidigt.

„Ida war meine Freundin, und mich gelüstet es nicht weniger nach Rache als dich. Sollen die Raben seine Leber fressen!" Sie spuckte verächtlich auf den Boden.

„Ich werde darüber nachdenken! Aber wie willst du mir schon dabei helfen?", fragte Thorstein ungläubig.

„Oh, glaube mir, Krieger, ich kann dir helfen. Wenn du dich entschieden hast, komm wieder zu mir", lachte Hilgrun und wandte sich ab.

Thorstein setzte seinen Weg fort und kam auf den Platz, an dem die Schildhalle stand. Nicht weit des großen Einganges, neben den beschnitzten Säulen, standen einige junge Männer, und als Thorstein näher trat, bemerkten ihn die jungen Krieger.

„He, du da!", rief einer streng. „Bleib stehen, Mann!" Er löste sich aus der Gruppe und trat auf den Grauhaarigen zu, und als er nahe herangekommen war, erstarrte Thorstein. Vor ihm stand der junge Ivar, und er war keinen Tag gealtert.

Wie war dies möglich? Spielten die Götter ihm einen Streich?

„Wer bist du, Alter?", fragte der junge Kerl. „Was willst du hier, ich kenne dich nicht!"

Aus schmalen Schlitzen beäugte Thorstein den Mann, und nun erkannte er, dass dies nicht Ivar war. Aber dies war sicher einer seiner Gesippen.

„Ich bin Thorstein, ein Reisender, und suche ein Mahl", log Thorstein lächelnd. „Bist du gewillt, mir deinen Namen zu nennen?"

Mürrisch sah der junge Bursche den Fremden an, und nun ähnelte er wieder dem Ivar, als sei er diesem wie aus dem Gesicht geschnitten. „Was geht dich mein Name an, Alter?", fauchte dieser, und seine Kameraden begannen sich nun lustig zu machen. „Los, Ingvert, jage den Kerl aus der Siedlung!", rief einer laut.

„So, Ingvert ist also dein Name", stellte Thorstein immer noch lächelnd fest.

„Ja, Ingvert, und ich bin der Sohn des Jarls! Du hast Olaf gehört. Verschwinde von hier, sonst…!"

„Sonst?"

„Sonst mache ich dir Beine, Alter!", drohte Ingvert unverhohlen, um sich vor seinen Gefährten zu brüsten.

„Warum so unfreundlich, junger Jarlssohn? Quält dich die Angst? Ich bin nur ein alter Reisender", lachte Thorstein, und da griff Ingvert verärgert nach seinem Schwert. Doch er hatte die Klinge noch nicht ganz aus der Scheide gezogen, da lag auch schon des Thorsteins Messer an seiner Kehle. Die Umstehenden erstarrten vor Schreck, denn niemand hatte mit der Gewandtheit des Alten gerechnet.

„Junger Jarlssohn, was ist nun?", lächelte Thorstein den Mann an, und dieser schluckte, sodass sein Adamsapfel aus seinem Hals heraustrat.

Plötzlich erklang eine strenge Stimme: „Schluss mit dem Theater! Runter mit dem Messer!"

Ein Mann trat heran, etwa gleichen Alters wie Thorstein, mit angegrautem Haar und einem dichten Bart. Dieser Mann ähnelte dem jungen Ingvert sehr, nur halt viel älter, und Thorstein war sich sicher zu wissen, wen er nun vor sich hatte.

Und wie es schien, erkannte Ivar sein Gegenüber nicht. Thorstein hatte sich im Aussehen auch stark verändert, seit er von der Insel Tautra geflohen war. Sein Haar war grau, für einen Mann seines Alters eigentlich schon zu grau. Sein Bart war lang und voll, und auf der Stirn prangte eine breite Narbe. Nichts erinnerte an den schönen Jüngling von einst.

„Wer bist du, Mann, dass du es wagst, meinen Sohn zu bedrohen?", fragte Jarl Ivar streng.

„Du irrst! Es war dein Sohn, der mich bedrohte, nur ist er nicht sehr flink", antwortete Thorstein. „Ich bin nur ein

Reisender, den es auf diese Insel verschlagen hat, und ich suche ein Mahl!"
Der Jarl sah seinen Sohn verärgert an. „Verschwinde, Ingvert", befahl er zornig, und sein Sohn gehorchte stumm. Mit seinen Gefährten zog er sich zurück, aber nicht ohne den Fremden mit einem giftigen Blick zu bedenken.

„Ein Reisender willst du sein? Wohin führt dich dein Weg?" Die Neugier des Jarls war geweckt, denn er mochte keine Fremden in seiner Siedlung.

„Ich wüsste nicht, was dich das angeht, Jarl?", antwortete Thorstein frech und grinste den Ivar an.

„Was mich das angeht? Du befindest dich in meiner Siedlung und auf meinem Land, also geht es mich wohl etwas an", fauchte Ivar, denn Widerspruch war er nicht gewöhnt. „Aber gut, wenn du nicht reden willst, verschwinde von meinem Land! Und ich rate dir, zögere nicht. Mein Sohn ist sehr nachtragend!" Grimmig sah Ivar den Fremden an und wandte sich ab. „Ich will dein hässliches Gesicht hier nicht mehr sehen!"

„Das kann ich dir nicht versprechen, du Lump", brummte Thorstein, dann nahm er die Zügel des Pferdes auf und ging.

*

Die Nacht war über Tautra eingebrochen und Dunkelheit hatte sich über das Land gelegt, als Thorstein unbemerkt den Stall verließ. Wolkenfetzen zogen über den Himmel und verbargen die Sichel des Mondes. Der Wind pfiff frisch um die Gebäude des Hofes.
Das Pferd hatte er am Abend noch gesattelt, nachdem Thorstein sich in den Stall zurückgezogen hatte, um zu ruhen. Nun führte er das Tier hinaus ins Freie, schloss die Tür und nahm das Pferd beim Zügel. Lautlos verließ er den Hof und saß erst auf, als er sich außer Hörweite wusste.

Als er den Rand der Siedlung erreicht hatte, trieb er das Pferd in den Wald und band die Zügel an einen Busch. Vom Sattel nahm er einen ledernen Sack und klemmte diesen unter seinen Gürtel, dann lief er aus dem Wald, hinein in die Siedlung. Stets darauf bedacht, nicht entdeckt zu werden, schlich sich Thorstein durch die Gassen, bis er den großen Platz erreichte. Den Thorstein fröstelte es.
Es hatte nur weniger Tage bedurft, und aus den letzten Sommertagen waren kühle Herbsttage geworden.
Vom Schein der Fackeln erhellt, erkannte er die große Schildhalle, in der, wie es schien, noch gefeiert wurde.
Diese aber war nicht sein Ziel!
Unbemerkt erreichte er die Pforte des Langhauses Jarl Ivars. Doch gerade, als er sich in das Haus schleichen wollte, hallten ihm Stimmen entgegen. Es war der Gesang einiger junger, betrunkener Kerle, die aus der Schildhalle auf den Platz traten. Und sie kamen schnell näher. Eilig huschte Thorstein um die Häuserecke und warf sich zu Boden, sodass er unter der überhängenden Kante des Daches Schutz fand.

„He, war da nicht einer?", lallte einer der Kerle.

„Du siehst Geister, Olaf!", antwortete ein anderer, nicht weniger betrunken. Diese Stimme erkannte Thorstein als die des Ingvert, denn die Männer standen nun direkt vor dem Haus.

„Wahrscheinlich hast du einen Troll gesehen", kicherte ein Kerl namens Harald, und Ingvert schien dies zu gefallen.
„Ja, Olaf, du hast einen Troll gesehen!"
Er lachte albern. „Einen Troll! Aber er kann mir gestohlen bleiben, dein Troll!"
Er trat zur Tür, kicherte noch mal „einen Troll" und verschwand dann im Haus. Die beiden anderen Männer setzten singend ihren Weg durch die Siedlung fort.

„Ingvert, dieser besoffene Dummkopf", flüsterte Thorstein verärgert zu sich selbst. Nun musste er warten und hoffen, dass der Jarlssohn in tiefen Schlaf fiel, um sein Vorhaben ungestört ausführen zu können.

Nach einer Weile kroch er hervor, stellte sich auf seine Beine und schlich zur Pforte. Leise öffnete er die Tür und huschte in das Haus. In dem großen Bau herrschte Totenstille, und als Thorstein aus dem Vorraum in die Halle schlich, erkannte er im Schein der Flammen in der Feuerstelle, dass auf dem Hochstuhl ein Mann saß. Es schien zu sein, wie es Hilgrun erzählt hatte. Langsam trat Thorstein vor den Hochstuhl, zog sein Messer aus der Scheide und legte dies dem Schlafenden auf die Brust. Da öffnete Ivar seine Augen.

„Was?", erschrak er. „Dich kenne ich doch! Du bist dieser fremde Reisende!", sprach er erstaunt, wurde dann aber ärgerlich. „Was, beim haarigen Arsch eines Riesen, willst du hier?", fragte der Jarl, schien aber wenig ängstlich zu sein, obwohl die Klinge des Messers auf sein Herz zielte.

„Was ich hier will? Ich will dich, Ivar!", flüsterte Thorstein böse. „Erinnerst du dich an die schöne Ida, die Tochter des Schmiedes?", zischte Thorstein leise. „Du hast sie getötet, weil du sie nicht haben konntest! Und nun bin ich gekommen, um ihren Tod zu rächen. Erkennst du mich jetzt? Ich bin Thorstein Thordursson!"

„Thorstein, der Fischersohn?" Ivar schien wenig beeindruckt, diesen Mann aus seiner Vergangenheit zu sehen, und er grinste frech und überlegen. „Vielleicht hätte ich dich und deine Sippe damals töten sollen? Naja, manchmal macht man halt Fehler. Aber glaubst du, du wirst diesen Ort lebend verlassen, wenn du mir auch nur ein Haar krümmst, du Dreckskerl? Es reicht ein kurzer Ruf von mir und es ist um dich geschehen", fauchte Ivar.

„Das entscheiden die Götter, nicht mehr du! Du nahmst mir Ida, und ich nehme mir nun dafür dein Leben!" Mehr sprach Thorstein nicht und stach zu.
Das Messer steckte in der Brust des Jarls, und dieser starrte Thorstein mit großen Augen an, bevor er röchelnd auf dem Hochstuhl zusammensackte.
„Du siehst, Ivar, die Götter vergessen kein Unrecht. Endlich kommt der Moment meiner Rache. Für den Tod meines Weibes und auch den meines Bruders! Für all das, was du meiner Sippe angetan hast! Fahr zur Hel[15]!" Er zog die kurzstielige Axt aus seinem Gürtel und schlug zu.
Es hatte einiger Hiebe benötigt, bis der Kopf vom Rumpf getrennt war und in einem Ledersack verschwand.

*

Thorstein hatte an diesem Morgen ungewöhnlich lange geschlafen. Als er in das Haus trat, um nach seinem Morgenmahl zu fragen, war Thord gerade vom Fluss zurückgekehrt, wo er nach seinen Netzen gesehen hatte. Nun saß er am Tisch und trank heißen Met. Sein Weib hatte die kleine Thordis an die Brust gelegt, und der kleine Wulfger lag glucksend auf dem Podest.
   „Ich habe dich vermisst heute Morgen, Thorstein", sprach Thord und sah dann sein Weib an. „Hole sein Essen."
Er erhob sich und trat vor den Mann mit dem grauen Bart.
   „Heute ist der Tag an dem ich euch verlassen werde", sprach Thorstein und legte dem Thord beide Hände auf die Schulter.
   „Doch vorher muss ich dir noch etwas übergeben."
Er ging zurück in den Vorraum, und als er wieder an den Tisch trat, hielt er ein Schwert in seinen Händen, das er auf die Tischplatte legte.

---

[15] Hel – Göttin des Totenreiches, Tochter des Loki

Thord sah ihn verwundert an, griff dann nach dem Schwert, um es sich zu besehen.

„Du wirst dieses Schwert hüten wie deinen Augapfel. Hörst du?", befahl Thorstein seinem Neffen. „Dieses Schwert wirst du dem Wulfger übergeben, sobald der Knabe alt genug ist!"

„Ich soll dem Knaben dieses Schwert übergeben? Warum das?"

„Bist du taub, Neffe? Du wirst es ihm geben! Schwöre es!", forderte Thorstein streng. „Und unterweise ihn im Kampf, so wie ich es mit dir tat!"

„Wenn es dir so wichtig ist, Thorstein, werde ich deinen Wunsch erfüllen", willigte Thord in die Forderungen ein.

„Ich werde mich ins Saxland begeben, denn ich muss wissen, wie es meinem Herrn ergangen ist, und nur die Götter wissen, ob wir uns wiedersehen werden. So lege ich die Verantwortung für das Kind in deine Hände. Du musst einen Krieger aus ihm machen, denn er muss eines Tages sein Schicksal erfüllen."

Noch am selben Tag machte sich Thorstein zu Fuß auf den Weg, und nicht weit des Hofes suchte er im Dickicht des Waldes nach dem ledernen Sack, den er dort versteckt hatte. Er hob diesen empor und grinste. „Ohne deinen Kopf wird dir hoffentlich ein Platz in Walhalla verwehrt bleiben, Ivar. Die Ran[16] aber wird sich über meine Gabe freuen!"

Lachend setzte er seinen Weg fort, und hätten die Bewohner der Siedlung gewusst, was er in dem Lederbeutel mit sich schleppte, hätte er Tautra sicher nicht lebend verlassen.

---

[16]Ran – düstere Meeresgöttin, zieht die Seefahrer bei Sturm mit ihrem Netz in die Tiefe, gebietet über die Seelen der Ertrunkenen, Weib des Aegir

Doch dies wusste ja niemand, und darum suchte und fand er einen Seefahrer, der ihn nach Lade bringen würde.
So verließ Thorstein höchst zufrieden die kleine Insel im Trøndelag.
Der Kopf des Jarls Ivar nahm er mit sich und warf diesen in die Fluten des Nordmeeres.

*

„Der Jarl ist tot", sprach Thord zu Gerta und konnte seine Aufregung kaum verbergen. Er warf sein Bündel achtlos auf das Podest und ließ sich schwer an dem großen Tisch nieder.

„Jarl Ivar ist tot?" Gerta war sichtlich erstaunt über diese Nachricht, die ihr Gemahl mit nach Hause brachte, als er vom Markt in der Siedlung heimkehrte, wo er seine Fische verkauft hatte.

„Eine Axt brachte ihm den Tod! In der Siedlung herrscht große Aufregung, und Ingvert lässt überall nach dem Mörder und dem Kopf Ivars suchen!"

„Dem Kopf?", fragte Gerta überrascht.

„Ja! Der Mörder hat den Kopf des Jarls wohl mit sich genommen!" Thord zuckte mit den Schultern.

„Aber warum hat er dies getan?"

„Um Ivar den Weg nach Walhalla zu verweigern. Dies zeugt von großem Hass", mutmaßte Thord.

„Und Ingvert? Wird er seinem Vater auf den Jarlsthron folgen?", fragte das Weib.

Thord nickte. „Ja, das wird er wohl! Kaum jemand wird gegen ihn stimmen! Und er hat vor Odin geschworen, nicht eher ein Weib zu nehmen und einen legitimen Erben zu zeugen, bis er den Tod seines Vaters gerächt hat."

„Dieser Ingvert ist nicht besser als sein Vater, nur jünger", spottete Gerta böse.

Thord holte tief Luft und seufzte. „Ich habe eine böse Ahnung, Gerta", sprach er beunruhigt. „Kommt es dir nicht auch seltsam vor, dass ausgerechnet zwei Tage, nachdem Jarl Ivar zu Tode gekommen ist, Thorstein uns verlassen hat?"

„Du glaubst Thorstein hat …?"

„Ja, das glaube ich! Erinnerst du dich, als ich dir erzählte, er habe noch etwas zu erledigen?", fragte der Fischer. „Ich denke, er erledigte Ivar!"

„Dann hat er den Tod deines Vaters gerächt!"

Thord nickte, und eigentlich hätte er darüber erfreut sein müssen, doch er wusste auch, dass die Tat ihn und seine Familie in arge Bedrängnis bringen konnte.

„Bei allen Göttern, was werden wir nun tun?" Gerta überkam große Angst. „Oh Frigga, beschütze meine Familie!"

„Bei Tyr! Was soll schon geschehen? Thorstein ist fort, und wir sind nur einfache Fischer."

*

4. DAS SCHWERT

Hoch lag in diesem Winter der Schnee im Norden, und die kalte Jahreszeit dauerte bereits sehr lange an. Länger als die Winter zuvor!
In den Ländern des Südens hatte der Frühling die kalte Jahreszeit bereits vertrieben, und die ersten Frühjahrsblumen zeigten die bunten Farben ihrer Blüten. Sträucher und Bäume trieben zaghaft in hellem Grün ihre Blätter aus, und in den Hafenstädten erwachte das Leben.

Ruhig lag der kleine Hof des Fischers in der Morgensonne, als die Tür geöffnet wurde und ein junges Mädchen in den Schnee hinaustrat. In ihrer Hand trug sie einen hölzernen Kübel, mit dem sie zu dem großen Fass schritt, das etwas abseits stand. Sie ergriff den hölzernen Hammer, der auf dem Deckel des Fasses lag, hob den Deckel dann herab und lehnte ihn an das Fass. Nun schlug sie mit dem Hammer auf die dünne Eisschicht, bis diese zersprang und sie den Kübel in das Nass tauchen konnte.
Plötzlich erschrak das Mädchen und ihr Blick fiel auf den Mann, der auf dem schmalen Uferweg durch die Sträucher trat.
Langsam stapfte er durch den Schnee und blieb vor dem Mädchen mit dem rotblonden Haar stehen. „Sei mir gegrüßt, Kind", sprach er mit tiefer Stimme. „Sage mir, wo finde ich Thord Thorbergsson?"
  „Mein Vater ist im Haus", antwortete das Mädchen, das bisher fast neun Winter erlebt hatte.
  „Dann sage ihm, sein Gesippe Thorstein ist da und wünscht eingelassen zu werden."
Das Mädchen nickte und verschwand im Haus, und es verging nur ein Moment, bis Thord hinaustrat. Prüfend sah

er den Fremden an und rief dann erfreut: „Thorstein! Bruder meines Vaters! Wir haben schon nicht mehr daran geglaubt, dich noch einmal wiederzusehen. Komm, tritt ein!"
Das ließ sich der durchgefrorene Wanderer nicht zweimal sagen und folgte seinem Neffen.
Im Inneren des Hauses hatte sich in den vergangenen Jahren kaum etwas verändert. Thorstein legte sein Reisebündel ab, zog seinen Umhang von den Schultern und trat an die Feuerstelle, um seine klammen Hände darüber zu reiben.

„Thorstein, Gesippe", sprach Gerta und lächelte den Alten an, der nun fast sechzig Winter erlebt hatte, und dessen Haar und Bart mehr weiß als grau geworden waren. „Wieviel Zeit ist vergangen?"

„Acht Winter sind über das Land gezogen, seit wir uns das letzte Mal sahen, wenn du das meinst", sprach Thorstein und sah dann auf den Knaben, der neben Gerta stand. „Das ist er also", stellte er mit ruhiger Stimme fest. Er hatte den Knaben sofort erkannt, denn er war seinem Vater Wulfram wie aus dem Gesicht geschnitten. Gerta nickte. „Das ist Einar, unser Sohn. Wie du weißt, hat uns Frigga dereinst mit einem Zwillingspaar gesegnet." Sie lächelte den Alten verschmitzt an, und dieser verstand sofort. Der Knabe wusste also nichts von seiner wahren Herkunft.

„Komm, Thorstein, nimm Platz", bot Thord seinem Gesippen einen Platz an dem Tisch an, und dieser setzte sich. Gerta reichte ihrer Tochter zwei Becher mit heißem honiggewürztem Bier und diese brachte dem Vater und dem Gast die Getränke.

„Nun, wie ist es dir ergangen, Onkel?"

„Die Götter waren meinem Herrn nicht gnädig. Als ich damals in das Saxland zurückkehrte und die Stadt Wesele erreichte, erfuhr ich vom Tode Wulframs. Er hatte die Schlacht gegen Dittmar, diese Natter, verloren. Der Franke hatte die Wulfshöhe erobert, und er hält sie wohl heute noch", sprach Thorstein traurig.

Da erschrak Thord. „Bist du gekommen, um uns den Knaben zu nehmen?" Thorstein sah seinen Neffen streng an, schüttelte dann aber sein Haupt. „Noch nicht, mein Gesippe. Noch nicht! Doch nun sage mir, wie ist es euch ergangen, Neffe?"

„Es erging uns gut! Jarl Ingvert beachtet uns kaum, und solange wir unsere Abgaben leisten, wird es wohl auch so bleiben", gab Thord bereitwillig Auskunft.

„Jarl Ingvert?", fragte der Alte mit starrer Miene. Doch Thord begann zu grinsen. „Tue nicht so unwissend, Thorstein. Einen Tag, nachdem du uns verlassen hattest, fand man die Reste des Jarls Ivar in der Halle seines Hauses. Nur seinen Kopf, den fand man nicht!"

„Was willst du damit sagen, Neffe?"

Thord vermied eine Antwort auf die Frage seines Onkels und lachte: „Zuerst hatten wir Angst vor den Häschern des Jarls, doch es schien, als wäre dem Ingvert der Tod seines Vaters gerade recht gekommen. Außerdem hatte Jarl Ivar viele Feinde, und der Verdacht fiel auf einen Jarl auf dem Festland, der dafür bekannt war, seine Feinde durch Mordknechte zu beseitigen. Jarl Ingvert bemannte seine zwei Schiffe und zog gegen diesen Jarl, um den Kopf seines Vaters zurückzuerhalten. Man erzählt sich, dass die Krieger Ingverts einen großen Sieg davongetragen haben, denn sie hatten die Überraschung auf ihrer Seite. Den Kopf aber fanden sie nicht!"

„Einar, komm her", rief der Vater den Knaben heran, und dieser gehorchte. „Sieh nur, Onkel, die Götter haben mich mit zwei gesunden und kräftigen Kindern beschenkt." Nun, da die beiden Kinder nebeneinander auf der Bank saßen, musste sich Thorstein eingestehen, dass man sie wahrlich für Zwillinge halten konnte. Sie waren ja gleichen

Alters, Thordis hatte rotblondes, der Knabe blondes Haar. Beide waren sie von schlanker Statur und fast gleich groß. Es gab also keinen Grund, die kleine Schwindelei des Fischerpaares nicht zu glauben.

„Kinder, dies ist Thorstein, der Bruder meines Vaters", stellte Thord seinen Kindern den Besucher vor. „Ihr lagt noch an der Mutterbrust, als er das letzte Mal in unserem Haus weilte." Da fragte Thorstein: „Hast du getan, wie ich dir geheißen habe, Thord?" Der Fischer nickte, und da wandte sich der Alte an den Knaben.

„Du bist also Einar?" Thorstein sah den Knaben an, musterte ihn genau und dann wanderte er seinen Blick zu dem Mädchen. „Und du bist Thordis!" Die Kinder nickten.

„Du bist ein hübsches Kind, kleine Nichte und wirst sicher einmal ein begehrenswertes Weib werden und einen reichen Gemahl bekommen", sprach Thorstein lächelnd. „Und du, Einar? Beherrscht du den Umgang mit der Klinge, sodass du einmal ein Krieger werden kannst?"

„Mein Vater lehrt es mich. An jedem Tag übe ich mit dem Stock", antwortete der Knabe.

„Mit dem Stock?" Thorstein runzelte die Stirn und sah seinen Neffen böse an. „Ich sehe, du hast getan, was ich dir aufgetragen habe. Aber mit dem Stock?"

„Onkel, er zählt erst neun Winter! Außerdem besitze ich nur ein Schwert, und zwar das meines Vaters."

„Wo ist das Schwert, welches ich dir gab? Hast du es gut aufbewahrt?", fragte Thorstein, da wurde das Gesicht des Thord bleich. „Ich sagte dir, wenn der Knabe soweit ist, sollst du es ihm geben und das Gewicht des Schwertes würde seinen Arm stärken."

„Ich … ich habe es verkauft", stotterte Thord.
Mit starrem Blick sah Thorstein seinen Neffen an. Wut stieg in ihm auf, und nur der Anblick der Kinder hielt ihn davor zurück, dem Neffen seine Hände um den Hals zu legen.

Gerta war vor Angst erstarrt, und sie fürchtete nun um das Leben ihres Mannes. Thord war ein einfacher Fischer, zwar sehr viel jünger als sein Onkel, aber nur ein Fischer, geschickt im Umgang mit dem Netz und wenig gewalttätig. Der Alte dagegen war sein Leben lang ein Krieger gewesen, gewandt im Gebrauch der Waffen und sicherlich in der Lage, Thord zu töten, noch ehe dieser seinen nächsten Atemzug tat.

Man sah dem Krieger an, dass er um Fassung kämpfte. Tief atmete Thorstein ein, fuhr sich mit der Hand zuerst über den Bart und dann durch sein langes, graues Haar und sprach dann ruhig: „Du hattest sicher einen Grund dafür, dass du mich hintergangen hast?"

„Vier Winter zuvor hatten die Eisriesen dieses Land fest in ihren Klauen. Schlimmer noch als in diesem Winter. Das Eis auf dem See war so dick, dass man kaum ein Loch hineinschlagen konnte. Und dann nahm der Jarl mir den größten Teil meines Fanges, und so quälte uns der Hunger. Den Kindern drohte der Hungertod, so musste ich handeln!"

„Und da fiel dir nichts anderes ein, als dieses Schwert zu verkaufen, du Narr?", fauchte Thorstein, doch da erwachte Gerta aus ihrer Starre. „Nenne meinen Mann nicht Narr! Auch wenn du ein Gesippe bist, so bist du doch Gast in diesem Haus", rief sie erzürnt. „Was hätte dir das Schwert genutzt, wäre der Knabe verhungert?"

Einen Moment stierte der alte Krieger auf die Tischplatte, wandte sich dann aber dem Weib zu. „Ich muss zugeben, dass du recht hast, Gerta. Du bist kein dummes Weib!" Dann sah er wieder Thord an. „Verzeih meine Wut. Verzeih meine Worte, Neffe. Wir werden uns das Schwert zurückholen. Wem hast du es verkauft?"

„Dem Schmied am Nordufer. Sein Name ist Visgeir, der Hammer. Ihm verkaufte ich das Schwert für ein halbes Silberstück", gestand der Neffe ein. Da löste sich die Wut des Alten, Thorstein begann zu grinsen und dann lauthals zu lachen.

*

Schon am nächsten Tag, der Boden war hart gefroren und mit Schnee bedeckt, hatten sich Thorstein und sein Neffe zum Nordufer aufgemacht. Der Weg war weit, ein Pferd gab es nicht mehr auf dem Hof, und so mussten sie den Weg zu Fuß bewältigen. Sie lagerten über Nacht, noch bevor sie die schmale Landbrücke überquerten, die zur Nordinsel führte. Und nach einem weiteren, anstrengenden Tagesmarsch durch kniehohen Schnee, durch den Wald, dessen Bäume schwer mit der weißen Pracht beladen ihre Äste hingen ließen, war es zur Abendzeit, als sie bei heftigem Schneefall, die Schmiede des Visgeir erreichten.
Schon von weitem sahen sie das Licht aus dem Gebäude scheinen, und als sie näher traten, sprach Thorstein: „Hier, nimm dieses Silberstück und kaufe das Schwert zurück."
 „Aber … aber warum ich? Ich dachte …", stammelte Thord, doch sein Onkel unterbrach ihn. „Du dachtest, ich würde das erledigen? Oh, nein, Neffe, das werde ich nicht. Du hast es verkauft. Du holst es zurück!"
Thorstein wandte sich ab und verschwand zwischen den verschneiten Büschen.
Langsam trat Thord auf die Schmiede zu, in der er schon von weitem den Visgeir arbeiten sah. Der kräftige Mann saß auf einer Bank und schnitzte mit dem Messer an einem hölzernen Stiel, der wohl als Schaft für eine Axt dienen sollte. Der Fischer trat in die offene Schmiede ein, und das Erste was er von Visgeir vernahm, war die Aufforderung, den Blasebalg zu betätigen. „Die Glut braucht Luft zum atmen, genau wie du, sonst erlischt sie!"

Der Schmied grinste, während er zusah, wie Thord den Blasebalg betätigte und die Glut zu zischen und knistern begann, während sie im Rhythmus des Auf und Ab des Blasebalges in hellem Licht erstrahlte.

„Nun, Thord Thorbergsson, was führt dich zu mir? Willst du mir wieder etwas verkaufen?", fragte der Mann grinsend.

„Ich grüße dich, Visgeir! Nein, ich komme, um zu kaufen!"

„Kaufen willst du? Das höre ich gerne! Was kann ich dir verkaufen? Ich habe vieles. Brauchst du einen Topf? Oder vielleicht Nägel? Eine Axt?"

Der Fischer schüttelte seinen Kopf. „Es ist das alte Schwert, das ich dir verkaufte. Ich will es zurück!"

„Soso, das Schwert willst du!" Langsam schüttelte nun der Schmied sein Haupt. „Ich glaube nicht, dass du dir ein solches Schwert leisten kannst, Fischer!"

„Aber ... ich bekam von dir ein halbes Silberstück, und dies gebe ich dir zurück", sprach Thord.

„So leicht ist das nicht, Fischer! Ich bin kein Geldverleiher. Was hätte ich bei diesem Handel gewonnen?", grinste der Schmied überlegen.

„Nichts!"

Die Stimme war tief und kehlig, und es dauerte einen Moment, bis der dazugehörige Mann, um die Ecke der Wand in die Schmiede trat. „Sei mir gegrüßt, Visgeir!"

Der Schmied erhob sich von der Bank und sah den Fremden mit verkniffenen Augen abschätzend an. „Bei Odins Auge! Thorstein?"

Plötzlich begann er zu lachen. „Ja, Thorstein Thordursson, du alter Halunke. Ich glaubte dich längst bei den Göttern! Was treibt dich denn hierher?"

Der Krieger begann zu grinsen. „Die Suche nach einem Schwert, welches mir gehört und das mein Neffe niemals hätte veräußern dürfen, mein Freund!"

Während Thord verwundert dreinschaute, trat sein Onkel zu dem Schmied und reichte diesem seine Hand. Dann nahm er auf der Bank Platz. „Aber ich gebe dir recht, Visgeir, du hättest an diesem Geschäft nichts verdient. Darum bin ich bereit, dir ein ganzes Silberstück zu geben, wenn du mir das Schwert zurückgibst."

„Ein ganzes Silberstück, sagst du? Nun, ich dachte eher an ein und ein halbes Stück Silber. Aber weil du es bist, willige ich ein." Der Schmied reichte dem grauhaarigen Krieger seine Hand, und das Geschäft war besiegelt. „Das alte Ding hätte mir sowieso keiner abgenommen. Und nun sag, was ist so besonderes an diesem Stück Eisen?"

„Es ist recht warm in deiner Schmiede. Man bekommt eine trockene Zunge, Freund", grinste Thorstein den Schmied an, und dieser begann zu lachen. „Ja, du hast recht, wo hab ich nur meine Manieren? Du, Fischer, im Haus steht ein Fass mit Bier, hole uns drei Becher davon!"

Thord wollte zuerst aufbegehren, doch als er den Blick seines Onkels sah, nickte er und verschwand im Haus.

„So ist es gut", nickte Thorstein. „Er muss nicht alles wissen. Dieses Schwert ist das Schwert des Frankenkaisers Karl!"

Visgeir, der Hammer, zog seine Augenbrauen empor. „Wie kommst du an das Schwert eines Kaisers? Und wenn ich mich recht entsinne, war es nur ein zwar gutes, aber altes und schartiges Stück Eisen! Ein jedes meiner Schwerter ist besser!"

„Und doch ist es das Schwert des Karl. Ich brauche es, denn nur mit diesem Schwert wird es meinem Mündel gelingen, seine Herrschaft zurückzuerlangen."

„Du hast ein Mündel?" Erstaunt sah der Schmied den Thorstein an.

„Ja, es ist ein Knabe von knapp neun Wintern. Er ist der Sohn meines Herrn, und dieser nahm mir das Versprechen ab, dafür zu sorgen, dass Wulfger sein Eigentum zurück erhält."

Da kam Thord zurück und reichte den Männern je einen mit Bier gefüllten Krug.

„Ich weiß, dass du ein hervorragender Schwertkämpfer bist, Visgeir, und darum will ich dich bitten, meinem Mündel dein Können beizubringen. Wenn er von mir und von dir lernt, wird es schwer für seine Feinde, ihn im Schwertkampf zu besiegen."

„Ich bin ein alter Sack, was sollte ich dem Knaben schon beibringen?", schüttelte der Schmied seinen haarlosen Kopf.

„Du bist jünger als ich, und ich weiß, dass du die Klinge beherrschst wie kaum ein anderer. Wenn Wulfger soweit ist, bringe ich ihn zu dir!"

Der Mann, den sie Hammer nannten, zuckte mit den Schultern, erhob sich von der Bank und verschwand im hinteren Teil der Schmiede, von wo er nach einer Weile mit dem Schwert in der Hand zurückkehrte. „Hier hast du, wonach es dich so gelüstet."

Für einen kurzen Moment starrte Thorstein auf die Klinge, dann sprach der Krieger verärgert: „Das ist es nicht!"

„Was sagst du?"

„Ich sage, das ist nicht das Schwert! Wo ist es?"

„Bist du sicher?" Erstaunt sah Visgeir erst den Thorstein und dann seinen Neffen an.

„Wo ist das Schwert? Das mit dem roten Stein im Griff. Wem gabst du es?", fragte Thord nervös, denn er befürchtete, die Schuld für den Verlust würde letztendlich an ihm hängenbleiben.

Visgeir kratzte sich seinen Bart. „Ich habe in der letzten Zeit nur ein Schwert verkauft. Ich muss die Klingen verwechselt haben. Ja, so wird es sein!"

„Wem?", fragte nun auch Thorstein streng.

„Ein Kerl aus Jarl Ingverts Siedlung war es. Er wollte ein altes Schwert für seinen Sohn."

„Visgeir, wie hieß der Mann?", bohrte Thorstein streng nach.

„Dränge mich nicht, alter Freund, es wird mir sicher gleich einfallen. Vielleicht sollte ich noch einen Becher Bier …" Er hielt Thord seinen Becher hin, und dieser ergriff ihn, verdrehte dabei aber angekratzt seine Augen. Er ließ sich auch den Becher seines Onkels reichen und ging ins Haus.

„Bogi", sagte Visgeir leise und rief dann laut: „Bogi hieß der Kerl! So ein Dicker mit rotem Haar. Nicht älter als Thord!"

„Bist du sicher?", fragte der alte Krieger skeptisch, und der Schmied nickte. Da trat Thord in die Schmiede.

„Kennst du einen Kerl namens Bogi?" Der Onkel sah seinen Neffen fragend an, während er ihm einen Becher abnahm. Thord nickte. „Den roten Bogi? Sohn des Erling! Das ist einer von Ingverts Stiefelleckern. Ein unangenehmer Zeitgenosse, der gerne zum Schwert greift. Ist er es?" Thorstein nickte.

„Das passt zu dem Dicken. Er hat einen Stall voll Kinder! Darunter auch Söhne, ebenso dick wie der Vater und ebenso rothaarig. Es wundert mich nicht, das er für einen seiner Söhne ein Schwert gekauft hat."

„Verdammt!", fluchte da der Schmied, und Thorstein sah ihn fragend an. „Doch ein schlechtes Geschäft. Ich gab es ihm für ein viertel Stück Silber!"

Visgeir lud die Männer ein, die Nacht in seiner Hütte zu verbringen, und Thorstein nahm die Einladung gerne an.

Der weite Weg, den sie zurück über die Insel gehen mussten, war im hohen Schnee recht anstrengend, und so waren sie sehr erschöpft, als sie endlich das Haus des Thord erreichten. Gerta war voll größter Freude, als sie die beiden

Männer wohlbehalten erblickte, und auch die Kinder begrüßten ihren Vater und den Gesippen. Noch auf der Schwelle hielt Thorstein seinen Neffen bei der Schulter. „Wir werden essen und wir werden ruhen. Wenn wir wieder bei Kräften sind, gehen wir nach Sørhamna und holen uns das Schwert." Thord nickte stumm.

Einen ganzen Tag und eine ganze Nacht hatte der alte Krieger geschlafen. Einen Schlaf dem Tode gleich! Doch nun waren seine Kräfte wieder frisch, und obwohl er schon fast sechzig Winter erlebt hatte, war er immer noch ein kräftiger Mann und ernstzunehmender Gegner.
Und so drängte er seinen Neffen zum Aufbruch, und diesem war nicht wohl in seiner Haut. Nach zwei Tagen in der Wärme des Hauses hatten sie sich auf den Weg in die Siedlung gemacht.
  „Ich schätze, du kommst nicht oft nach Sørhamna, Einar?", fragte der Alte den Knaben, der an seiner Seite ging. „Nein", schüttelte dieser seinen Kopf. „Nicht öfter als einmal an jedem Mond, wenn der Vater sich zum Markt aufmacht. Aber einmal war ich beim Thing", verkündete er stolz.
  „Ich weiß nicht, warum wir Einar mit uns nehmen mussten?", beschwerte sich Thord, doch Thorstein sah seinen Neffen streng an. „Weil es an der Zeit ist, ihn wie einen Mann zu behandeln. Oder willst du einen Feigling erziehen? In zwei Wintern wird er alt genug sein, um in die Reihen der Männer aufgenommen zu werden, und dieser Jarl Ingvert wird von ihm den Gefolgschaftseid verlangen. Was es übrigens zu verhindern gilt. Es ist an der Zeit, dass er seinen Mut findet, sonst wird nie ein Krieger aus ihm werden!"
  „Er muss kein Krieger werden. Es reicht, wenn er ein guter Fischer wird", rief Thord wütend, da ergriff der Alte seinen

Neffen, fasste ihn beim Kragen seines Umhangs, drückte zu und Thord spürte wie viel Kraft noch in dem Alten steckte. „Du Narr! Dies bestimmst nicht du, Thord! Ich habe dir vor acht Wintern schon gesagt, dass ich derjenige bin, der bestimmt, was aus Wulfger wird. Hast du das verstanden, oder muss ich es in dich hineinprügeln?"

„Lass ihn sofort los", rief der Knabe erzürnt. „Sonst werde ich …"

„Was wirst du, Knabe?", blaffte Thorstein streng. „Nichts wirst du! Gar nichts! Und jetzt schweige!"

„Lass, Einar, und du sprich nicht mit mir wie mit einem Kind, Onkel!"

„Ich bin dein Familienoberhaupt, Thord Thorbergsson, ich spreche mit dir, wie es von nöten ist, du Narr", keifte Thorstein böse. Dann ließ er von seinem Neffen ab und wandte sich dem Knaben zu. „Komm zu mir!"
Einen großen Stein am Wegesrand nutzte Thorstein, um sich niederzusetzen. Mit der Hand strich er den Schnee herunter und nahm Platz. „Höre mir zu, Junge, ich habe dir etwas zu sagen. Aber vorher beantworte mir eine Frage: Was fühlst du, wenn du deine Übungen mit dem Stock machst?"
Erstaunt sah der Knabe den alten Krieger an, den Mann, der gerade seinen Vater gedemütigt hatte. „Ich verstehe nicht!"

„Lass mich dich anders fragen. Was ist dir lieber, wenn du mit dem Stock kämpfst oder wenn du das Netz ins Wasser wirfst?", fragte der Krieger. „Bedenke deine Antwort gut!"

„Ich bin der Sohn eines Fischers und es liegt in meinem Blut, das Netz in die Fluten zu werfen", sprach der Knabe stolz, fügte aber mit leuchtenden Augen hinzu: „Doch wenn ich mit dem Stock kämpfe, ist es anders. Der Stock wird ein Teil meines Armes und es überkommt mich große Freude und Kampfeslust."
Da lächelte Thorstein. „Höre mir zu, was ich dir jetzt erzähle."

„Nein, tue es nicht", rief da Thord dazwischen. „Nimm mir nicht meinen Sohn!"

„Schweig, Neffe", blaffte der Alte.

„Du bist nicht Einar Thordsson! Und dieser Mann da und Gerta, sein Weib, sind nicht deine Eltern! Du bist auch nicht der Zwillingsbruder von Thordis!" Nun schwieg er für einen Moment, sah dem Knaben in sein Gesicht. Doch der Knabe verzog kaum eine Miene. „Wer bin ich dann?"

„Vor acht Wintern brachte ich dich aus dem Saxland hierher, in das Haus meines Neffen. Du bist Wulfger, der Sohn meines Herrn Wulfram und seines Weibes Walburga. Gaugraf von Wulfshöhe. Und mich machte dein Vater zu deinem Paten!"

„Aber ... aber warum bin ich dann hier?"

„Das werde ich dir eines Tages erzählen, aber nicht jetzt. Doch will ich, dass du weißt, dass jenes Schwert für uns von großem Wert ist. Es wird dir dereinst deine Herrschaft zurück bringen."

„Aber wie ...?"

„Nun, auch das wirst du eines Tages erfahren, Wulfger, Sohn des Wulfram", sprach Thorstein lächelnd. „Und nun werden wir unseren Weg fortsetzen." Er erhob sich von dem Stein, um den Weg in die Siedlung fortzusetzen.

Unbehelligt erreichten die drei Wanderer den Platz vor der großen Schildhalle.

„Nun, Neffe, wo finden wir diesen Bogi?", wandte sich Thorstein an seinen Neffen, der seit dem Halt nicht mehr mit seinem Gesippen gesprochen hatte. Thord war zutiefst gekränkt, und er hatte Angst, den Knaben zu verlieren.

„Los, sprich!"

„Wir müssen an das andere Ende der Siedlung. Dort hat der Rothaarige sein Haus", kam die zögerliche Antwort.

Der Anblick des Langhauses, in dem Jarl Ingvert lebte, erweckte Erinnerungen in dem alten Krieger, und er war sich sicher, wüsste hier irgendjemand davon, was er vor acht Wintern in diesem Haus getan hatte, würde er keinen Schritt mehr lebend tun. Doch niemand behelligte sie, einige, die ihnen begegneten, grüßten den Thord, sonst geschah nichts. Die Behausung des Bogi war nicht besonders groß und auch nicht herrschaftlich. Sie zeigte aber, dass Bogi ein Krieger des Jarls war, denn außer ein paar Hühnern und einem Schwein hielt der Mann kein Vieh. Er verdiente sich den Unterhalt für das Leben seiner Familie auf andere Weise. Ein Knüppelzaun umgab das Haus, so wie es bei den meisten Häusern der Fall war, und an diesen traten sie heran.

„Bogi!", rief Thord, und es dauerte eine Weile, bis die Tür geöffnet wurde. Ein junges Mädchen, mit schmutzigem Gesicht, trat heraus und sah die Besucher stumm an. Sie war unverkennbar ein Nachkomme des Bogi. „Hole deinen Vater, Kind. Thord, der Fischer, will mit ihm reden!" Das Mädchen nickte und verschwand wieder im Haus. Kurz darauf erschien der Hausherr in der Tür. Großgewachsen, fett, und wenig hübsch anzusehen. „Was willst du, Fischer? Du störst!"

„Ich bin Thorstein Thordursson", sprach da der alte Krieger und versuchte freundlich dreinzuschauen. „Du hast bei Visgeir, dem Schmied, ein Schwert gekauft. Dieses Schwert ist das meine. Der Schmied gab dir ein falsches Schwert. Ich komme um das Schwert zurückzukaufen!" Nun trat Bogi langsam an den Zaun. „Bist du närrisch, Alter? Der Schmied hat doch genügend Schwerter. Da sollte für dich ein passendes dabei sein."

„Es muss dieses Schwert sein, denn es ist das Schwert der Ahnen dieses Knaben. Er soll dieses Schwert bekommen", sprach Thorstein. Da begann Bogi hämisch zu grinsen. „Das ist aber schade für dich und den Knaben, denn dieses Schwert gehört meinem Sohn." Er wandte sich um und rief den Namen seines Sohnes in das Haus, woraufhin dieser auf der Schwelle erschien. „Das ist Beda!" Beda war das Abbild seines Vaters, und er zählte zehn Winter, doch er war großgewachsen für sein Alter. Nun traten, von Neugier getrieben, noch weitere drei Kinder und das Weib des Bogi aus dem Haus.

„Beda, der da will dein Schwert! Was sagst du, bist du bereit, es zu verkaufen?", fragte der Vater mit Häme in der Stimme, denn er schien die Antwort längst zu kennen.

„Ich will das Schwert nicht verkaufen", sprach der Bursche trotzig.

„Ich zahle dir das Doppelte des Kaufpreises. So kannst du dir ein besseres kaufen", bot Thorstein dem rothaarigen Knaben an. Doch der Knabe schüttelte langsam den Kopf und grinste dabei breit über sein fettes Gesicht. „Mir gefällt der rote Stein!"

„Du bist ein guter Geschäftsmann, Bursche. Also gut, das Dreifache", bot der Krieger. Aber wieder schüttelte der Knabe mit dem Kopf.

„Wie gut bist du mit der Klinge?", fragte Thorstein da, und der Knabe antwortete, wie es der Alte erwartet hatte.

„Ich bin gut, fast schon so gut wie mein Vater!"
Da lächelte Thorstein kühl. „Das fällt mir schwer zu glauben. Aber wenn du so gut bist, lassen wir einen Kampf entscheiden, wer das Schwert erhält." Er blickte den Bogi an. „Nun, was sagst du? Dein Sohn und dieser Knabe hier können sich im Schwertkampf messen."

„Dieser halbe Hering soll meinen Beda besiegen? Du bist wahrhaftig ein Narr, alter Mann", lachte Bogi auf. „Aber was werden wir dabei gewinnen?"

„Gewinnt dein Sohn, erhält er zwei Stück Silber. Ist dir das genug, Bogi?" Thorstein grinste und wusste, dass Bogis

Gier sich diese Summe nicht entgehen lassen würde, denn mit einem Stück Silber konnte ein Mann einen Winter gut überstehen.

Da trat Thord neben seinen Onkel und sprach voller Entsetzen: „Bogi hat recht! Willst du meinen Sohn töten?"

„Rede nicht dumm daher, Neffe. Hättest du ihn zu einem Kämpfer erzogen, müsstest du nun nicht um ihn zittern", sprach Thorstein verärgert. „Habe Vertrauen, Thord Thorbergsson!"

Er wandte sich dem jungen Wulfger zu. „Bist du bereit, um deinen Besitz zu kämpfen, Wulfger, Sohn des Wulfram, Gaugraf von der Wulfshöhe?"

Der Knabe sah den alten Krieger an und nickte mutig.

„Das ist gut so!" Dann sah er seinen Neffen an. „Der Knabe ist mehr Mann als du, Thord!"

Langsam zog Thorstein sein Schwert aus dem Wehrgehäng und reichte es dem jungen Wulfger. „Bedenke, Junge, dies ist kein Stock. Es ist schwer und du musst deine Vorteile zu nutzen wissen", sprach Thorstein leise. „Sieh ihn dir an, er ist kräftig. Sicher kräftiger als du. Aber ich würde darauf wetten, dass er nicht so flink ist wie du, und sicher hat der fette Bursche weniger Luft. Verstehst du meine Worte?"

Wulfger nickte.

„Was ist, Alter? Wollt ihr nur reden oder beginnen wir?", rief Bogi. Er hatte seinem Sohn sein eigenes Schwert gegeben, denn dies hielt er für besser als das alte, um das gekämpft werden sollte. So traten Bogi und seine Sippe durch das Tor des Knüppelzaunes auf den breiten Weg.

„Ich werde dich verprügeln, Kleiner", grinste Beda sein Gegenüber überlegen an. „Denn ich bin der Sohn eines Kriegers und du nur der eines Fischers!"

Mit beiden Händen umklammerte Wulfger den Griff des Schwertes und spürte sofort, dass es ihm nicht möglich war, diese Klinge mit einer Hand zu führen. Beda hingegen gelang es, die scharfe Waffe seines Vaters einhändig zu gebrauchen. Und er ließ keinen Moment mehr verstreichen, sondern stürmte auf seinen Gegner zu. Mit einem kleinen Schritt zur Seite wich Wulfger dem Hieb aus, und die Klinge des dicken Knaben schlug in den Schnee.

„Das war Glück", raunzte der Sohn des Bogi, doch Wulfger schwieg, wartete aufmerksam auf den nächsten Hieb seines Gegners. Und dieser kam schnell!
Doch nun riss Wulfger seine Klinge empor, und die Eisen schlugen klirrend aufeinander.

„Einar, denke daran, was ich dir beibrachte", rief Thord seinem Ziehsohn zu. Jetzt ließ der Fischerknabe seine Klinge fliegen, sodass Beda nur noch Zeit zur Abwehr blieb. Es dauerte nicht lange, da musste auch der Rothaarige seine zweite Hand zur Hilfe nehmen, und nun wurden seine Atemzüge schnell schwerer. „Los, mach ihn fertig", blaffte Bogi seinen Sohn an, schließlich hatte er nicht erwartet, dass dieser Kampf so lange dauern würde.
Dann aber überließ Wulfger wieder seinem Gegner den Angriff, was ihm erlaubte, seine Kräfte besser einzuteilen. Das hatte er schnell bemerkt.
Die Schläge des Beda waren für einen Jungen, der erst zehn Winter erlebt hatte, recht kräftig geführt und so musste Wulfger sich flink bewegen. Und dies tat er!
Viele Schläge des Beda trafen die Klinge des Gegners nicht und gingen kräfteraubend ins Leere. Und dann, als beiden jungen Kämpfern die Arme schwer zu werden drohten, geschah es. Das Schwert Bedas fuhr auf Wulfger herab, dieser hieb sein Schwert der Klinge des Beda entgegen, auf dass dieses zurückschlug, und plötzlich lag Wulfgers Klinge am Hals des dicken Knaben.

„Der Kampf ist beendet, Beda Bogisson! Oder muss ich dich töten?"

„Nein … nein, der Kampf ist vorbei! Du hast gesiegt!",
sprach Beda keuchend. Da trat Thorstein neben den Wulfger
und hielt ihm seine Hand entgegen, in die der Knabe das
Schwert legte.

„Nun, Bogi, der Sieger steht fest. Gib uns, was uns
zusteht", forderte der alte Krieger mit strenger Miene.
Zornig sah der Krieger des Ingvert seinen Sohn und dann
den Alten an.

„Ich weiß nicht, ob mir danach ist, Alter!" Ein böses
Grinsen legte sich auf sein Gesicht.

„Willst du deine Brut lehren, wie man ein ehrloser Lump
wird, Bogi?", zischte Thorstein zornig.

„Alter, bist du begierig darauf, in Odins Hallen
einzukehren?", lachte der fette Krieger, doch da machte
Thorstein einen unerwartet schnellen Schritt vor und schlug
dem Mann mit seinem Schwertgriff in dessen Gesicht. Bogi
stolperte zurück und fiel auf den Rücken, und noch ehe er
richtig begriff, was geschehen war, lag die Spitze des
Schwertes auf seiner Brust. „Du bist derjenige, der die
Gastfreundschaft des Allvaters in Anspruch nehmen wird,
wenn du mir nicht gibst, was ausgemacht war!"
Bogi wischte sich das Blut von seinem Mund, sah Beda an
und befahl ihm, das Schwert zu holen.

Sie waren schon weit gelaufen, da legte Thorstein seine
Hand auf die Schulter des Knaben und sprach zu diesem:

„Du hast gut gekämpft, Junge. Und du hast bewiesen, dass
du einmal ein großer Krieger werden wirst! Graf Dittmar,
der deine Eltern tötete und dir deinen Besitz nahm, wird
einmal einen ernstzunehmenden Gegner bekommen."

*

„Es ist gut", keuchte der alte Krieger lachend. „Lass es genug sein für heute." Seit sie im Winter aus der Siedlung das Schwert zurückgeholt hatten, hatte Thorstein die Ausbildung des Knaben übernommen. Er lehrte ihn nun den Kampf mit dem Schwert und dem Sax[17] sowie den Umgang mit der kurzstieligen Axt. Auch das Schießen mit Pfeil und Bogen brachte er ihm bei. Das Mädchen Thordis lehrte er ebenfalls den Gebrauch der Klingen. Ihr aber lag die Klinge wenig, jedoch im Umgang mit Pfeil und Bogen zeigte sie sich äußerst geschickt. Sie hatte eine ruhige Hand und ein gutes Auge.
Das Schwert des Karl hatte der Alte dem Visgeir gebracht, und dieser hatte dafür gesorgt, dass die Klinge eines Gaugrafen würdig war. Dazu hatte er von dem Schmied einen guten Sax schmieden lassen, leicht genug, dass Wulfger damit kämpfen konnte.

Es war inzwischen Frühling geworden, und der Alte hatte sich gut eingelebt in seiner Behausung im Stall. Wenn Thorstein aber glaubte, die Geschichte mit dem Schwert hätte ein Ende gefunden, irrte er. Obwohl einige Monde vergangen waren, lagen dem Bogi die Niederlage seines Sohnes, und noch mehr seine eigene, schwer im Magen. Er hätte zu Jarl Ingvert gehen können und diesem eine Lüge über den Verlust des Schwertes auftischen können, sodass man diesen Thorstein und die ganze Fischerbrut vor den Hochstuhl zerren würde. Doch er fürchtete, dass die Wahrheit ans Licht kommen könnte. Und blamieren wollte er sich nicht. Und so zögerte er, etwas zu unternehmen. Ein voller Mond nach dem anderen zog vorüber, und je länger der Krieger des Jarls wartete, umso mehr wuchs sein Zorn auf den Alten. Dann aber kam der Tag, an dem er handelte.

---

[17] Sax – einschneidiges Kurzschwert

Es war noch in den Morgenstunden, als drei Reiter vor dem Haus des Thord ihre Pferde zügelten. Es waren der dicke Bogi, sein Sohn Bogtyr und ein Kerl aus der Siedlung.

„Fischer Thord!", rief Bogi mit strenger Stimme. „Zeig dich!"

Die Tür wurde geöffnet und der Gerufene erschien. „Wer ruft?" Erstaunt sah Thord die drei Männer an, die nun aus den Sätteln stiegen. „Bogi Erlingsson! Was willst du?"

„Was ich will, Fischer? Ich habe noch eine Rechnung offen, mit dir und dem Alten. Das will ich!"

„Ja, und wo ist der Knabe, der meinen Bruder um sein Schwert betrog?", rief Bogtyr herausfordernd. Er war mit vierzehn Wintern das älteste Kind des Bogi.

„Du irrst dich, Bursche. Dein Bruder hat das Schwert in einem ehrlichen Kampf verloren." Thorstein war aus dem Stall getreten, in der Rechten sein Schwert, in der Linken eine kurzstielige Axt. „Aber ich denke, das interessiert dich einfältigen Esel wenig!"

„Da bist du ja, Alter! Und wie ich sehe, hast du verstanden, warum wir hier sind", grinste Bogi hämisch. Langsam trat Thorstein näher. „Hör gut zu, Fettwanst, setz dich auf dein Pferd und verschwinde. Du hast viele Kinder, denen du die Bäuche füllen musst, und ich will nicht, dass diese hungern müssen."

„Wir sind zu dritt, Alter! Du bist allein, denn der Fischer taugt nicht zum Kämpfen", keifte Bogi, doch er hatte kaum ausgesprochen, da traf seinen Begleiter die Klinge des alten Kriegers in den Arm, so dass dieser bis zum Knochen durchtrennt war. Der Mann schrie vor Entsetzen auf, denn er hatte diesen Angriff des Alten nicht erwartet.

„Du irrst, Bogi Erlingsson", lächelte der Grauhaarige angriffslustig, während plötzlich der Knabe Wulfger aus dem Haus stürmte. Mit seinem Sax in der Hand stellte er sich neben seinen Paten und sah diesen grinsend an.

„Ah, da ist er ja, der kleine Scheißer", sprach nun Bogtyr mit zorniger Fratze und zog sein Schwert. Und auch sein Vater hielt nun seine Klinge in der Hand. Der Sohn sah seinen Vater grinsend an. „Darf ich ihn töten?"

„Das sollst du sogar, mein Sohn. So, wie ich diesen alten Sack da töten werde", sprach er und hob dann schreiend sein Schwert, um sich auf Thorstein zu stürzen.

Thorstein riss sein Schwert empor und die Klingen schlugen aufeinander, und auch Bogtyr griff nun den Wulfger an. Dieser drehte sich flink zur Seite und Bogtyr stolperte, von der Kraft seines eigenen Schlages gezogen, an dem Ziehsohn des Fischers vorbei. In diesem Moment schlug Wulfger zu, und die Schneide des Saxes grub sich in die Hinterbacken des Burschen, der ihn um einen Kopf überragte. Der Hosenboden des Bogisohnes färbte sich dunkel vom Blut, und der Bursche jaulte auf.

Wild schlug Bogi nach dem grauhaarigen Alten, und dieser glaubte zu wissen, dass der Atem seines beleibten Gegners sicher nicht länger anhalten würde, als der eines alten Mannes. Und so hatte der Bogi keinen Vorteil. Thorstein hatte schon bei seinem letzten Kampf gegen diesen Mann bemerkt, dass es mit seinem kämpferischen Können nicht weit her war, und so ließ er ihn sich austoben, bis ihm der Atem und sein Arm schwer wurden. „Wenn alle Krieger des Jarl Ingvert so kämpfen wie du, ist es um seine Macht nicht gut bestellt, Bogi", verhöhnte Thorstein seinen Gegner, und dieser konnte seine Wut kaum zügeln. „Ich werde dich töten, alter Mann!"

„Das wirst du nicht. Du nicht, Bogi! Und nun genug gespielt", rief Thorstein und schlug seinerseits mit dem Schwert zu, doch während Bogi seine Klinge zur Abwehr hob, traf ihn die Axt, die Thorstein mit der Linken führte, in sein Bein und hinterließ eine tiefe Wunde. Er stöhnte und strauchelte, fiel zu Boden, und die Klinge des Alten fuhr ihm tief in die Schulter.

Wulfger schlug sich tapfer. Fehlende Kraft machte er durch Gewandtheit wett. Geschickt und flink trieb er den Bogtyr zum Wahnsinn. „Bleib stehen, du stinkendes Wiesel", keifte er entnervt, schlug mit dem Schwert nach Wulfger und konnte ihn nicht treffen.. Dies allerdings war seinem Gegner bereits dreimal gelungen, so dass in einem seiner Arme und in einem Oberschenkel bereits weitere Wunden klafften.

„He, Dummkopf, leg dein Schwert nieder", rief Thorstein dem Bogtyr zu. „Oder ich werde deinen Vater schlachten wie ein Schwein!"

Sofort ließ der Sohn des Bogi seine Klinge sinken, während die des Alten auf den Hals seines Vaters zielte. „Nun Bogi, dies ist das zweite Mal, dass ich dir dein Leben schenke. Aber bei Odin und allen Göttern von Asgard[18], ein drittes Mal werde ich nicht gnädig sein."

„Du elender Dreckskerl, deine Gnade will ich nicht!", rief Bogi zornig und wollte sein Schwert in die Höhe reißen, doch da stieß Thorstein zu. Seine Klinge fuhr dem Bogi vorne in den Hals und trat hinten wieder aus. Ein blutiges Gurgeln entfuhr seinem Mund und er fiel zu Boden. Der rote Lebenssaft sprudelte aus der Wunde, als der alte Krieger das Eisen aus dem Hals zog. Bogtyr schrie auf, als er seinen Vater sterben sah.

Da wandte sich Thorstein dem rothaarigen Burschen zu.

„Sei nicht so töricht wie dein Vater. Zwinge mich nicht, dich zu töten, Bursche. Deine Mutter und Geschwister brauchen einen Ernährer und der musst nun du sein. Also schmeiße dein Leben nicht fort, junger Bogisson!"

---

[18] Asgard – die Welt des Göttergeschlechts der Asen, eine der neun Welten

Weinend stürzte sich Bogtyr auf seinen Vater, und mit Tränen in den Augen zischte er den Alten hasserfüllt an:
„Ich werde dich töten! Eines Tages werde ich dich töten, alter Mann!"
Thorstein nickte nur und wandte sich an den Begleiter des Bogi, der bei den Pferden stand und seinen blutenden Arm hielt. „Bring ihn heim zu seiner Familie."

*

„Du musst die Tat anzeigen, Onkel", sprach Thord, als sie am Abend zu Tisch saßen und ihr Mahl einnahmen. „Dies schreibt das Gesetz vor, sonst wird man dich des Mordes anklagen. Und Jarl Ingvert ist ein Mann, der keine Gnade kennt."
„Thord hat recht, Thorstein", pflichtete Gerta ihrem Mann bei.
„Haltet ihr mich für einen Narren?", entgegnete der Krieger verdrießlich. „Ja, ich werde dem Gesetz Folge leisten. Schon Morgen gehe ich nach Sørhamna!"
„Dann kann es schon zu spät sein", wandte Thord besorgt ein. „Lass uns gehen! Jetzt!"
Doch der Alte sah Wulger mit Stolz in seinem Blick an. „Du hast gut gekämpft, Junge! Du bist schnell und geschickt. Die Klinge führst du auch sicher und suchst stets das Ziel. Doch es gibt noch mehr, das ich dich lehren muss."
„Was ist das? Du lehrst mich doch schon alles."
„Es ist die Sprache deiner Ahnen, Wulfger", antwortete Thorstein. „Ich lehre dich die Sprache, die deine Eltern sprachen. Wenn du eines Tages in das Saxland gehst, um Graf Dittmar zu töten, musst du die Sprache deines Volkes beherrschen."
„Aber nicht mehr heute. Einar ist sicher müde, sowie auch seine Schwester", mischte sich Gerta ein. „Ihr geht jetzt

schlafen." Und alles Maulen der Kinder half nichts, sie mussten gehorchen.

Noch in derselben Nacht, machten sich Thorstein und Thord auf den Weg, um dem nächsten Nachbarn, dessen Hof auf ihrem Weg lag, von dem Überfall des Bogi und von dessen Ende zu berichten.

*

5. GESIPPENHASS

Vier Winter waren über das Land gezogen, und die christlichen Pfaffen schrieben das Jahr 820 nach der Geburt ihres Herrn.

Klirrend schlugen die Klingen aufeinander, jedem Angriff folgte eine Parade, jeder Parade ein neuer Angriff. Die Kämpfer keuchten, und ihre nackten Oberkörper glänzten vom Schweiß, der an ihnen hinabrann. Und plötzlich lag an der Kehle des älteren Kämpfers die Klinge des jüngeren. Thordis, die etwas abseits mit Pfeil und Bogen übte, hielt inne und klatschte begeistert. „Thorstein, er hat dich geschlagen. Der Knabe hat dich geschlagen."

„Nenn mich nicht Knabe, dummes Huhn! Aber ja, mein Pate, ich habe dich geschlagen", lachte Einar.

„Glaubst du das wirklich?", grinste der Alte, und seine Augen wanderten an dem Burschen herunter. Wulfgers Blick folgte dem seinen und er erblickte das Messer in der Linken des Thorstein, dessen Spitze auf seine Männlichkeit zielte.

„Du alter Fuchs", grinste Einar.

„Auch wenn du mich erwischt hättest, mit der Nachkommenschaft wäre es vorbei", keuchte Thorstein außer Atem. „Denke immer daran, du hast zwei Hände, die es bei einem Kampf einzusetzen gilt", mahnte der Lehrer seinen Schüler.

„Thordis, geh und hilf deiner Mutter, und du komm, wir wollen uns ein wenig setzen." Thorstein schob sein Schwert in die Scheide und lehnte es an einen Baumstamm, der etwas abseits des Hauses lag. Er nahm darauf Platz, und der junge Bursche, den er Wulfger nannte, den seine Zieheltern aber immer noch Einar riefen, folgte seinem Beispiel. Der Mann mit dem langen, grauen Haar griff nach einem Wasserschlauch, der auf dem Stamm lag, und trank. Dann reichte er den Schlauch aus Ziegenleder dem jungen Burschen. Er hielt ihm die offene Hand hin und verlangte nach dem Sax, und Einar reichte es ihm.

„Du beherrscht es inzwischen ganz gut. Doch es wird Zeit für etwas Besseres." Er lächelte und griff hinter den Baumstamm. Von dort förderte er ein Schwert zutage.

„Dies ist die Klinge deiner Familie, mein Graf", sprach der Alte ernst.

„Warum nennst du mich Graf?" Fragend sah Einar in Thorsteins Gesicht. Der Alte lächelte. „Um dich auf deine Pflicht vorzubereiten. Denn es ist deine Pflicht, eines Tages die Herrschaft deiner Ahnen zurückzugewinnen. Dort, wo die Wellen des Flusses Lipsia sich mit denen des großen Stromes Rhein verbinden, steht die Wulfshöhe."

„Wulfshöhe? Was soll das sein?"

„Das ist die Burg deiner Ahnen im Saxland, Dummkopf!"

„Ich bin ein Nordmann, kein Sachse!"

„Und so soll es erst einmal bleiben! Du brauchst ein Heer, willst du sie einnehmen. Darum musst du ein Jarl werden!"

„Ich? Ein Jarl? Bist du wirr im Kopf, Onkel?", lachte der junge Bursche auf.

„Ja, du! Und ich bin zwar alt, aber sicher nicht wirr", wurde Thorstein ein wenig böse.

„Entschuldige! Wie sollte ich das vollbringen, ich bin allein", entgegnete der junge Bursche und konnte nicht glauben, was der Alte von ihm forderte.

„Eines Tages wirst du nicht mehr allein sein. Die Götter werden dir den Weg weisen." Ungläubig vernahm Einar die Worte.

Langsam zog der Alte das Schwert aus der Scheide. Die Klinge war jetzt makellos, und nun erkannte man auch die hervorragende Handwerkskunst eines fränkischen Schwertschmiedemeisters. Er reichte das Schwert dem jungen Burschen und sprach nun in der Sprache des Sachsenstammes seines ehemaligen Herrn. „Höre mir gut zu. Dies ist jetzt dein Schwert. Aber es ist mehr als nur eine Waffe, denn dieses Schwert beweist deine Herkunft und deinen Anspruch auf die Wulfshöhe. Einer deiner Ahnen bekam dieses Schwert im großen Krieg der Sachsen gegen die Franken von König Karl persönlich … und den Schwur, dass die Herrschaft auf ewig in der Hand deiner Sippe bleibt, egal was geschieht. Da, sieh das Wappen auf dem Knauf und den roten Stein im Griff."

„Aber … warum hat er das getan, wenn sie doch im Krieg waren?", fragte der Junge.

„Weil dein Ahne dem Franken auf dem Schlachtfeld das Leben rettete. Ich weiß es, weil ich zugegen war."

„Warum konnte mein Clan dann die Wulfshöhe verlieren?" Thorstein lächelte. „Du bist ein schlauer Kerl! Weil dein Großvater vor Scham, den König der Feinde gerettet zu haben, seinem Sohn die wahre Bedeutung dieses Schwertes verschwieg. Und mir nahm er den Schwur ab, vor Wulfram über mein Wissen zu schweigen."

„Und warum erzählst du es mir?"

„Du bist nicht Wulfram", grinste Thorstein schelmisch.

„Höre, alles was ich dir beibringen konnte, habe ich dich gelehrt. Nun wirst du einen anderen Lehrmeister brauchen." Er nahm noch einen Schluck aus dem Wasserschlauch und sprach dann in nordischer Sprache weiter. „Du wirst das Haus des Thord verlassen, Wulfger!"

„Aber ich bin sein Sohn. Ich gehöre hierher!"

Da wurde der Alte zornig. „Hast du es immer noch nicht verstanden? Diese Sippe ist nicht die deine. Du bist nicht

Einar Thordsson! Du bist Wulfger, der Sohn des Wulfram und der Walburga, und es ist deine verdammte Pflicht, den Tod deiner Eltern zu rächen und der Herr auf der Wulfshöhe zu werden, so dass der Schatz deiner Sippe der deine wird!"
Der Junge erhob sich und wog das Schwert in seiner Hand, ließ es mit kräftigen Schlägen durch die Luft gleiten. Dann tasteten seine Finger über das Wappen auf dem Griff.

„Es ist gar nicht so schwer, wie ich dachte! Wohin schickst du mich?", fragte der junge Bursche neugierig.

„Visgeir, der Schmied am Nordufer, wird dein neuer Lehrer sein."

„Der versoffene, alte Schmied! Was soll der Kerl mir schon beibringen?"

„Er wird dir sein Können beibringen, und durch ihn wird deine Ausbildung vollendet werden. In zwei Tagen wirst du aufbrechen, Wulfger."

*

Dunkel und staubig war der Raum, nur vom Licht eines spärlichen Feuers erleuchtet, als die Tür geöffnet wurde.

„Hilgrun, ich bringe dir eine kräftige Suppe", erklang die helle, junge Stimme eines rothaarigen Mädchens. Sie trat ein und schloss die Tür.

„Ziegen-Hilgrun?", fragte sie ins Dunkel, als sie keine Antwort erhielt. Da erklang eine dünne, geschwächte Stimme aus der hintersten Ecke der Hütte. Das junge Mädchen trat heran. Auf der Bettstatt lag das kranke Weib, und es schien, als bliebe ihr nicht mehr viel Zeit in Midgard[19].

„Bist du es, Birte?", fragte die Alte geschwächt.

„Natürlich, wer sonst?"

---

[19] Midgard – die Welt der Menschen. Eine der neun Welten

„Sei ein gutes Kind und schüre das Feuer. Mir ist kalt", bat die Hilgrun das Mädchen und begann heftig zu husten.

„Es ist Sommer und es ist warm, wie kannst du da frieren?", zweifelte Birte an den Worten der Alten.

„Das ist die Kälte des Todes. Hel streckt ihre Klauen nach mir aus. Ja, es ist soweit!"

„Ach, schwatz nicht. Iss lieber deine Suppe."

Das Mädchen nahm auf der Kante des Schlaflagers Platz und tauchte einen Löffel in die Schüssel, die sie hielt, doch Hilgrun schüttelte den Kopf. „Ich brauche kein Mahl mehr", sagte sie leise und begann wieder zu husten.

„Du bist die Einzige, die sich um mich kümmerte, sag deiner Mutter Dank dafür. Ich weiß, welches Schicksal euch widerfahren ist, und darum verrate ich dir ein Geheimnis, auf dass ihr Rache nehmen könnt."

Das Mädchen verstand nicht, und Hilgrun ergoss sich wieder in einem heftigen Hustenanfall. „Ich weiß, wer Jarl Ivar tötete. Es war derselbe Mann, der auch über euch das Unheil brachte."

„Warum sagst du mir das?", fragte das Mädchen erstaunt.

„Das habe ich dir doch gesagt! Weil ich euch zu Dank verpflichtet bin, und ich in das Totenreich eintreten will, ohne jemandem etwas schuldig geblieben zu sein", antwortete Hilgrun streng. „Und nun geh, Birte! Wenn du Morgen kommst, bringe Männer mit, denn ich werde tot sein."

Das Mädchen nickte, nahm ihren Korb und trat aus der Hütte ins Freie. Der helle Schein blendete sie und ließ sie für einen Moment ihre Augen schließen. Dann machte sie sich auf den Heimweg, und ihr rotes Haar glänzte in der Sonne.

Bogtyr Bogissons Augen glänzten, als er die Worte seiner jüngeren Schwester hörte, und ihn überkam ein Gefühl der Zufriedenheit. War nun der Moment der Rache gekommen? Der Rotschopf zählte inzwischen achtzehn Winter und diente unter dem Banner Jarl Ingverts. Und er wusste, diese Nachricht würde den alten Thorstein seinen Kopf kosten. Vier Winter zuvor hatte seine Sippe den Alten des Mordes an Bogi beschuldigt und diesen vor den Hochstuhl zitieren lassen. Doch obwohl Bogi einer der ihren gewesen war, hatte ihn die Gemeinschaft den alten Krieger für unschuldig befunden, denn Thorstein selbst war einen Tag nach dem Kampf vor den Jarl getreten und hatte den Überfall und den Tod des Bogi Erlingsson angezeigt. Auch hatte er noch in derselben Nacht, einem Nachbarn von der Tat berichtet. Und da sich zuvor die Niederlage des Beda gegen den Wulfger in der Siedlung herumgesprochen hatte und man den Bogi als rachsüchtig kannte, erklärte Jarl Ingvert den Überfall des Bogi zu einem ehrlichen Zweikampf. Er verurteilte Thorstein zwar dazu, für den Tod seines Widersachers eine Mannesbuße zu zahlen, mehr konnte Ingvert jedoch nicht für die Familie des Bogi tun, obwohl er den Alten als den Mann wiedererkannt hatte, der ihn viele Jahre zuvor vor seinen Gefährten blamiert hatte.

Nun aber tat sich dem Bogtyr ein neuer Weg auf, diesem Krieger Thorstein den Kopf zu nehmen, und das dank dieses alten Weibes, über das er sich so oft lustig gemacht hatte.

„Morgen werde ich vor Jarl Ingvert treten und ihm berichten, wer seinen Vater tötete", lachte Bogtyr freudig und stopfte sich ein Stück Brot in seinen Mund.

„Und Ingvert wird es mir danken."

„Wird er nicht", wandte Birte ein. Erschrocken sah Bogtyr seine Schwester an. „Bist du wirr, dumme Gans?"

Doch das Mädchen ließ sich von dem großen Bruder nicht schrecken. „Birte!", mahnte die Mutter, doch das Mädchen sprach unverhohlen weiter. Oft sagte man der Sippe des Bogi Dummheit nach, und dies war sicher bei Bogtyr, Beda und dem jüngsten Kind auch der Fall. Doch Birte war nicht wie ihre Geschwister. „Es reicht nicht, den Alten anzuklagen, Bruder. Du musst seine Tat beweisen, sonst werden der Rat und die Gemeinschaft gegen ein Urteil stimmen! Die Ziegen-Hilgrun weilt nicht mehr unter den Lebenden, um ihre Behauptung vor dem Jarl zu wiederholen."

Mit großen Augen sah Bogtyr seine Schwester an, und seine Freude war verflogen. „Ach, was weißt du schon?", keifte er patzig. „Es ist vierzehn Winter her, wer soll da noch etwas sagen können?"

„Ich glaube, ich weiß wer", sprach Birte geheimnisvoll und begann zu lächeln.

„Was willst du damit sagen, Schwester? Woher willst du schon etwas wissen?"

„Gehst du auf den Markt, Bruder?", fragte Birte keck.

„Nein, das tust du nicht, denn du bist ja ein Krieger des Jarls. Doch ich gehe auf den Markt, und der Markt hat viele Münder."

Bogtyr schlug mit der flachen Hand auf den Tisch. „Rede nicht in Rätseln mit mir!" Und während Beda und seine kleinere Schwester zu kichern begannen, sprach Birte:

„Kennst du Thordis?" Fragend sah das Familienoberhaupt seine Schwester an. „Nein, du kennst sie nicht! Woher auch? Aber ich kenne sie! Sie ist die Tochter des Fischers Thord."

Da verfinsterte sich das Antlitz des Bogtyr. „Was hast du mit dieser Brut zu schaffen? Sie töteten Vater!", schrie er böse. „Ich verbiete dir, mit dieser Fischerhure zu reden!"

„So höre ihr doch erst einmal zu", beschwor die Mutter den Sohn. „Nein, Mutter!", rief Bogtyr störrisch.

„Bogtyr, du bist mein Sohn, und ich sage dir: Halt jetzt deinen Mund und hör zu!" Da schwieg Bogtyr beleidigt.

„Rede, Birte", forderte die Mutter.

„Es ist schon eine Weile her, da war sie mit ihrem Vater auf dem Markt, und da sprach Thordis zu mir davon, dass der Thord den alten Thorstein fürchtete. Der Alte wolle ihrer Familie den Sohn und Bruder nehmen, und dafür hassen sie ihn. Doch sie haben Angst vor dem Krieger."

„Na und, warum erzählst du mir das? Es interessiert mich nicht", geiferte Bogtyr seine Schwester an.

„Weil der Fischer Thord damals zugegen war, und weil er vielleicht von der Tat wusste", erklärte Birte. „Wenn du es richtig anstellst, könnte er der Zeuge sein, den du brauchst!"

*

Es war noch recht früh am Morgen, der Himmel war blau und die Sonne kroch langsam über den Horizont, als Einar aus dem Haus trat. Langsam schritt er auf den Stall zu, doch noch ehe er diesen erreichte, wurde die Tür geöffnet und Thorstein trat heraus. „Nun, junger Wulfger, bist du bereit?" Der junge Bursche, der nun ein Krieger werden wollte, nickte.

„Kennst du den Weg zu Visgeir, dem Schmied?", fragte Thorstein, und wieder nickte Einar. „Wirst du mich nicht begleiten?" Der alte Krieger schüttelte seinen Kopf. „Nein, mein Graf, das werde ich nicht. Diesen Weg musst du alleine gehen. Halte dich auf dem Weg nach Norden, vorbei an Nordbuktavik und dann findest du den Schmied Visgeir. Wenn du die schmale Landbrücke überqueren willst, musst du dich an Jarl Ingverts Wachen vorbeischleichen, denn der

Jarl der Südinsel mag es nicht, wenn man sich in das Gebiet des anderen Jarls begibt."

Da traten Thord, Gerta und Thordis aus dem Haus. „Ihr seid früh auf den Beinen", bemerkte der Alte lächelnd und trat dann auf die Familie zu. „Ich wünsche euch einen guten Morgen. Mögen die Götter euch einen geruhsamen Schlaf beschert haben."

„Onkel, nimm uns nicht unseren Sohn", bat Gerta mit Tränen in den Augen.

„Ich nehme euch nicht euren Sohn. Es ist noch lange nicht soweit, dass er euch verlässt, Gerta. Das musst du mir glauben! Im nächsten Sommer wird er zu euch zurückkehren."

„Warum tust du uns das an? Warum zerstörst du meine Familie, Onkel?" Gerta sah den Alten mit hasserfülltem Blick an. Da legte Thord seine Hände auf die Schultern seines Weibes und schüttelte langsam seinen Kopf. Dann wandte er sich dem Sohn zu, den er Einar nannte. Er reichte ihm seinen gut gefüllten Reisebeutel. „Hier, mein Sohn, ein wenig Proviant und Kleidung. Und hüte dich vor dem Wächter an der Landbrücke!"

„Ich gehe mit dir." Thordis trat vor ihren Bruder. „Damit dir das Wandern nicht zu langweilig wird. Wenigstens ein Stück des Weges." Nun zeigte sich wieder, wie eng die beiden Geschwister miteinander waren.

„Ich glaube nicht, dass ich meine Schwester davon abhalten kann", lachte Einar. „Also werden wir eine Weile gemeinsam gehen." Das Mädchen mit dem rotblonden Haar lächelte, nickte, und lief ins Haus.

Weinend umarmte Gerta ihren Ziehsohn, und auch Thord schloss ihn in seine Arme. „Achte gut auf dich, Einar!"

„Das werde ich, Vater", antwortete der Sohn, dann wandte er sich zum Haus und rief: „Thordis, komm endlich!"

Da erschien das Mädchen auch schon auf der Schwelle des Hauses. Über ihrer Schulter hingen Pfeilköcher und Bogen und über den Hüften trug sie einen Gürtel mit einem Messer. Anstatt ihres Kleides und der Schürze hatte sie sich eine Hose und ein Hemd ihres Bruders angezogen. „Ha, du siehst ja aus wie ein Kerl", lachte Einar belustigt.

„Thordis, du gehst nur so weit, dass du vor Einbruch der Dunkelheit zurück bist", entschied der Vater, und das Mädchen nickte. Thorstein nahm sein Mündel noch einmal zur Seite. Dann machten sie sich auf den Weg.

Sie waren bereits ein ganzes Stück schweigend nebenher gelaufen, da sah Thordis ihren Bruder an und sprach: „Ob es stimmt, dass wir keine Geschwister sind?"

„Hm … Thorstein behauptet es. Aber es ändert doch nichts zwischen uns!" Er lächelte seine Schwester an.

„Oh, doch! Das ändert vieles", flüsterte sie, sodass Einar sie nicht verstehen konnte.

„Was sagst du?"

„Nichts … Bruder!"

Die Sonne begann nun den Tag kräftig zu erwärmen, und nachdem sie ein ganzes Stück schwatzend zurückgelegt hatten, machten sie halt. Auf einer Wiese setzten sie sich in der Morgensonne nieder.

„Wie soll ich dich eigentlich jetzt nennen? Einar oder Wulfger?", fragte Thordis plötzlich, und ihr Bruder zuckte unwissend mit den Schultern. Er überlegte einen Moment, und während er ein Stück Brot und etwas Käse aus seinem Reisebeutel nahm, sagte er: „Solange ich hier im Norden lebe, werde ich Einar Thordsson sein! Der Name Wulfger ist mir fremd, genau wie die Anrede Graf, die Thorstein immer wieder benutzt." Er brach das Brot in zwei Teile und reichte es Thordis. Gleiches tat er mit dem Käse.

„Weißt du, Thorstein sagt, eines Tages werde ich ein Jarl sein und ein Heer befehligen und ich werde mit meinen Kriegern in das Saxland ziehen, um die Burg meiner Ahnen zurückzugewinnen." Da lachte Thordis belustigt auf. „Du, ein Jarl?" Einar schüttelte seinen Kopf. „Ich weiß nicht einmal, ob ich das will."

„Aber wenn das der Wille der Götter ist?", zog Thordis da fragend die Schultern empor. „Doch mir ist es gleich, welchen Weg du gehen wirst, ich werde zu dir stehen, Einar!"

Beide hatten sie nun gut vierzehn Winter erlebt, und Kinder waren sie längst nicht mehr. Thordis wurde zur Frau, ihr Körper hatte sich verändert, sie blutete, wie es die Frauen taten, und auch ihre Gefühle waren nun andere geworden. Sie hatte sich immer zu ihrem Bruder hingezogen gefühlt, sie hatten als Kinder nur selten gestritten, nun aber waren ihre Empfindungen für den Bruder andere geworden. Seit Thorstein das Geheimnis von Einars Herkunft gelüftet hatte, schienen sich die Gedanken und Gefühle auch zu erklären, die sie seit einiger Zeit für Einar hegte. Und die Scham, die sie darüber empfand, war dem Wissen gewichen, das Einar nicht ihr wahrer Gesippe war.

Die Sonne hatte den Zenit bereits überschritten, da erreichten sie die große Bucht, die von Westen weit in die Insel hineinreichte und diese so in zwei Inseln teilte. Nur durch einen schmalen Streifen Land war die große südliche mit der kleineren nördlichen Insel verbunden.

„Sag mir, Einar, denkst du manchmal an ein Weib?", fragte Thordis plötzlich kichernd, denn ihre Unterhaltung war schon seit längerem eingeschlafen. „Was redest du da?", antwortete der Bursche verschämt. „Nun, du bist doch kein Knabe mehr, und Männer gelüstet es nach einem Weib. Hast du es noch nie gehört, wenn Vater und Mutter es miteinander treiben?"

„Das interessiert mich nicht", wiegelte er ab. „Auf so etwas kann nur ein Mädchen kommen", nuschelte er leise vor sich hin. Da packte Thordis den Einar bei den Schultern, drehte ihn zu sich und küsste ihn innig auf den Mund.

„Was soll das? Bist du wirr?"

„Nun, da wir jetzt keine Geschwister mehr sind, ist doch nichts dabei, das die Götter erzürnen könnte", lachte das rotblonde Mädchen vergnügt. „Ich werde dich jetzt verlassen, und da ich nicht weiß, wann wir uns wiedersehen, wollte ich vorher deine Lippen kosten." Sie wandte sich ab, um den Rückweg anzutreten, denn sie war schon viel weiter mit ihm gegangen, als sie sollte. Doch dann wandte sie sich noch einmal um. „Du bist erst ein Mann, wenn du es einem Weib besorgt hast", rief sie lachend und ging.

Einar wusste nicht, ob er sich über die Dreistigkeit der Thordis ärgern oder sich über ihren Kuss freuen sollte. Sie war ein hübsches Mädchen, daran bestand kein Zweifel, und seine Zuneigung zu ihr war groß. Was, wenn sie recht hatte? Wenn ein junger Bursche wirklich erst ein Mann würde, wenn er bei einem Weib gelegen hatte? Der Kuss jedenfalls hatte ihm durchaus gefallen, und dieser war wenig geschwisterlich gewesen.

„Ach, alles dummes Weibergeschwafel", sprach er leise und ging seines Weges.
Den Wächter an der Landbrücke hatte er schnell entdeckt. Dieser schien seine Aufgabe nicht besonders ernst zu nehmen, denn er lag unter einem Baum und schlief. So schlug sich Einar etwas abseits des Weges durch die Büsche, um dann etwas später wieder auf den Pfad zurückzukehren.

Vorbei an Höfen und einer größeren Siedlung, die einem Jarl namens Oyvind unterstand, erreichte er bald die nördlichen Klippen. Langsam näherte sich die rote Scheibe dem Horizont, als er, in einem Wald gelegen, die Hütte des Schmiedes Visgeir erreichte. Ohne Scheu, trat er in die offene Schmiede ein, in der ein stämmiger Kerl saß. Als dieser den Gast bemerkte, legte er seinen Hammer beiseite und fragte: „Wer bist du? Was willst du?"

„Ich bin Einar Thordsson! Ich bringe Grüße von Thorstein Thordursson."

„Dann bist du das Mündel des Kriegers. Ist es also soweit! So sei mir willkommen!"

*

„Ich hasse ihn!"

„Wen hasst du?" Thord drehte sich zu seinem Weib um, und Gerta richtete sich vom Schlaflager auf. „Thorstein, wen sonst?"

„Du darfst ihn nicht hassen, er ist unser Gesippe."

„Und doch tut er uns dies an! Er nimmt uns unseren Sohn." Ein leises Schluchzen verriet Thord, dass sein Weib weinte.

„Aber du hast doch gehört, dass Einar den Willen der Götter erfüllen muss. Und als er uns das Kind brachte, wussten wir, dass es nicht für immer sein würde", versuchte Thord sein Weib zu trösten, wählte aber die gänzlich falschen Worte.

„Bist du etwa auf seiner Seite?", keifte da das Weib, sodass sogar Thordis erwachte, die auf einem der fellbedeckten Bänke schlief. Sie öffnete ihre Augen, sprach aber nicht, sondern horchte ins Dunkel.

„Natürlich nicht! Mir wäre es auch lieber, er wäre nicht zurückgekehrt. Doch was soll ich tun? Er ist nun mal mein Gesippe, und außerdem ist Einar sein Mündel."

Die Stimme des Thord klang hilflos.

„Möge Odin den Alten nach Walhalla holen, dann kann Einar heimkehren", fauchte Gerta böse. „Ich werde den Göttern dafür ein Opfer bringen!"

Wie immer war der Weg vom See bis nach Sørhamna mühsam gewesen, den Thord mit seinem Karren zurücklegen musste. Zwei Fässer voller Fisch hatte er vor sich hergeschoben und hoffte, diesen auf dem Markt verkaufen zu können. Und da es ein schöner und warmer Sommertag war, war der Markt ausreichend besucht und die Geschäfte gingen tatsächlich gut. Als aber Bogtyr Bogisson an seinen Karren trat, überkam Thord ein ungutes Gefühl. Wie meist war er unbewaffnet, hatte sich nicht an das Tragen des alten Schwertes seines Vaters gewöhnen können und hielt sich auch keineswegs für einen Kämpfer. Trotz der mahnenden Worte seines Gesippen Thorstein.

„Auf ein Wort, Fischer", sprach der rothaarige Krieger des Jarls freundlich und doch mit drohender Stimme. „Was willst du, Bogtyr? Wenn es um den Zwist unserer Sippen geht, wende dich an meinen Onkel Thorstein Thordursson. Ich bin nur ein einfacher Fischer und ich habe den Zwist über", entgegnete Thord gereizt. „Willst du Fisch?"

„Sehe ich aus wie ein Weib? Nein, ich will keinen Fisch!", keifte der Bogisson. „Mir kam zu Ohren, dass Thorstein kein angenehmer Gast ist."

„Ich wüsste nicht, was dich das angeht. Aber wenn du es unbedingt wissen willst: Ja, mein Weib hofft auf den Tag, an dem er uns verlässt", sprach Thord verärgert.

„Ich könnte dir dabei behilflich sein, den Alten loszuwerden, Thord Thorbergsson." Geheimnisvoll sah Bogtyr den Fischer an, und dieser runzelte die Stirn. „Wie willst du mir dabei behilflich sein?"

„Ich weiß aus sicherer Quelle, dass Thorstein Jarl Ivar den Kopf nahm!" Erschrocken stierte der Fischer den Krieger an.

„Wenn ich mit meinem Wissen vor Jarl Ingvert trete und meine Worte nicht beweisen kann, sodass eine Anklage dem Ingvert seine Rache bringen würde, wird es nicht einmal einen Tag dauern und seine Krieger brennen dein Haus nieder und töten alle, die zu deiner Sippe gehören", prophezeite Bogtyr warnend. „Es gibt aber einen Ausweg für dich, dieses zu verhindern. Schließlich tragen du und deine Familie nicht die Schuld am Tod des Jarls und meines Vaters." Bogtyr begann hämisch zu grinsen. Er hatte den Fischer genau da, wo er in haben wollte. Thord gefiel das Gehörte in keiner Weise, aber er wusste, dass es genau so kommen würde. Er war die Fliege im Netz und Bogtyr war die Spinne!

„Rede, Bogtyr!"

„Wenn ich einen Zeugen für die Tat nennen könnte, würde Jarl Ingvert sicher dem Gesetz Genüge tun und ihn auf einem Thing anklagen. So bliebe deine Familie verschont, Fischer."

Entsetzt sah Thord sein Gegenüber an. „Du verlangst, dass ich meinen Gesippen der Tat bezichtige?" Er schüttelte energisch den Kopf. „Selbst wenn ich es wüsste, was ich nicht tue, die Götter sind meine Zeugen, kann ich meinen Gesippen nicht an den Henker ausliefern!"

Bogtyr atmete tief ein. „Das ist schade, Fischer, dann wird meine Mutter ihren Fisch bald bei einem anderen kaufen müssen." Er wandte sich zum Gehen, drehte sich aber noch einmal dem Thord zu. „Ich gebe dir zwei Tage Zeit, es dir zu überlegen. Und denke dabei an deine Kinder!" Er begann zu lachen und ging.

Der Tag war dem Thord vergällt. Was sollte er nun tun? Die Sonne stand schon tief, als er beschloss, den Heimweg anzutreten. Seine Fässer waren fast bis auf den Boden geleert, und so konnte er selbst noch kaufen, was ihm sein Weib aufgetragen hatte. Düster waren die Gedanken, die ihn auf dem Weg beschäftigten. Thorstein hatte ihm, seit dieser wieder aufgetaucht war, nicht viel Freude bereitet, und Gerta war voller Hass für den Mann, der aus dem Saxland zu ihnen gekommen war. Und die Drohungen des Bogtyr waren nicht von der Hand zu weisen, denn natürlich würde Jarl Ingvert Rache nehmen wollen für den Tod seines Vaters. Es ging also um nichts weniger als das Leben seiner Familie. Doch würden ihm seine Ahnen und die Götter einen solchen Verrat an einem Sippenmitglied verzeihen?

Die Dämmerung hatte bereits eingesetzt, als er den Karren auf seinen Hof schob. Er lud die Fässer ab, brachte die Waren ins Haus, und Gerta, die an der Feuerstelle stand, erkannte sofort an seinem Gesichtsausdruck, dass ihren Gemahl etwas bedrückte. Sie trat zu ihrem Mann und küsste ihn. „Was hast du?", fragte sie, doch gerade, als er antworten wollte, trat Thorstein in den Raum. Den größten Teil des Tages hatte er in dem Stall verbracht, denn er klagte über die Wärme. Meist zeigte er sich in diesen Tagen erst gegen Abend. „Wie waren die Geschäfte, Neffe?", fragte er, obwohl es ihm eigentlich egal war.

„Ich konnte fast meinen gesamten Fang verkaufen, aber so bleibt noch genügend Fisch für uns." Er wandte sich seiner Tochter zu. „Geh hinaus und leere die Fässer. Bereite den Fisch zum Trocknen vor." Das junge Weib nickte und verließ das Haus. Sie hatte in einer Ecke an dem Webrahmen gesessen und still an einer Decke gearbeitet.

„Gerta, gutes Weib", richtete sich Thorstein an die Frau des Hauses, „es knurrt mir der Magen."

„Ich bereite bald das Abendmahl. Du wirst nicht verhungern, Thorstein!" Der Ton der Gerta dem Thorstein gegenüber war, seit Einar das Haus verlassen hatte, rau und oft auch patzig geworden. Sie ließ keinen Zweifel daran, dass sie dessen Entscheidung missbilligte.

Brummend zog sich der Alte ein wenig beleidigt aus dem Haus zurück.

„Musst du ihn reizen?", tadelte Thord sein Weib, doch dieses zog nur gleichgültig seine Schulter hoch.

„Nun sage mir, was war in Sørhamna?", fragte Gerta neugierig, denn sie kannte ihren Gemahl gut genug, um zu wissen, dass etwas geschehen war. Doch Thord schüttelte stumm den Kopf. Sein Weib aber bohrte unerbittlich weiter.

„Schweig endlich und bereite das Mahl, Weib", sprach nun Thord gereizt, und Gerta gehorchte.

In der Nacht lag Thord lange wach, denn seine Gedanken ließen ihn keinen Schlaf finden. Und als dann Gerta erwachte, verlangte diese endlich zu erfahren, was in Sørhamna geschehen war. Und nun sprach Thord!

Er erzählte seinem Weib von Bogtyr und seiner Drohung, und auch davon, dass er ihm zwei Tage Bedenkzeit gegeben hatte, bevor er vor den Jarl treten würde.

„Du musst es tun!"

„Das kann ich nicht. Er ist mein Gesippe. Die Götter werden mich dafür strafen!"

Da wurde Gerta böse. „Du willst unsere Familie für diesen Mann opfern? Das kannst du nicht tun!"

„Es ist meine Entscheidung! Und nun lass mich in Ruh!"

Es war am Abend des folgenden Tages. Thord arbeitete noch am Ufer des Sees und bemerkte nicht, dass sein Weib den Hof verlassen hatte.

Kräftig klopfte es an der Tür. „Sieh, wer da ist", befahl Bogtyr seiner Schwester Birte, während er mit seinem Bruder Beda am Tisch saß und würfelte. Die Schwester

erhob sich und öffnete. „Es ist das Weib des Fischers",
wandte sie sich ihrem Bruder zu.
 „Dann lass sie doch eintreten, dumme Gans!"
Langsam trat Gerta in den Raum, sah den Bogtyr an und
sprach: „Ich werde es tun! Für meine Familie!"

*

6. Das Urteil

In der ersten Nacht, die Einar in der Schmiede verbracht hatte, schlief er recht unruhig. Visgeir hatte entschieden, dass der junge Bursche in der Schmiede sein Nachtlager aufschlagen sollte. Da er ihn noch nicht kannte, wollte er ihn auch nicht in seinem Haus haben. Und so hatte Einar sich in einem Schlafsack nicht weit der Feuerstelle ein Plätzchen gesucht. Allerdings roch der Schlafsack, den der Schmied ihm gegeben hatte, mehr als unangenehm. Ja, dieser Sack aus Robbenfell stank fürchterlich.
Die Nächte auf der Insel waren, obwohl es Sommer war, recht frisch, und die Schmiede war kein geschlossener Raum, sondern nach vorne geöffnet. Dazu kam, dass Visgeir ihm aufgetragen hatte, dafür zu sorgen, dass die Glut nicht erlosch. So schlief Einar immer nur für kurze Zeit.

„He, hoch mit dir, Bursche", rief der Schmied, als er in der Frühe, es begann gerade zu dämmern, in die Schmiede trat. Unsanft stieß er mit dem Fuß gegen den Schlafenden. Langsam öffnete Einar seine Augen, und wieder stieg ihm der saure Gestank in die Nase.

„Was soll das? Es ist noch dunkel", beschwerte er sich und begann zu gähnen.

„Ich denke, du bist der Sohn eines Fischers? Da musst du es doch gewohnt sein, den Tag in der Früh zu beginnen. Also, steh auf, die Arbeit beginnt! Kümmere dich um das Feuer. Dann gehst du Holz suchen und dann zeige ich dir, wie man Schäfte schnitzt", sprach Visgeir streng.

„Aber …!"

„Was, aber?"

„Wie wäre es mit einem Morgenmahl? Und waschen? Ich will mich waschen!", wandte Einar ein.

„Waschen willst du dich? Das ist doch unnötige Zeitverschwendung", lachte der Schmied, und der junge Bursche wusste nun, warum der Schlafsack so stank.

„Und ein Mahl willst du? Hast noch keinen Handschlag getan und willst essen?"

„Ich kam hierher, um meine Fähigkeiten im Schwertkampf zu verbessern und nicht um für dich zu schuften", wagte Einar sich erneut zu beschweren.

„Glaubst du, ich füttere dich ohne Gegenleistung durch, Bursche? Bist hier nicht mehr an der Zitze deiner Mutter! Du wirst schon für mich arbeiten müssen, um zu erhalten was du willst!" Visgeir wandte sich ab und begann die Glut zu schüren.

Langsam erhob sich Einar und schälte seinen Körper aus dem stinkenden Fellsack. Er trat vor die Schmiede, zog dabei den Schlafsack hinter sich her ins Freie und warf diesen zur Seite. Neben der Tür des Hauses stand ein Fass, das noch zur Hälfte mit Regenwasser gefüllt war. Einar beugte sich über den Rand und begann sich gründlich zu waschen, in der Hoffnung, den Gestank loszuwerden. Dann nahm er den Schlafsack und stopfte ihn in das Fass, was sich später noch als Fehler herausstellen sollte, und legte diesen dann zum Trocknen auf einen Busch.

Es wurde ein schöner Tag, obwohl einige dunkle Wolken vorüberzogen, und Einar musste lange auf ein Mahl warten. Dieser Schmied schien nur wenig vom Essen zu halten. So arbeiteten sie, bis die Sonne im Zenit stand. Erst dann brachte Visgeir dem Schüler ein Mahl in die Schmiede. Er selbst zog sich in sein Haus zurück. Etwas Brot, ein gedörrter Fisch und ein Becher Wasser sollten Einar sättigen. Nicht gerade das Mahl eines Jarls, dachte er, und nachdem er gegessen hatte, erhob er sich und ging in den Wald. Dort hatte er am Morgen, bei der Suche nach Holz, einen Teich mit einer Quelle entdeckt, die einen Bach mit frischem Wasser speiste. Er entkleidete sich und stieg in das kalte Wasser, um endlich den Gestank von sich zu waschen, denn Einar roch diesen immer noch. Es konnte natürlich auch sein, dass Visgeir die Quelle des unangenehmen Geruches war, aber diesen zu einem Bad zu bewegen, schien dem jungen Burschen unmöglich zu sein. Und so beschränkte er sich erst einmal auf seinen eigenen Körper.

*

Anfangs war Jarl Ingvert erstaunt über das Gehörte, doch sein Erstaunen wandelte sich schnell in Zorn. „Wenn deine Worte der Wahrheit entsprechen, werde ich diesen Kerl und seine ganze Sippe zur Hel schicken!", rief der Jarl außer sich vor Wut, so wie es Bogtyr erwartet hatte. Und eigentlich war es ihm egal, was aus Thord und seiner Familie wurde, so wusste er selbst nicht, warum er sich für diese einsetzte. Der Jarl saß auf seinem Hochstuhl, und zwölf seiner Krieger saßen an den Tischen, die davor standen. Zwei hübsche Sklavinnen bewirteten die Krieger mit Bier, und diese machten davon reichlich Gebrauch. Doch keiner wagte es, die Sklavinnen zu belästigen, denn sie gehörten dem Jarl und sie teilten auch das Schlaflager mit diesem. Jarl Ingvert zählte inzwischen vierunddreißig Winter, doch ein Weib hatte er sich noch nicht genommen, denn er hielt sich an seinen Schwur, um bei den Göttern nicht in Ungnade zu fallen.

„Reiten wir zum See und verbrennen wir die ganze Brut", rief Harald, der Eber, wie man ihn nannte, dem das Bier schon reichlich zugesetzt hatte, und einige stimmten dem Kahlkopf lautstark zu.

„Auch ich habe durch diesen Mann meinen Vater verloren, und ich habe nicht weniger Grund, den Alten zu töten", wandte Bogtyr ein. „Doch ich will nicht den Zorn der Götter

auf mich ziehen, und sage, auf einem Thing müssen wir alle
über das Schicksal des Thorstein entscheiden!" „Was bist du
nur für ein armseliger Kerl, Rotschopf?", hielt sich der Eber
nicht mit seiner Meinung zurück. Da wurde es laut, denn die
Männer, die dem rothaarigen Krieger recht gaben, brüllten
gegen diejenigen an, die den Onkel des Fischers lieber
gleich töten wollten. Und seine ganze Sippe dazu!

„Ein Thing willst du einberufen?", rief Jarl Ingvert
kopfschüttelnd, nach dem er für Ruhe gesorgt hatte.

„Vierzehn Winter sind vergangen, seit mein Vater getötet
wurde, und du willst seine Schuld verhandeln? Wie willst du
vor den Göttern beweisen, dass der Alte die Tat begangen
hat?"

„Das werde ich, Jarl Ingvert", versprach Bogtyr Bogisson.
Da trat einer der Männer, Gunnar mit Namen, einer von
denen, die schon seit frühester Jugend an seiner Seite
weilten, vor den Jarl.

„Bogtyr hat recht! Wir dürfen die Götter nicht erzürnen.
Und auch nicht die Menschen von Sørhamna, schließlich ist
der Fischer einer der ihren!"

Der Jarl sah seinen alten Gefährten an und erhob sich von
seinem Hochstuhl. „Ruhe!", rief er. „Haltet das Maul!"
Sofort wurde es wieder ruhig in der Schildhalle. „Du,
Bogtyr, nimmst dir sechs Männer und reitest zum See. Hol
den Alten hierher, aber bring ihn mir lebend!"

Die Sonne stand im Zenit, als sieben berittene Krieger und
ein reiterloses Pferd über den Pfad am Ufer zum Haus des
Fischers kamen. Thord war mit dem Nachen auf dem See
und hatte gerade sein Netz in den Fluten versenkt, als er die
Männer kommen und zwischen den Büschen und Bäumen
des Ufers verschwinden sah.

Ihn überkam ein ungutes Gefühl. „Was bei Odin ...?" Sofort begann er hastig sein Netz einzuholen und ruderte zurück an Land.

Sie zügelten die Pferde vor dem Haus des Fischers, wo Gerta bereits aus dem Haus getreten war. In ihrer Hand hielt sie eine Axt, und neben ihr stand Thordis mit einem Pfeil an der Sehne. „Was willst du hier, Bogtyr Bogisson?", rief sie streng, obwohl sie längst ahnte, was hier vor sich ging.

„Zuerst soll deine Tochter den Bogen senken", sprach er und zeigte auf Thordis. Gerta sah ihre Tochter streng an und nickte, worauf diese den Pfeil von der Sehne nahm.

„Wir sind hier, um dem Gesetz Genüge zu tun! Auf Befehl Jarl Ingverts sollen wir Thorstein Thordursson nach Sørhamna bringen. Wo ist er?"

Gerta zeigte ohne zu zögern auf den Stall. Die Männer schwangen sich aus den Sätteln und liefen hinüber zu dem kleinen Bau mit dem grasbewachsenen Dach, dabei zogen sie ihre Schwerter. Ohne zu zögern traten sie die Tür ein und drängten in den Stall.

„Mutter, was geht hier vor?", fragte Thordis erschrocken.

„Das ist eine alte Geschichte, Kind. Du warst noch an meiner Brust, als es geschah", antwortete Gerta geheimnisvoll.

„Was geschah?", fragte Thordis mehr erschrocken über den Überfall der Krieger als neugierig.

„Als Thorstein den Jarl von Sørhamna tötete!"

Gebrüll drang aus dem Stall, und dann schleppten sie den Alten heraus.

„Was wollt ihr Dreckskerle von mir?", brüllte Thorstein zornig. Zu überraschend waren die Kerle in seine windschiefe Behausung gestürmt, so dass er nicht mehr zu seinen Waffen greifen konnte. „Lasst mich los, elende Schlangenbrut! Thor soll euch zerschmettern!"

„Halt dein Maul, Alter!", keifte einer der Krieger, und schnell hatten sie ihm die Hände gebunden und ein Seil um den Hals gelegt.

„Jarl Ingvert wird dich auf dem Thing wegen des Mordes an seinem Vater Jarl Ivar anklagen", sprach Bogtyr und konnte sich ein hämisches Grinsen nicht verkneifen.

„Bist du wirr?", lachte Thorstein auf. „Der Kerl ist seit ewigen Zeiten tot!"

„Lach nur, Alter, doch du wirst dafür büßen! Das ist der Wille der Götter!"

„Warum ruft man mich nicht auf das Thing, wie es sich gehört? Ich bin ein freier Mann, solange man mich nicht für schuldig befunden hat. So ist das Gesetz", beschwerte sich Thorstein verärgert und lautstark. „Stattdessen behandelt ihr mich wie ein Stück Vieh!"

Einige der Männer sahen sich an und waren sich nicht sicher, ob der Alte nicht doch recht hatte. Die Befehle des Jarls aber waren andere.

Bogtyr hatte genug von der Rederei, er wandte sich ab und befahl den Männern aufzusitzen. Da kam plötzlich Thord auf den Platz vor dem Haus gelaufen. „Was wollt ihr hier?", rief er schon von weitem, als er seinen gefesselten Gesippen sah. „Ihr werdet ihn freilassen!"

Doch als er näher kam, hielt ihm Bogtyr sein Schwert entgegen. „Halt dein Maul, Thord! Oder soll ich dich zur Hel schicken!" Langsam trat er auf das Haus zu, wo immer noch Gerta und Thordis standen.

„Los, bindet ihn auf das Pferd", befahl Bogtyr seinen Männern und wandte sich dann wieder dem Thord zu, der zu seinem Weib geeilt war.

„Beim nächsten Vollmond ruft der Jarl zum Thing. Dort wird über das Schicksal deines Gesippen entschieden. Ich will dich und dein Weib in der Schildhalle sehen!"

Dann schob er sein Schwert in die Scheide zurück und schwang sich auf sein Pferd. Mit dem Thorstein in ihrer Mitte verließen die Reiter den kleinen Hof des Fischers.

Es kam der Tag, an dem der Mond seine volle Rundung erreichte, und so kamen die Bewohner von Sørhamna in der Schildhalle zusammen, so wie es der Jarl befohlen hatte. Schon früh am Morgen hatten sich Thord, sein Weib und seine Tochter auf den Weg gemacht, und als sie in der Siedlung durch die Gassen gingen, spürten sie die durchdringenden Blicke auf sich. Sie begaben sich sofort in die Schildhalle und fanden dort einen Platz an einem der Tische, denn noch waren nicht viele Menschen in der großen Halle. So dauerte es noch eine Weile, bis sich die Schildhalle füllte, und irgendwann traten die Krieger des Jarls und Jarl Ingvert selbst herein.
„Hört auf zu saufen!", rief Ingvert streng, und die Sklavinnen, die damit beschäftigt waren, das kühle Bier auszuschenken, zogen sich zurück. Der Jarl setzte sich auf seinen mit weichen Fellen gepolsterten und von einem Meister der Schnitzkunst herrlich verzierten Hochstuhl und das Thing konnte beginnen. Zuerst sprach Ingvert von einem Raubzug, den er noch in diesem Sommer in die Tat umsetzen wollte, und sein Ziel sollte die Küste des Frankenlandes sein. Er versprach den Männern reiche Beute, und so meldeten sich viele von ihnen, um sich dem Jarl auf der Raubfahrt anzuschließen. Seine zwei Schiffe konnte Ingvert bemannen.
Dann wurden kleinere Vergehen verhandelt, bei denen durch Handzeichen der anwesenden Männer über Schuld und Unschuld entschieden wurde. Der Jarl verhängte dann die Strafen, falls dieses vonnöten war.

Dann führten zwei Krieger den alten Thorstein Thordursson vor den Hochstuhl. Es wurde unruhig in der Halle, manche riefen Beleidigungen, andere blieben still.

„Thorstein Thordursson, ich bezichtige dich des Mordes an meinem Vater Jarl Ivar. Ich könnte dich erschlagen, denn dies wäre mein Recht", sprach Ingvert streng.

„Warum tust du es dann nicht?", fragte Thorstein frech und ohne Respekt. „Fehlt dir der Mut dazu, mir im Zweikampf gegenüber zu stehen?"

„Halt dein Maul, Alter!", fauchte Harald, der Eber, und schlug dem Thorstein in sein Gesicht.

„Ich will mich an unsere Gesetze halten und werde wegen dir nicht die Götter erzürnen, alter Mann", entgegnete Ingvert mit ruhiger Überlegenheit.

„Dann musst du mir die Tat beweisen, die du mir zur Last legst", lachte Thorstein laut auf. „Sage mir, Jarl, wie willst du meine Schuld bekunden? Wenn ich richtig unterrichtet bin, starb dein Vater vor vielen Wintern. Ich aber war für lange Zeit nicht auf dieser Insel!"

Erschrocken sah Ingvert den Krieger Bogtyr an, der etwas seitlich vom Hochstuhl stand, und er begann sich zu ärgern, dass er auf den Sohn des Bogi gehört hatte. Doch dieser begann dreist zu grinsen und trat vor.

„Du bist der Mann, der Bogi tötete. Bogi, der mein Vater war", sprach Bogtyr zu dem Alten. „So ist es auch mir ein großes Verlangen, deinen Kopf fallen zu sehen."

„Soso, das mag ja sein, doch bei Odin, wie du weißt, haben mich der Jarl und das Thing für diese Tat von der Schuld freigesprochen", grinste der Mann, der den größten Teil seines Lebens in einem fremden Land verbracht hatte.

„Gott Odin nimmt dir dein Heil, Alter!" Bogtyr trat vor die Anwesenden und rief: „Gibt es unter euch einen, der die Schuld des Thorstein Thordursson beschwören kann?"

Plötzlich herrschte Stille und die Anwesenden sahen sich um, doch es geschah nichts. Bogtyr sah sich mit strengem Blick um, und als er sah, wen er suchte, trat er langsam heran. Vor dem Tisch, an dem Thord und seine Familie saßen blieb er stehen. „Verärgert die Götter nicht!", rief er. Da erhob sich Gerta, das Weib des Fischers. Entsetzt sah Thord sein Weib an. „Gerta, schweig!", befahl er, doch sein Weib gehorchte ihm nicht.

„Er hat den Jarl getötet! Er hat uns die Tat gestanden!"

„Einem Weib ist es nicht gestattet, hier zu sprechen", rief da Thord, und die Anwesenden stimmten lautstark zu. Doch Jarl Ingvert erhob sich und forderte gut vernehmbar Ruhe ein. „Gibt es einen Mann, der bereit ist, für dieses Weib zu sprechen?"

Gerta sah ihren Gemahl an und sprach leise: „Er nahm uns unseren Sohn!"

Wieder herrschte Stille in der Halle und niemand hob seine Hand. Da begann Thorstein zu lachen. Laut zu lachen! Doch plötzlich erstarb sein Lachen.

„Ich werde für dieses Weib sprechen!" Thord hatte sich erhoben und trat vor. Nun stand er seinem alten Gesippen gegenüber. „Thord, du bist mein Neffe! Mein Gesippe! Wie kannst du …?" Da traf ihn die Faust eines der Krieger und brachte ihn zum Schweigen.

„Los, Fischer, rede", verlangte Jarl Ingvert ungeduldig.

„Hat dieser Mann meinen Vater Jarl Ivar getötet?"

Thord senkte sein Haupt. „Ja, Jarl Ingvert, bei den Göttern. Ja!"

„Sprich weiter", forderte nun Bogtyr.

„Er tat es, einen Tag bevor er die Insel verließ und erst acht Winter später wieder heimkehrte", rief Thord laut aus.

„Kann dein Weib dies bezeugen?", fragte der Jarl, und Gerta nickte. Nun trat Ingvert neben den Gefangenen.

„Ihr habt es alle gehört", rief er laut aus. „Wer Thorstein Thordursson des Mordes an Jarl Ivar für schuldig hält, hebe seine Hand!"
Keiner der Männer behielt seine Hand unten, und so war das Schicksal des alten Kriegers besiegelt, denn der Spruch musste einstimmig sein. Die Krieger packten den Alten und schleppten ihn fort. „Wie konntest du das tun?", rief dieser laut aus. „Mögen dich die Götter verfluchen, Thord Thorbergsson! Blut sollst du pissen für den Rest deines jämmerlichen Lebens!"
Thord senkte seinen Kopf und sprach leise: „Du hast meine Familie zerstört!"

Zwei Tage waren seit dem Thing vergangen, und nun war der Tag gekommen, an dem der Verurteilte seine Strafe empfangen sollte. Der Befehl des Jarls lautete, dass alles Volk der Südinsel der Hinrichtung beiwohnen sollte, und so war der Platz vor der Schildhalle gut mit den Bewohnern von Sørhamna und den Höfen der Umgebung gefüllt. Alle warteten sie darauf, dass man den Mörder des alten Jarls zu den Göttern schickte. Einige waren gekommen, um zu sehen, wie der Tod Jarl Ivars gerächt wurde, andere trieb nur die Neugier auf den Platz.
Der Fischer Thord und seine Familie hatten die Siedlung noch am Tage des Things wieder verlassen.

Als sich endlich die große Tür der Schildhalle öffnete, begannen manche zu jubeln. Andere, meist Ältere, aber blieben stumm. Es hatte einige gegeben, die Ivars Tod als Strafe der Götter ansahen.
Mehrere Krieger traten heraus, darunter Jarl Ingvert und auch der Verurteilte. Sie schleppten ihn auf den Platz und zwangen ihn in die Knie. Jarl Ingvert stellte sich dem Thorstein gegenüber und fragte: „Du hast meinem Vater den

Einzug nach Walhalla verwehrt. Was geschah mit dem Kopf Jarl Ivars?"

„Dieses elende Schwein tötete einst meine einzige Liebe, aber ich habe sie gerächt", rief der Alte laut und begann dann lauthals zu lachen. „Ich gab seinen Schädel der Ran!"

„Du sollst noch wissen, Alter, dass du niemals in Walhalla Einzug halten wirst. Wir werden deinen Kadaver in die See schmeißen, so wie du es mit dem Kopf meines Vaters tatest", kündigte Ingvert dem Thorstein an, wie er mit seinen Überresten umzugehen gedachte, und nun stand dem Thorstein das Entsetzen in sein Gesicht geschrieben. Er hatte sein Leben als Krieger verbracht und immer an die alten Götter des Nordens geglaubt, doch nun nahm man ihm, worauf er immer gehofft hatte. Den Einzug in die Halle des Allvaters, um an der Seite der Einherjer[20] zu kämpfen. Plötzlich sah sich der Jarl um. „Thord Thorbergsson, trete vor", rief er laut in die Menge. Doch niemand rührte sich.

„Los, Fischer, trete vor in die vorderste Reihe, damit dir nichts entgeht", lachte Ingvert, und als immer noch nichts geschah, rief er erbost: „Wo ist dieser Hasenfuß?"

„Hat sich wohl aus dem Staub gemacht, der Feigling", rief ein Krieger namens Stendar lachend. Da streckte Jarl Ingvert seine Hand aus, und Gunnar reichte ihm eine Axt. Mit hasserfülltem Blick sah er Thorstein an, sah sich dann um und sprach: „Bogtyr!"
Er hielt dem Sohn des Bogi die Axt entgegen, und dieser ergriff die scharfe Waffe. „Dir soll diese Ehre zuteil werden!" Bogtyr nickte und trat hinter den Alten.

„Im Namen der Götter sollst du deine Strafe empfangen!", rief der Jarl laut aus und nickte dem Bogtyr zu. Dieser hob die Axt, holte weit aus und schlug zu.

---

[20] Einherjer – im Kampf gefallene Krieger, von den Wallküren nach Walhalla gebracht, um an der Seite Odins in der letzten großen Schlacht gegen das Heer der Riesen zu kämpfen

Ein Raunen und vereinzelte Entsetzensschreie hallten über den Platz. In hohem Bogen flog der Kopf den Beobachtern vor die Füße. Einer Fontäne gleich sprudelte das Blut aus dem Stumpf des Halses in das Gesicht des Bogtyr, und der Körper fiel in den Staub.

„Los, schmeißt den Kerl ins Meer", befahl Jarl Ingvert böse. „Und vergesst seinen Kopf nicht!"

Am Abend desselben Tages saßen der Jarl und einige seiner Männer in der Schildhalle, tranken und sprachen über die geplante Raubfahrt miteinander. Der Jarl hatte schon eine Menge Bier getrunken, denn das trank er lieber als Met, und er war rundum zufrieden mit dem Tag. Da aber verzog er plötzlich sein Gesicht und lallte dem Bogtyr zu: „Sag mal, wo waren eigentlich dieser Fischer und sein Weib? Hatte ich nicht befohlen, dass alles Volk aus meinem Gau an der Hinrichtung teilnehmen sollte?"

„Ach, es gab einige, die deinem Befehl nicht gefolgt sind", antwortete der Rothaarige. „Die meisten kommen vom anderen Ende der Insel. Ihnen war der Weg wohl zu weit!"

„Aber dieser Thord lebt doch nicht weit von hier", hakte Ingvert nach und sah Bogtyr listig an. Dann nahm er einen der Krieger in den Arm und lallte albern: „Meine Rache würde mir besser schmecken, wenn ich wüsste, dass die gesamte Sippe zur Hel ginge."

„Was willst du damit sagen, Jarl?" fragte Bogtyr verwundert.

„Bist du tatsächlich so dumm? Ich will die Köpfe von diesem Thord und seinem Weib und die seiner Bälger", rief der Jarl betrunken aus.

„Aber ich gab mein Wort, dass der Sippe nichts geschähe, wenn sie auf dem Thing gegen den Thorstein Stellung beziehen", beschwerte sich der rothaarige Krieger lautstark.

„Was geht mich das an, bei wem du im Wort stehst, du dämlicher Kerl? Ich bin der Jarl, und ich gebe hier die Befehle", fuhr Ingvert den Bogtyr böse an. „Morgen reiten wir zum See und machen diese Sippe nieder, dann ist die Brut aus Midgard getilgt!"

So, wie es der Jarl angekündigt hatte, sammelten sich am nächsten Morgen seine Krieger vor dem Langhaus, das Ingvert bewohnte. Doch von ihrem Anführer war nichts zu sehen. „Stendar, sieh nach, wo der Jarl bleibt", sprach Harald, der Eber, und der Angesprochene stieg aus dem Sattel.

„Er wird seinen Rausch ausschlafen", lachte der Mann und trat zur Tür. Mit der Faust klopfte er gegen das Holz und trat dann ein. Die Halle des Hauses war leer, und die Glut in der Feuerstelle war erloschen. Langsam durchschritt er den großen Raum, trat in den Gang der zu den hinteren Räumen führte und öffnete die Tür zur Schlafkammer. Auf der großen Bettstatt lagen der Jarl und seine beiden Sklavinnen. Unbekleidet und ineinander verschlungen schliefen sie tief und fest. „Jarl Ingvert", sprach Stendar, und nun erwachte eine der Sklavinnen. Ihr entfuhr ein Schrei des Schreckens, und nun erwachten auch Ingvert und die andere Sklavin. „Was ...? Bist du verrückt geworden, du elender Hundeschiss?", rief der Jarl übel gelaunt. „Was erlaubst du dir?"

„Die Männer warten vor dem Haus, so, wie du es befohlen hast, Jarl", entgegnete Stendar und glotzte den Sklavinnen dabei auf die Brüste. Dies fiel dem Jarl natürlich auf und amüsierte ihn. „Gefallen dir meine Sklavinnen, Stendar?", grinste er den Krieger an. „Ich habe es gerne, wenn sie mir am Morgen den Schwanz lutschen. Wie steht es mir dir?" Er fuhr einem der beiden Weiber mit der Hand durch das lange Haar. „Würdest du diese hier vielleicht gerne vögeln?"

„Das würde ich nicht wagen, mein Jarl", sprach Stendar ruhig und unterwürfig, obwohl er groß von Gestalt war und seinen Jarl fast um einen ganzen Kopf überragte.

„Na gut, Stendar, verschwinde jetzt und sag den Männern, sie haben gefälligst zu warten!"

Es dauerte lange, bis Ingvert endlich aus dem Haus trat, denn er hatte getan, was er Stendar angekündigt hatte, und danach ließ er sich noch ein Morgenmahl servieren. Gelangweilt saßen die Männer herum und waren wenig erfreut darüber, dass ihr Anführer sie solange warten ließ. Aber sie trugen sein Zeichen auf ihren Schilden und sie waren ihm zu Gehorsam verpflichtet.

„Wollt ihr in einen Krieg ziehen, oder warum seid ihr so viele, ihr schwachsinnigen Kerle?" Der Jarl schüttelte ungläubig seinen Kopf. „Sechs Männer reichen!" Er zeigte auf die Krieger, die ihm folgen sollten. „Alle anderen, verschwindet!"

Dann bestiegen sie die Pferde und verließen die Siedlung.

Der Hof des Fischers lag bereits in der Mittagssonne, als die Reiter mit lautem Gebrüll über den Uferpfad heran geritten kamen. Thord war damit beschäftigt, den Fang des Morgens zum Trocknen auf die Gestelle zu legen, als die Krieger über seinen Hof hereinbrachen. Spöttisch stürzten sich die Krieger auf den Fischer, während Jarl Ingvert sein Pferd zügelte und dem Treiben lachend zusah. Sie hatten den Fischer niedergeritten, und als er versuchte sich zu erheben, trafen ihn die Klingen der Reiter. In diesem Moment öffnete Gerta die Tür und sah ihren Gemahl sterben. Heftig schlug sie die Tür zu und lief zu der Wand, an der das Schwert des Thorberg hing. „Thordis, schnell, verschwinde!", rief die Mutter ihrer Tochter zu und griff nach dem Schwert.

„Was … was ist geschehen, Mutter?", rief Thordis voller Entsetzen.

„Frage nicht, Kind! Du musst fliehen! Die Männer des Jarls haben Thord erschlagen", rief sie weinend. „Dort hinten hinaus, schnell!"

„Aber Mutter, du musst mit mir kommen!"

„Los, Thordis! Schlage dich zu deinem Bruder durch! Schnell jetzt!" drängte Gerta ihr Kind zur Flucht. Thordis griff ihren Bogen und den Köcher mit den Pfeilen und lief zu der kleinen Tür im hinteren Bereich des Hauses. Das Mädchen konnte sich nicht daran erinnern, dass diese Tür jemals genutzt wurde. Sie wusste nicht einmal, wozu diese diente, doch sie war froh darüber, dass die Tür existierte.

Erst mit einem kräftigen Tritt ließ sich diese öffnen und Thordis verschwand ins Freie. Gerta verschloss die Tür und wandte sich um, als die vordere Tür des Hauses aufgestoßen wurde und krachend gegen die Wand schlug. Vier Krieger des Jarls, angeführt von einem Mann von Harald, dem Eber, stürmten in das Haus, und die Gegenwehr des Weibes war nur von kurzer Dauer. Überströmt vom eigenen Blut schleppte sich Gerta hinaus auf den Hof, dorthin, wo ihr Gemahl lag, und wärend die anderen Feuer legten, trat der Krieger Gunnar heran und stach dem Weib lachend sein Schwert in den Nacken.

„Es ist vollbracht", rief Harald dem Jarl zu.

„Dies war die Rache dafür, dass meinem Vater Walhalla verwehrt blieb", sprach Ingvert stolz.

„Jarl, es waren aber keine Bälger im Haus", sprach einer der Männer.

„Was soll das heißen, Stendar?", fauchte der Anführer böse.

„Es war nur das Fischerweib im Haus, sonst niemand! Die Kinder des Thord sind fort!"

„Los, sucht sie", befahl Jarl Ingvert seinem Hauptmann Harald verärgert. „Kommt mir ja nicht ohne ihre Köpfe zurück!" Dann verließ er mit zwei Reitern den brennenden Hof des Fischers.

Weinend war Thordis den Pfad nach Norden gelaufen. Der letzte Blick, denn sie zurück getan hatte, sah das Ende ihrer Mutter. So lief sie, so schnell sie konnte, und hoffte den Häschern und Mördern ihrer Eltern zu entkommen. Gerade hatte sie eine Weggabelung erreicht, da hörte sie hinter sich die Pferde heranpreschen, und erst im letzten Moment gelang ihr der Sprung hinter einen Brombeerbusch. Kurz zügelten die drei Reiter ihre Pferde, nicht weit der Flüchtenden. „Wir müssen sie finden", rief Gunnar. „Reiten wir nach Norden!" Dann trieben sie die Tiere an und preschten davon.
Von Dornen zerkratzt, das Kleid zerrissen und in größter Angst kauerte Thordis in dem Busch, als die Reiter schon längst außer Hörweite waren.
Erst als die Dunkelheit einbrach und die Tränen getrocknet waren, wagte sie sich aus dem Busch und folgte dem Pfad. Wie von Geisterhand geführt, setzte sie einen Fuß vor den anderen, hielt sich in Wald und Büschen verborgen, und als der Morgen dämmerte, erreichte sie die große Bucht, die den Norden vom großen Süden der Insel trennte.
Die Krieger des Ingvert hatten die Umgebung des Hofes und das gesamte Ufer des Sees abgesucht, waren über die Insel nach Norden geritten, wo der Gau des anderen Inseljarls begann. Bis zum Einbruch der Dunkelheit taten sie dies, mussten aber unverrichteter Dinge nach Sørhamna zurückreiten.

*

7. Der Racheschwur

Visgeir war ziemlich erheitert und auch schadenfroh, als Einar am Abend den gewaschenen Schlafsack von den Büschen gepflückt hatte. Er stank zwar nicht mehr so doll, doch dafür war das Leder nun hart und stocksteif geworden."Du musst das Leder einfetten, damit es weich bleibt", grinste Visgeir gehässig. „Dann gib mir Fett", verlangte der junge Bursche.

„Ich habe keines!"

Enttäuscht erkannte Einar, dass er diesen Schlafsack nicht mehr nutzen konnte. „Dann gib mir wenigstens eine Decke", hatte er von dem Schmied gefordert, doch dieser hatte nur grinsend mit dem Kopf geschüttelt. „Eine Decke willst du? Die musst du dir erst verdienen. Dort liegen Säcke. Wenn es dich friert, nimm die!"

So hatte Einar wirklich schlecht geschlafen, denn die Nacht war kühl gewesen. Doch nicht nur die Nacht sollte sich als schlecht erweisen, denn der folgende Tag würde ihm noch schlechte Nachrichten bringen.

Er war gerade aus dem nahen Wald zurückgekehrt, hatte die Axt in den Hauklotz geschlagen und das gesammelte Holz in der Nähe der Feuerstelle gestapelt, sodass es trocknen konnte, da bemerkte er das junge Mädchen, dass auf den Platz vor die Schmiede humpelte. Sie sank weinend auf die Knie, als sie den jungen Burschen erblickte und dieser sofort auf sie zulief. „Thordis! Schwester!", rief Einar entsetzt, als er erkannte, in welchem Zustand sich das Mädchen befand. „Was ist dir geschehen?"

Er fasste sie bei den Schultern. „Thordis! So rede doch! Was ist geschehen?"

„Sie sind tot! Alle sind sie tot! Vater, Mutter und der alte Thorstein", weinte sie, und Einar schloss das Mädchen in seine Arme und weinte mit ihr.

„He, Bursche! Was soll das? Holst du dir die Huren in mein Haus?" Visgeir war aus dem Haus getreten, und als er die beiden im Staub vor der Schmiede erblickte, wurde er zornig. Da wandte sich Einar um, und der Schmied sah die Tränen in seinen Augen.

„Halt dein Maul, Schmied!", rief der junge Bursche böse und voller Wut. „Sie ist meine Schwester, nicht meine Hure!"

Da zog sich Visgeir in die Schmiede zurück. „Wir sprechen uns noch, Bürschchen", brummte er mürrisch in seinen Bart. Eine ganze Weile kauerten Einar und Thordis eng umschlungen weinend im Staub, doch dann erhob sich der Bursche und half dem Mädchen auf die Beine. Mit dem Ärmel seiner Tunika wischte er sich die Tränen aus dem Gesicht. Dann verschwand er in der Schmiede und suchte, ohne den Schmied zu beachten, seinen Reisebeutel. Eine Hose und eine Leinentunika zog er heraus und verschwand wieder.

„Komm!" Er nahm Thordis bei der Hand und führte sie in den Wald zu dem Teich mit der Quelle. Dort begann er ihre Wunden auszuwaschen, und er unterließ es, das rotblonde Mädchen mit Fragen zu überschütten. So begann sie sich zu entkleiden und stieg in den kleinen Teich.

„Hierher", sagte er, als Thordis, die einer Nymphe gleich, aus dem Wasser gestiegen war, und so wie dieses Mal hatte er sie noch nie betrachtet. Thordis war ein Weib geworden, mit all dem, was einen Mann erfreute. Doch, war er ein Mann?

„Hier in der Sonne wirst du schnell trocknen." Er hatte sich in das Gras am Ufer des Teiches gelegt, dorthin, wo die Strahlen der Sonne den Boden erreichten. Ohne Scheu legte sich Thordis in ihrer Nacktheit neben den jungen Burschen, den sie vierzehn Winter lang für ihren Bruder gehalten hatte. Und dieser spürte nun an seinem eigenen Leib, dass sein Innerstes genau zu wissen schien, dass sie keine Geschwister waren. Verschämt wandte er sich ab. Mit starrem Blick sah sie in den Himmel.

„Zuerst haben sie den alten Thorstein geholt", sprach sie plötzlich ganz leise. „Sie haben ihn auf einem Thing wegen des Mordes an dem Vater von Jarl Ingvert zum Tode verurteilt."

Entsetzt sah Einar das Mädchen an. „Aber … aber …!", stotterte er, doch Thordis sprach weiter. „Stell dir vor, unsere Eltern haben ihn des Mordes bezichtigt, und einige Tage später verlor er seinen Kopf!"

„Unsere Eltern? Warum … warum taten sie das?"

„Ich weiß es nicht, Einar. Bei den Göttern, ich weiß es nicht", schüttelte sie ihren Kopf. „Doch dies ist noch nicht alles. Es vergingen nur zwei Tage, da kam Jarl Ingvert mit einigen Kriegern auf unseren Hof, und sie töteten Vater und Mutter. Ich konnte ihnen entkommen, aber den Hof gibt es nicht mehr."

„Hier bist du sicher, Thordis, denn die Nordinsel beherrscht Jarl Oyvind. Hier hat dieser Ingvert keine Macht!" Verschämt sah Einar auf den Boden. „Ich werde nicht zulassen, dass man dir ein Leid antut! Das schwöre ich bei Odin und Thor!"

„Jetzt haben wir nur noch uns. Oh, mein Einar, was werden wir nun tun?"

„Wir werden Leben, Thordis", entgegnete er leise. „Der alte Thorstein hat mir vorausgesagt, dass ich Jarl werden müsse, und ich schwöre bei den Göttern, ich werde mich an diesem Jarl Ingvert rächen und ihm seine Herrschaft nehmen!"

Er sah Thordis entschlossen an, das Mädchen aber hatte seine Augen geschlossen und ließ sich die Haut von den Strahlen der Sonne streicheln. Da fiel Einars Blick auf ihre jungen Brüste und den rotblondgelockten Schoß, und er konnte sich nicht abwenden. Als sie dann die Augen öffnete, erschrak er und riss seinen Kopf zur Seite. Sie hatte seine Blicke auf ihrer nackten Haut gespürt und sprach leise:
  „Einar, sieh mich an."
Der junge Bursche gehorchte zögerlich ihren Worten.
  „Findest du mich schön?"
Einar räusperte sich verlegen. „Ja … ja, du bist sehr schön, Schwester!"
  „Einar, ich bin nicht deine Schwester, und ich bin ein Weib. Wenn du dich einmal rächen willst, so musst du erst zum Mann werden." Sie griff nach ihm und zog ihn auf sich herab, dann begann sie an seinen Beinkleidern zu zerren.
  „Thordis, nicht", zierte sich der junge Bursche und schämte sich seiner Erregung, doch das Mädchen brach seinen Widerstand. Innig presste sie ihre Lippen auf die seinen, und plötzlich verschwanden all seine Hemmungen. Ihn überkam eine nie erlebte Gier, seine Männlichkeit wuchs, wie er es noch nie erlebt hatte, und er drang in das junge Weib ein.

Schwer atmend lagen sie engumschlungen im Gras. Die Sonne wärmte ihre nackten Körper, und die Welt um sie herum schien stillzustehen.
  „Die Götter werden uns für diese Tat bestrafen", sagte Einar leise und löste sich aus der Umarmung der Thordis.
  „Für welche Tat? Wir taten nichts Verbotenes", antwortete sie lächelnd, doch Einar gab sich nicht zufrieden.
  „Es sind erst wenige Tage vergangen, als unsere Eltern den Tod fanden, und wir …!"

„Einar, es war der Wille der Freya, dass wir uns liebten. Verstehst du es nicht? So festigt sie unseren Bund, denn wir beide sind nun allein", versuchte sie dem blonden Burschen die Angst zu nehmen.

„Glaubst du das?", fragte er zögerlich.

„Ich weiß es!" Noch einmal küsste das junge Mädchen Einar innig.

„Für Visgeir musst du meine Schwester bleiben, Thordis", sprach Einar plötzlich. „Er würde uns sonst fortjagen, und wir brauchen sein Dach über dem Kopf."

„Ja, mein Bruder." Sie erhob sich und lächelte ihn an. Dann nahm sie die Kleidung, die Einar ihr mitgebracht hatte und kleidete sich an. Und auch dabei betrachtete er das Mädchen, und langsam verschwand sein schlechtes Gewissen.

Als auch Einar sich gewaschen und angekleidet hatte, machten sie sich auf den Weg zur Schmiede.

Der Empfang des Alten war wenig erfreulich. „Du lausiger Hundsfott", rief er, als Einar und das Mädchen in die Schmiede traten. „Den halben Tag hast du vertrödelt, du fauler Kerl!"

„Höre, Visgeir! Thorstein ist tot!", fuhr Einar dem Schmied über sein Maul. Da wurde der große Mann ruhig.

„Was sagst du? Wie konnte das geschehen?"

„Der Jarl nahm ihm seinen Kopf", sprach Thordis. „Und auch unsere Eltern hat er getötet!"

„Thorstein war ein guter Kerl, und ich stehe bei ihm im Wort. Darum könnt ihr hier bleiben. Kannst du kochen, Weib?" Visgeir hatte sich erhoben und trat auf Thordis zu. „Bist noch jung und knackig, schönes Kind." Er fasste Thordis in ihr rotblondes Haar. „Geh ins Haus und mache dich mit deiner Arbeit vertraut!" Das Mädchen nickte und gehorchte. „Und du geh endlich an deine Arbeit!"

Volle Monde kamen und gingen, und so wurde es Herbst. Die Bäume warfen ihre Blätter ab und erste Nächte wurden frostig kalt. Jetzt wurden die Arbeiten mehr, die Einar verrichteten musste. Die Übungen mit dem Schwert wurden dafür weniger. Oft schickte der Schmied den Burschen nun auf den Markt in die Siedlung Nordbuktawik, die am Nordufer der großen Bucht lag, und in der Jarl Oyvind herrschte. Er verkaufte dort die Waren, die der Schmied zu bieten hatte, und kaufte Proviant, und oft führte ihn sein Weg auch auf den Hof des Jarls. Bald schon war er dort kein Unbekannter mehr.
Manchmal musste er sogar direkt in das Haus des Jarls der Nordinsel, und so geschah es, dass Einar dem Herrn des Hauses auffiel. „Seit wann hat dieser Visgeir einen Sklaven?", hatte Oyvind gefragt, als Einar wieder einmal einige Äxte in sein Haus brachte.

„Ich bin kein Sklave, Jarl", antwortete der junge Bursche forsch. „Der Schmied ist mein Lehrmeister!"

„Ah, du erlernst also das Schmiedehandwerk", glaubte der Jarl erkannt zu haben, doch Einar schüttelte seinen Kopf.

„Er lehrt mich den Umgang mit dem Schwert!"

„Dieser alte, verlauste Dachs? Was kannst du von dem schon lernen?", lachte Oyvind, der mehr als vierzig Winter zählte, äußerst belustigt. Mehr aber sprach der Jarl nicht mit ihm, denn es kamen Männer in die Halle, und so verschwand Einar wieder. Doch es sollte nicht die letzte Begegnung mit dem Jarl der Nordinsel bleiben, denn Einar konnte nicht ahnen, dass die Götter diesen Jarl zum Schlüssel seines Schicksals erwählt hatten.

Der Schmied aber wurde immer fauler, er sprach dem Bier zu, und es geschah auch immer öfter, dass seine Augen gierig auf der Thordis lagen. Dies war dem Einar natürlich aufgefallen, und so wuchsen sein Misstrauen und seine Abscheu gegen den Schmied.

Einar und Thordis verrichteten ihre Arbeit, übten sich im Umgang mit den Waffen und waren enger verbunden denn je, während der Visgeir mehr und mehr soff und immer öfter schlief.

Und dann geschah es, an einem trüben Tag. Regen prasselte auf das Dach, und die Glut in der Feuerstelle der Schmiede war erloschen. Nachdem das Leder des großen Blasebalgs gerissen war, hatte der Schmied seine Arbeit eingestellt. Er hätte den Blasebalg reparieren können, doch danach stand dem Visgeir nicht der Sinn. Und so gefiel es ihm besser, sich auf die faule Haut zu legen.

„He, Einar! Geh in die Siedlung und hole mir Bier!" Er warf dem jungen Burschen ein kleines Stück Hacksilber zu, und dieser nahm die Kiepe und machte sich auf den Weg. Visgeir blieb derweil auf der Bank sitzen und starrte auf den Krug, der auf dem Tisch stand. Noch war dieser gut gefüllt, und so trank er einen Becher nach dem anderen.

Einar hatte kein gutes Gefühl, wenn er die Schmiede verließ und Thordis zurückblieb. Und dieses Mal sollte sich seine Sorge bewahrheiten. „Dieser faule Hundsfott", murmelte Einar, als er die Siedlung erreichte. Der Weg war nicht weit und so dauerte es auch nicht all zu lang. Der Regen hatte ihn zusätzlich zur Eile angetrieben, doch später glaubte er, es waren die Götter selbst, die ihn so schnell laufen ließen. Wo er das Bier bekam, wusste er genau, und so befand sich ein kleines Fass in der Kiepe auf seinem Rücken, als er den Heimweg antrat.

Der Blick des Visgeir war glasig, als er die Thordis bei ihrer Arbeit beobachtete. Was für ein hübsches Kind, dachte er bei sich und in seinen vom Bier vernebelten Gedanken. Er sponn sich zusammen, dass dieses junge Weib es sicher nicht erwarten konnte, dass er ihr beiwohnte. Also erhob er sich, um der Thordis diesen Gefallen zu tun. Fast wäre er vornüber auf den Tisch gekippt, stolperte aber direkt auf das Mädchen zu. „Sag mir, Thordis, ist es nicht langsam an der Zeit, dass du dich für meine Gastfreundschaft erkenntlich zeigst?" Lüstern grinste er das Mädchen an. „Du hast einen schönen Arsch, und auch sonst gefällst du mir gut!"

„Was meinst du?", fragte Thordis, die damit beschäftigt war, Zwiebeln zu schneiden.

„Stell dich nicht dumm, Weib", blaffte der alte Visgeir gierig. „Ich will deine Möse beglücken! Ich will es mit dir treiben! Jetzt!"

Da wich Thordis erschrocken zurück und hob das Messer, welches sie zum Schneiden der Zwiebel benutzte. „Wage es nicht, mich anzufassen, Visgeir", rief sie, doch der Alte ließ sich davon wenig beeindrucken. Gierig kichernd wankte er dem jungen Weib entgegen, und diese wich immer weiter zurück, bis sie mit dem Rücken an der Wand stand. „Ich warne dich, Alter, ich stoße zu", drohte sie ängstlich, denn der Visgeir war trotz seines Alters immer noch ein stattlicher, kräftiger Kerl.

„Du bist eine kleine Wildkatze", lachte er. „Das mag ich an euch jungen Weibern besonders!"

Er streckte seine Arme nach ihr aus, wollte sie fassen, da plötzlich krachte es laut. Bier spritzte umher, der Visgeir verdrehte seine Augen und fiel hart zu Boden.

„Dieser elende Dreckskerl!" Einar war unbemerkt in das Haus eingetreten, und nach dem, was er sehen musste, ergriff er das kleine Bierfass aus der Kiepe und schlug es dem Schmied in sein Genick. Dazu musste er sogar hochspringen, um diesen auch zu treffen, was den Schlag noch härter werden ließ.

„Ist dir etwas geschehen, Thordis?", fragte Einar besorgt, doch das Mädchen schüttelte seinen Kopf. „Bist du wirr?

Wie konntest du das tun? Er wird uns fortjagen", befürchtete Thordis ängstlich.

„Ach was! Das wird er nicht. Wer soll sonst für ihn arbeiten?", erwiderte der junge Bursche, doch er nahm sich vor, sein Schwert nicht mehr abzulegen.

Vier Tage sprach der Alte kein Wort, holte sich sogar sein Fass Bier allein aus der Siedlung. Wahrscheinlich erzürnte ihn der Verlust des Fässchens mehr als der Schlag auf den Kopf. Die Schelte, die Thordis und Einar erwartet hatten, blieb jedenfalls aus.
Der junge Bursche aber blieb wachsam, während der alte Schmied nun noch mehr in sich hinein soff.
Es dauerte mehr als acht Monde, bis es der Alte erneut versuchte, und wieder war Einar zur Stelle. Diesmal stand er dem Alten Auge in Auge gegenüber, und es kam sogar zum Kampf. Doch der erste Schlag des jungen Burschen, der die Klinge des Betrunkenen traf, ließ diese in hohem Bogen durch die Hütte fliegen, worauf Visgeir sich fluchend zurückzog. Danach versuchte er es nicht mehr bei dem jungen Weib, drohte aber damit, die beiden eines Tages zur Hel zu schicken. In der Nacht, wenn sie schliefen!
Dies war alles, was von dem im Schwertkampf einst so gewandten Schmied übriggeblieben war.

*

Zwei Winter waren ins Land gezogen, und Einar sowie auch Thordis lebten immer noch unter dem Dach des Schmiedes. Hier auf der Nordinsel waren sie sicher, denn Jarl Ingverts Einfluss reichte nicht bis hierher. Der Jarl der Nordinsel lebte mit dem Herrn der Südinsel in Fehde, und obwohl die Insel des Nordens viel kleiner war, war die Gefolgschaft des Oyvind durchaus in der Lage, dem Ingvert Widerstand zu leisten, denn als Oyvind auf die Insel kam, brachte er einige kampfstarke Krieger aus Lade mit sich auf den Hof.

Es war zur Mittagszeit, als zwei Männer zu der Schmiede kamen. „He, Schmied!", rief einer der Männer rau und der Visgeir trat aus der Schmiede. „Was willst du, Mann?", kam die ebenso unfreundliche Antwort des Hausherrn.
 „Höre, Schmied! Jarl Oyvind gedenkt in dem Wald zu jagen. Also halte dich fern, sonst landest du noch als Schwein auf dem Spieß!" Die beiden Kerle begannen zu lachen, wandten sich ab und verschwanden wieder.
 „Der Oyvind würde ein Schwein nicht mal treffen, wenn es ihn in den Arsch beißt", raunzte Visgeir ärgerlich und trat wieder in seine Schmiede. Es war ein Tag, an dem er wieder einmal arbeitete. Er hatte einen dringenden Auftrag aus Sørhamna, den er schnellstmöglich erledigen wollte.
 „Einar, geh in den Wald und hole Holz", befahl er, und der Bursche sah ihn erstaunt an. „Hast du nicht gehört, was der Reiter sagte?", entgegnete der junge Bursche.
 „Das ist mir egal, hörst du? Wenn die Glut erlischt, kann ich nicht arbeiten, und der Auftrag von Jarl Ingvert ist dringend. Also gehorche."
Er nahm die Axt und warf diese dem Einar vor die Füße. Dieser Auftrag, auch wenn er von dem verhassten Jarl kam, würde etwas Geld einbringen, und dieses war jetzt oft sehr knapp. Natürlich hatte man in Sørhamna auch einen Schmied, aber dessen Können war äußerst beschränkt, da er noch jung war. Den alten Schmied hatte Jarl Ingvert in einem Anfall von Zorn blenden lassen, da er sich dem Willen des Jarls widersetzt hatte. Diese Tat hatte er inzwischen bereut, aber das half nun nicht mehr. So wagte er es, ab und an dem Visgeir Aufträge zukommen zu lassen. Und dieser nahm sie an, obwohl Jarl Oyvind dies verboten hatte.

Auch Thordis schickte Visgeir in den Wald, denn sie musste jagen gehen, damit etwas zu essen auf den Tisch kam. Da sie recht gut mit Pfeil und Bogen umgehen konnte, hatten sie bisher nicht hungern müssen. Einar konnte sich genauso wenig dem Schmied widersetzen, wie es seine Schwester konnte, und er musste sich eingestehen, dass Visgeir sein Holz bekommen musste. Er nahm seinen Umhang, hob die Axt auf, schulterte die Kiepe und machte sich auf den Weg.

Der Schnee lag hoch, und der Quellteich im Wald war zugefroren. Nur dort, wo das Wasser zwischen den Steinen hervorquoll und in den Teich floss befand sich ein Loch, und dort war die Eisdecke sehr dünn.
Einar hatte sich in den Wald begeben, um nicht weit des Teiches Holz zu schlagen. Er hatte die Kiepe abgestellt und gerade einen langen Ast von einem Baum gehackt, als er einen Schrei vernahm. In äußerster Not rief eine helle Stimme um Hilfe. Sofort lief er los, und als er den Teich erblickte, erkannte er auch schon, was geschehen war. Strampelnd und schreiend kämpfte ein Kind nicht weit des Quellsteins dagegen an, in der Tiefe zu versinken. Unvorsichtig hatte der Knabe sich auf das Eis gewagt und war eingebrochen. Eigentlich hätte das Eis den Knaben tragen können, doch unbedacht hatte er sich zu nah an die Quelle gewagt, dort, wo das Eis nur dünn war.
„Halte aus, ich komme!", rief Einar und lief auf das Eis, dem Knaben entgegen. Doch bevor er diesen erreichte, legte er sich auf den Bauch und kroch nun vorsichtig heran, um dann den Ast, den er immer noch in der Hand hielt, dem Knaben entgegen zu strecken. „Ergreif ihn und halt ihn, so fest du kannst!"
Langsam, Stück für Stück, gelang es Einar, den Knaben aus dem eisigen Wasser zu ziehen. Immer weiter zog er ihn an sich heran, bis er ihn ergreifen konnte. Als sie endlich auf

dem festen Eis standen, legte er dem bibbernden Kind seinen Umhang um die Schultern. „Wie konnte das nur geschehen?", fragte er. „Wer bist du? Woher kommst du?"

„Ich … ich bin …", stotterte der Knabe frierend, und Einar wartete die Antwort nicht ab. „Du musst aus den nassen Kleidern heraus. Wir müssen ins Warme!"
Da plötzlich erklang eine Stimme. „He, was ist geschehen?" Ein Mann, sicherlich einer der Krieger des Jarl Oyvind, trat an das Ufer des Teiches. „Der Knabe ist in das Eis eingebrochen, doch ich kam noch rechtzeitig, um ihn herauszuziehen", antwortete Einar. „Hrani, wie konnte das passieren? Dein Vater macht sich große Sorgen um dich, und wie es scheint, sind diese auch berechtigt!"

„Hrani, ist also dein Name!" Einar begann zu grinsen. Der Mann kam näher, sah den Gehilfen des Schmiedes an und sprach lobend: „Das hast du gut gemacht! Aber nun muss Hrani schnell an ein Feuer!"
Einar stimmte den Worten nickend zu und der Mann nahm den Knaben, und bevor er im Wald verschwand, wandte er sich noch einmal um. „Wie ist dein Name?"

„Ich bin Einar, der Gehilfe des Visgeir!"
Ohne weiter über den Vorfall nachzudenken, suchte Einar nach seiner Kiepe und begann diese mit Holz zu füllen. Dem Visgeir erzählte er nichts von dem, was geschehen war, dem Mädchen Thordis schon.

„Wer war denn der Knabe?", fragte sie neugierig, als beide nebeneinander an der Feuerstelle auf dem Boden der Schmiede lagen und versuchten, Schlaf zu finden. Einar zuckte mit den Schultern. „Ich weiß es nicht! Sein Name war Hrani. Vielleicht gehört er zum Gefolge Jarl Oyvinds."

„Das war jedenfalls eine mutige Tat, und die Götter werden es dir eines Tages vergelten", sprach Thordis leise, sie beugte sich herüber, küsste Einar auf die Wange und schloss ihre Augen.

Leise fiel der Schnee an diesem Morgen, und außer dem Gekrächze einiger Rabenvögel lag eine beruhigende Stille über der Schmiede am Nordufer. Thordis befand sich im Haus und bereitete das Mittagsmahl zu, während Einar dem Schmied bei der Arbeit half, als ein Mann in die Schmiede trat. Es war der Krieger, der am Vortag den kleinen Hrani fortgeführt hatte.

„Was willst du, Kerl?", fragte Visgeir, der Hammer, unfreundlich und der Mann erwiderte nicht weniger harsch:

„Von dir gar nichts, Kerl! Den Einar suche ich!"

Da trat der Gesuchte aus der hintersten Ecke der Schmiede hervor, doch bevor er etwas sagen konnte, hatte Visgeir schon wieder das Wort ergriffen. „Was willst du von ihm? Hat er etwas ausgefressen, der Taugenichts?"

„Jarl Oyvind wünscht ihn zu sehen", antwortete der Mann und trat auf Einar zu, um ihm seinen Umhang zu reichen.

„Hier, der gehört wohl dir!"

Der junge Bursche ergriff seinen Umhang und sah den Visgeir fragend an. „Verschwinde", brummte dieser, denn den Zorn des Jarls wollte er sich nicht zuziehen.

Vor der Schmiede blieb Einar stehen. „Was ist?", fragte der Krieger. „Ich gehe nicht ohne Thordis!"

„Wer ist Thordis?"

„Sie war meine Schwester, und der alte Bock stellt ihr nach. Darum will ich sie nicht allein lassen", erklärte der junge Bursche.

Der Krieger sah Einar fragend an. „Sie war deine Schwester?" Da begann Einar zu grinsen. „Das ist eine lange Geschichte." Er verschwand im Haus und kam nach einem Moment wieder heraus, gefolgt von einem schönen, jungen Weib.

Der Krieger des Oyvind begann zu lächeln. „Gut, gehen wir!"

Der Weg zur Siedlung war nicht weit, denn die Insel war klein. Es gab außer dem Dorf noch den Hof des Oyvind, der aber eigentlich zur Siedlung gehörte, und drei kleine Höfe an dem langen Nordstrand.

Der Mann führte Einar und das junge Weib zum Haus des Jarls und in den Wohnraum hinein. Dieser war nicht sehr groß und zeugte auch nicht von großem Reichtum. Eigentlich sah es hier nicht viel anders aus als einst im Haus des Fischers Thord, das sie einmal ihr Zuhause nannten. In der Mitte des Raumes züngelten die Flammen in der Feuerstelle, auf der einen Seite stand ein großer Tisch mit Bänken davor, auf der anderen Seite standen, durch Reisigwände getrennt, die Schlafstätten der Bewohner. An der Kopfwand des Hauses hingen Schilde und Waffen des Jarls, und in der Ecke stand ein großer Webrahmen.

Jarl Oyvind und seine Familie saßen an dem Tisch und man sah ihnen die Freude an, den Einar zu sehen. „Tretet näher", rief der Jarl. „Siegmar, du kannst gehen", befahl er dem Krieger, und dieser nickte und verschwand.

„Es ist mir eine Freude, dich zu sehen, Einar", sprach der Jarl, als wäre Einar einer seiner Gesippen. „Wer ist diese Schönheit?" Mit dem Kopf nickte er lächelnd der Thordis zu.

„Dies ist Thordis! Sie war meine Schwester", antwortete der junge Bursche. Erstaunt sah der Jarl sein Weib an. „Sie war seine Schwester? Wie, bei den Göttern, geht denn sowas?"

„Wir wuchsen auf im Glauben, Zwillinge zu sein, doch ich erfuhr nun, dass ich nur der Ziehsohn des Thord war."

„Thord? Etwa der Fischer?"

Einar nickte.

„Ich hörte von dem Unheil, das dem Fischer widerfuhr", sprach der Jarl voller Mitleid. „Ingvert ist ein Scheusal, und ich hoffe, es kommt der Tag, an dem die Götter ihn

bestrafen!" Da mischte sich sein Weib Ulla ein. „Ihr habt euer Heim und eure Eltern verloren, wo lebt ihr nun?"
Da antwortete Thordis, und sie hatte verstanden, dass sie das Mitleid der Jarlsgattin ausnutzen musste. „Wir schlafen auf dem Boden in der Schmiede!"

„Bei diesem Troll Visgeir lebt ihr?" Entsetzt sah sie Thordis an.

„Ja, ich erinnere mich an dich!" Der Jarl richtete seine Worte an den jungen Burschen mit dem blonden Haar. „Du brachtest mir schon oft Ware von dem alten Barsch! Aber was führte euch ausgerechnet zu Visgeir?"

„Er war ein wohl einst ein Gefährte meines Onkels Thorstein und sollte mich den Schwertkampf lehren, so war ich nicht zugegen, als die Krieger des Ingvert unseren Hof zerstörten."

Tief sog der Jarl die Luft ein. „Ich glaube, dies hast du mir schon einmal erzählt. Einar, ich bin in deiner Schuld", sprach Oyvind und war sichtlich gerührt. „Ohne dich, ohne deinen Mut, wäre mein einziger Sohn jetzt bei der Hel!"
Der Angesprochene senkte verschämt sein Haupt, und der Jarl strich Hrani zärtlich über den Kopf. Dann sah er zuerst sein Weib und dann seine zwei Töchter an, die mit ihm an dem Tisch saßen. „Ich will, dass ihr hier in der Siedlung bleibt. Was will dir dieser alte Troll schon beibringen? Ich habe gute Krieger hier, die den Umgang mit den Waffen meisterlich beherrschen. Sie werden aus dir einen guten Krieger machen, wenn dies dein Wunsch ist. Wie alt bist du, Einar?"

„Ich zähle sechzehn Winter, Jarl."

„Gute Krieger kann ich immer gebrauchen, denn dieser Ingvert würde sich zu gerne die ganze Insel unter den Nagel reißen, so wie zu Zeiten seines Vaters. Doch ich werde dieses Land nicht mehr hergeben. Also, was sagst du?", fragte der Jarl lächelnd.

Einar und Thordis sahen sich an, dann wandte sich der Bursche dem Jarl zu. „Ich werde dir den Gefolgschaftseid leisten und für dich kämpfen!"

Da lachte der Jarl erfreut auf. „Nun müssen wir nur noch eine Bleibe für euch finden!"

„Vater, vielleicht können sie im Haus der alten Imma leben?", fragte da Uma, die älteste Tochter des Jarls, die nur um wenige Winter jünger war, als Thordis und Einar.

„Ja, das ist ein hervorragender Einfall, mein Kind", freute sich Oyvind. „Die Imma wäre sicher für jede Hilfe dankbar." Dann wandte er sich der Thordis zu. „Du kannst doch sicher einen Haushalt führen?" Und das Mädchen nickte.

„Dann werden wir die Imma gleich fragen." Der Jarl erhob sich und griff nach seinem Umhang.

*

8. Ein neues Heim

Groß war der Ärger des Visgeir, als Einar in der Schmiede erschien, um die wenigen Habseligkeiten zu holen, die er und Thordis besaßen. Da der Jarl dem jungen Burschen den Krieger Siegmar an die Seite gestellt hatte, wagte der Schmied keinen Widerspruch und musste den Einar sowie das Mädchen unbehelligt ziehen lassen. Dies aber zog nach sich, dass der Alte erst nach einem halben Mond zu trinken aufhörte. Der Trank ging zur Neige, und da er keinen Gehilfen mehr hatte, blieb ihm keine Wahl, als alle Arbeiten wieder selbst zu verrichten. So reparierte er den Blasebalg und entfachte das Feuer in der Schmiede.

Die Imma war ein altes und gebrechliches Weib. Sie war die Älteste in der Siedlung, und sie war allein. Die Götter aber hatten das alte Weib mit der Gabe des Sehens beschenkt, so hatte sie schon oft in Visionen geträumt, was kommen würde. Sie war sich sicher, die Götter hatten ihr diese Gabe geschenkt, als Ausgleich für ihre verlorene Familie. Ihr Gemahl war vor vielen Wintern gestorben, und drei ihrer Söhne waren nach Walhalla gegangen. Von der Raublust gepackt, zogen sie nach Lade, um sich einem Wikingfahrer anzuschließen. Dieser hatte aber kein allzu großes Heil, denn von einem Raubzug im Land der Esten war keiner der Besatzung nach Lade zurückgekehrt. Ihr jüngster Sohn, der seiner Mutter treu zur Seite stand, starb am Fieber, und ihre einzige Tochter war vor vielen Wintern einem Mann nach Götaland gefolgt. Doch Jarl Oyvind, den es aus dem Gau Agdenes an der Mündung des großen Fjordes auf die Insel Tautra verschlagen hatte, war ein gutmütiger Mann, und als er vor vielen Wintern, nach dem Tode des alten Jarls, die

Nordinsel für sich beanspruchte, sorgte er dafür, dass die Gemeinschaft der Siedlung für die Alten sorgte.
Das Weib hatte die beiden jungen Menschen freudig in seinem Haus aufgenommen, denn es wusste, dass die Hel schon auf sie wartete. Doch die Gesellschaft tat der Imma gut. Thordis kümmerte sich liebevoll um das alte Weib, und so musste die Göttin des Totenreiches noch warten.
Einar hatte sein Versprechen eingehalten und dem Jarl den Gefolgschaftseid geleistet. Siegmar und einige andere Krieger hatten sich des Burschen angenommen, und er wurde besser und besser im Umgang mit den Waffen. Sie hatten schnell erkannt, dass in diesem jungen Kerl ein guter Krieger steckte. Und vor allem Jarl Oyvind war dem Einar sehr zugetan.

Die christlichen Priester schrieben das Jahr 824 n. Chr., und es war längst wieder Sommer geworden. Die Sonne schien viel, und es war angenehm warm.
Einar hielt sich in der Schildhalle auf, so wie es die meisten Krieger des Jarl Oyvind taten. An den Wänden hingen die Schilde der Krieger, in den Farben des Jarls. Ein roter Wolfskopf auf schwarzem Grund!
Und auch der Jarl war zugegen, sowie einige Männer aus der Siedlung.
Plötzlich traten einige Krieger in die Halle und führten drei Gefangene hinein. Erstaunt sah der Jarl die Männer an.
  „Ubbe, wen bringt ihr da?"
  „Es sind Männer von Ingvert", antwortete der Krieger und griff nach einem der Gefangenen, den er mit kräftigem Griff vor seinen Anführer zerrte. „Ich erkannte diesen hier, und als wir die Karre durchsuchten, die sie mit sich führten, fanden wir Eisenwaren des Schmiedes Visgeir. Schwertklingen, Axtblätter und einiges mehr."

Langsam schüttelte Oyvind seinen Kopf. „Visgeir schmiedet also für unseren Feind die Waffen. Das ist dumm von ihm!"
 „Gehen wir hin und erschlagen den Dreckskerl", rief einer der Krieger, und einige der Männer stimmten ihm zu.
 „Der alte Schmied ist ein versoffener und gieriger Mann", sprach da Einar. „Ich weiß es, denn ich lebte unter seinem Dach. Und es ist sicher eine Tat, die es rechtfertigen würde, ihn zu erschlagen, doch gebe ich zu bedenken, dass es uns dann nicht anders ergeht als Jarl Ingvert. Uns fehlt dann ein guter Schmied."
Jarl Oyvind nickte zustimmend. „Dieser junge Kerl ist schlauer als ihr alle zusammen! Er hat recht, wir können den Schmied nicht töten!"
Da begehrten die Männer auf, pochten auf das Gesetz und forderten die Bestrafung des Schmiedes. Der Jarl erhob sich von seinem Hochstuhl und hob beschwichtigend seine Arme. „Nun gut, ihr habt euch entschieden! Also werden wir über den Schmied Gericht halten. Doch ich gebe euch den Rat, gut darüber nachzudenken, wie wir mit ihm verfahren werden."
Oyvind nahm wieder Platz. „Und nun zu euch! Stimmt es, was Ubbe sagt?" Er wandte sich an die Gefangenen. „Seid ihr Krieger des Jarl Ingvert?"
Keiner der Männer schien bereit zu antworten. In aller Ruhe lehnte sich der Jarl zurück und begann süffisant zu lächeln.
 „Es ist doch eine einfache Frage, und ich glaube nicht, dass ihr zu dumm seid, diese zu beantworten. Aber glaubt mir, es gibt Mittel, euch zum Reden zu bringen!" Er nickte, und Ubbe zog sein Messer, das er dem Gefangenen an die Kehle legte. „Wie ist dein Name, Kerl?", fragte der Jarl den Mann, doch dieser schwieg. „Du musst wissen, dass ich den Einwohnern der Südinsel den Handel hier in Nordbuktawik gestattet habe. Dem Jarl und seinen Kriegern allerdings nicht! Los, Ubbe, sorge dafür, dass er mir Antwort gibt!"

Ein Tritt in die Kniekehlen ließ den Mann zu Boden gehen, und sofort griffen einige von Oyvinds Männern zu, sodass sich der Mann nicht mehr rühren konnte. Die Klinge des Ubbe grub sich tief in das Fleisch des Mannes, zerschnitt sein Gesicht, und der Gepeinigte schrie auf. Da rief einer der anderen Gefangenen: „Lasst ihn! Ja, wir sind Krieger des Jarl Ingvert!"
Da gab Oyvind seinem Krieger einen Wink, er möge mit der Folter aufhören. „Warum nicht gleich so? Sperrt sie ein, wir überlegen später, was wir mit ihnen anfangen."

Am nächsten Morgen ließ der Jarl die Gefangenen wieder in die Halle bringen. Sechs seiner Krieger waren zugegen, als er den Befehl gab, die Gefangenen zu der schmalen Landbrücke zu bringen, die die Inseln verband. „Ich hätte euch töten können, doch ich will mit Ingvert keinen Streit. Also lasse ich euch gehen!"
Einige der Krieger waren verärgert über die Entscheidung des Jarls, und so kam es am Abend in der Schildhalle zu lauten Zwischenrufen gegen den Jarl. Dieser aber erstickte den Widerspruch schnell im Keim. „Wir sind zu schwach, uns mit dem Ingvert im Kampf zu messen", rief der Jarl. „Nur die Götter wissen, warum er nicht längst auf seine Übnrmacht vertraute und einen Überfall wagte!"
  „Weil es hier nicht genug zu holen gibt", sprach nun Einar. Er zählte inzwischen achtzehn Winter und war ein stattlicher, junger und angesehener Mann in den Reihen der Krieger geworden. „Das Leben seiner Krieger ist ihm zu kostbar, als dass er sie gegen uns in den Kampf schicken würde. Er fährt lieber mit ihnen auf Raubfahrt."
  „Aber eines Tages wird er es wagen", befürchtete Siegmar.
  „Dann werden wir uns ihnen stellen müssen!"
  „Vielleicht sollten auch wir auf Raubfahrt gehen, es wäre sicher besser, wenn die Geldschatulle gut gefüllt ist." Jarl

Oyvind begann zu grinsen. „Was sagt ihr? Ich weiß, dass Ingvert mit seinen beiden Schiffen vor einem halben Mond aufgebrochen ist. So wäre die Siedlung sicher!"
Da begannen die Krieger zu jubeln, denn auf Raubfahrt waren sie schon seit vielen Wintern nicht mehr gewesen.

„Also Männer, wer geht mit mir auf Wikingfahrt?", rief Jarl Oyvind laut. Die erste Hand, die in die Höhe ging, war die der Thordis, und einige Männer begannen zu lachen. Doch Einar erhob sich und sah die Männer streng an.

„Was gibt es zu lachen? Sie beherrscht die Waffen nicht schlechter als ihr, das wisst ihr genau, und so viele Männer gibt es nicht in der Siedlung, als dass wir auf die Kraft unserer Weiber verzichten könnten!" Da verschwand das Lachen der Männer.

„Vielleicht hat Einar ja recht", stimmte Siegmar dem jungen Krieger zu. „Warum sollen nicht auch starke Weiber im Schildwall kämpfen!"

Aufmerksam hörte Oyvind die Worte seiner Krieger. Natürlich wollte er keine Frauen in seiner Leibwache, aber einige von ihnen wären durchaus dazu in der Lage gewesen. Und er konnte jede Hand gebrauchen, die ein Schwert zu führen wusste.

„Ich danke dir, Thordis Thordsdottir", sprach Oyvind freundlich und ohne Hohn, „doch ich versprach der Imma, dass du dich um sie kümmern würdest, und ich will mein Wort nicht brechen."

Das Gesicht der Thordis zeigte dem Jarl, dass ihr die Worte nicht gefielen, doch sie war dem Oyvind deswegen nicht gram. Er hatte sein Wort gegeben, und auch sie hatte geschworen, sich um die Imma zu kümmern, solange diese in Midgard weilte.

Mit den elf Kriegern seiner Wache und weiteren vierzehn Männern aus der Siedlung konnte der Jarl sein Schiff voll bemannen. Er erhob sich von seinem Hochstuhl, lachte sein

Weib Ulla an und rief: „Weiber, bringt Bier! Spielleute, spielt auf, wir wollen feiern!"

Einar hatte viel getrunken, und Thordis hatte große Mühe, ihn in das Haus der Imma zu bringen. Kichernd tauchte er seinen Kopf in das Wasserfass, das seitlich des Eingangs stand und hoffte so, die Trunkenheit zu vertreiben. Ihm grauste stets davor, wenn die Götter sich einen Spaß daraus machten, ihm den Schlaf zu verweigern und ihn stattdessen herumwirbelten, sodass er kotzen musste. Dies war auch der Grund, dass sich Einar bei den Saufgelagen meist zurückhielt. Nicht aber dieses Mal!
Der nächste Morgen bescherte dem jungen Krieger einen brummenden Schädel und wenig Appetit, dazu kam noch der Spott der alten Imma, den er ertragen musste. Und als Thordis einmal den Raum verließ, fragte sie: „Sage mir, bist du bereit, die Thordis zu deinem Weib zu machen?"
Er sah die Imma erstaunt an. „Warum fragst du mich das ausgerechnet jetzt? Mein Schädel brummt und mir ist übel!"
„Beantworte meine Frage, Einar!", verlangte die Alte streng.
„Ich glaube nicht, dass sie das will", antwortete der junge Mann verlegen.
„Und ich weiß, dass sie das will", lächelte die Imma ihn an. „Und ich will diesen Tag noch erleben!"
Überrascht sah er das Weib an. „Wenn sie es wünscht, meine Gemahlin zu werden, soll es so sein!"
Nun war die alte Imma zufrieden.

Das Schiff des Oyvind, Wellenwolf geheißen, lag gut vertäut am Steg. Mit diesem Schiff war Oyvind dereinst nach Tautra gekommen, und nun sollte es ihn in das Reich der Franken bringen. Die meisten Krieger waren bereits auf

dem Steg oder an Bord, und ihre Seekisten standen als Ruderbänke auf den Planken des Wellenwolfes.
Langsam sammelten sich die Bewohner der Siedlung am Strand und auf dem Steg, um die Männer zu verabschieden. Die Stimmung war ausgezeichnet, die Kinder liefen umher, kletterten auf der Reling des Wellenwolfes herum, Frauen umarmten ihre Männer, Väter und Mütter ihre Söhne.
Thordis umarmte Einar und küsste diesen innig. „Mögen die Götter dich beschützen, mein Liebster."
  „Sorge dich nicht, meine schöne Thordis. Ich werde zu dir zurückkehren und werde sicher nicht mit leeren Händen kommen!"
Da ertönte der dunkle Ton des Signalhornes, und die Krieger begaben sich auf das Schiff. Sie hängten ihre buntbemalten Rundschilde zu beiden Seiten an die Bordwände und nahmen die Ruderpinne von dem hinteren der beiden mittig auf dem Schiffsdeck angebrachten hölzernen Gestellen, das zu deren Aufbewahrung diente, wenn diese nicht im Gebrauch waren. Jarl Oyvind begab sich auf das Achterdeck und nickte dem Siegmar zu, der sein Stevenhauptmann war. Er blickte Ubbe an, der die Stange des Seitenruders fest in seinen starken Händen hielt, und sprach: „Bring uns nach Süden, Steuermann!"
  „Leinen los", rief Siegmar. „Taucht die Ruder in das Nass!" Die Männer schoben die Riemen durch die Löcher in den Bordwänden, setzten sich auf ihre Ruderkisten und warteten auf den Befehl ihres Stevenhauptmannes.
Es dauerte nicht lange, da hatten die Männer ihren gemeinsamen Rhythmus gefunden, und die Riemen tauchten gleichmäßig in die See.
Jeweils sechs Männer zu beiden Seiten des Schiffes ruderten. So hatte Oyvind genug Männer an Bord, um die Rudermannschaft auszutauschen, wenn sie nicht unter Segel fuhren. Der Jarl ließ die Männer eine Weile rudern, dann

aber gab er den Befehl, das Segel zu setzen, und sofort griff der Wind in das schwarze Tuch und blähte dieses kräftig auf.

Sie durchsegelten den Fjord, bis sie den Meeresarm erreichten, der nach Nordwesten aus dem Fjord von Lade hinausführte, und als sie die Mündung erreichten, nahmen sie Kurs nach Süden. Vorbei an unzähligen kleinen Inseln segelten sie in das offene Nordmeer.

„Es bricht die Dämmerung an, Jarl", sprach Siegmar, als sie entlang der Küste Hardangers segelten. „Sollten wir nicht besser an Land gehen, um die Dunkelheit abzuwarten?"

„Siegmar, mein Freund! Wir sind doch erst vor kurzem aufgebrochen", lachte Jarl Oyvind und war bester Laune. „Die Götter des Meeres sind uns wohl gesonnen. Die See ist ruhig, also segeln wir weiter!" So segelte der Wellenwolf in der Dunkelheit weiter nach Süden, während die Männer sich auf den Planken zur Ruhe legten. Oyvind selbst blieb lange auf dem Achterdeck bei Ubbe, und auch Einar gesellte sich zu ihnen. „Warum schläfst du nicht, Einar?", fragte der Jarl, als der junge Krieger sich auf dem Achterdeck niederließ und sich an die Bordwand lehnte. „Es ist mein Magen, der mich nicht ruhen lässt, mein Jarl!" Unter dem belustigten Grinsen des Ubbe sprach Einar weiter: „Meine letzte Seefahrt hatte ich, als man mich der Mutterbrust entrissen hatte. Mit dem Thorstein!"

„Hast du schon die Fische gefüttert?", grinste Ubbe, und Einar schüttelte seinen Kopf. „So schlecht geht es mir nicht! Davor bewahrt mich wohl die Arbeit als Fischer auf dem See!"

„Es wird vergehen, Junge", sprach Oyvind lächelnd und so durchsegelten sie eine sternenklare Nacht.

*

Die Imma saß am Tisch in ihrem Haus, hatte sich so gut erholt, dass sie nicht mehr nur auf ihrer Bettstatt lag. Thordis saß mit ihr an dem Tisch und bereitete das Gemüse für das Mahl zu, als die Imma zu grinsen begann. Lächelnd sah Thordis das alte Weib an. „Was erheitert dich so?", fragte sie neugierig.

„Ach, weißt du, Kind", sprach die Alte, „die Götter meinten es wirklich gut mit mir, als sie dich und den Einar in mein Haus schickten. Ihr gabt mir den Willen zu leben zurück und die Neugier auf dass, was noch kommen wird. Verrate mir, wann wirst du mit ihm vor den Priester treten?" Erstaunt sah das junge Weib die Imma an. „Wie meinst du das?"

„Nun, meine Thordis, ich bin zwar alt, aber ich höre noch ganz gut. So entgeht es mir nicht, wenn ihr es des Nachts miteinander treibt."

Voller Scham blickte Thordis auf die Zwiebel in ihrer Hand.

„Darum frage ich, wann ihr zu dem Priester geht. Du willst Einar doch zum Gemahl, oder?", lachte Imma über die Scham des Mädchens, und diese nickte nur stumm.

„Wie du weißt, Thordis, schenkten mir die Götter die Gabe des Sehens! Mir träumte, er wird dereinst ein großer, bedeutender Krieger sein, und er wird dein Gemahl sein. Höre, Kind, ich bitte dich, zögere nicht zu lang, denn ich weiß nicht, wie lange die Götter mir noch Zeit geben hier in Midgard. Und dies ist etwas, das ich nicht verpassen möchte."

Es war am Morgen des folgenden Tages, als es an der Tür des Hauses klopfte. Thordis sah die Imma ein wenig erstaunt an, denn Besuch hatten sie nicht erwartet. „Wer mag das sein?"

„Öffne, dann wirst du es erfahren." Imma zog ihre Schultern hoch. Als die junge Frau die Tür öffnete, blickte sie in die Gesichter von fünf jungen Frauen. Einige jünger, einige älter als sie selbst.

„Was führt euch hierher?", fragte sie und gestattete den Frauen einzutreten.

„Es sind die Worte, die der Jarl in der Schildhalle gesprochen hat", antwortete eine der Frauen. Sie war groß und schlank, hatte ihr langes, blondes Haar zu Zöpfen geflochten und hörte auf den Namen Ilva. „Wir wollen im Schildwall kämpfen!"

„Ja, du beherrscht den Umgang mit den Waffen. Das wissen wir", sprach eine andere, die Arla hieß und die einst als Sklavin nach Nordbuktawik gekommen war. Doch einer der jungen Männer hatte sie zum Weib genommen, und so wurde sie zur Freien. „Du sollst uns den Umgang mit dem Schwert und der Axt lehren!"

„Aber das kann ich nicht, Ilva! Das Schwert ist nicht meine Waffe, und außerdem glaube ich nicht, dass mein Können dazu ausreicht", wehrte Thordis den Wunsch ab.

„Du kannst uns beibringen, was man dich lehrte", wandte Arla ein. „Wenn die Männer zurückkehren, werden sie den Rest erledigen."

„Ich weiß nicht", zögerte Thordis, doch die Frauen gaben nicht nach.

„Nun ja, wenn euch so viel daran liegt, kommt morgen zur Mittagszeit an den Strand, dorthin, wo die große Weide steht", willigte Thordis endlich ein.

Thordis hielt ihr Versprechen, und als die Frauen an den Strand kamen, dorthin, wo die langen, peitschenartigen Äste der Weide bis in die Fluten reichten, wartete die Tochter des Fischers schon auf sie. Die Frauen brachten Schilde,

Schwerter und Äxte mit sich, und Thordis erkannte, dass sie es mit ihrem Wunsch ernst meinten.

All das, was die Tochter des Fischers von Thorstein einst gelernt hatte, und auch das, was sie gesehen hatte, wenn Visgeir mit Einar übte, brachte sie den Frauen bei. Doch schon nach kurzer Zeit zeigte sich, dass die fünf Frauen schnell lernten und dies mit größter Anstrengung taten, und Thordis gelangte schnell an ihre Grenzen. So blieb ihnen nur, das Gelernte wieder und wieder zu üben.

*

Von der südlichsten Spitze des Reiches am Nordweg, segelten sie hinüber nach Jütland und folgten dann der Westküste des Danelandes weiter nach Süden.

„Dort irgendwo liegt Haithabu", sprach Oyvind zu Einar und zeigte zu seiner Rechten in das Landesinnere. „Von hier aus muss man über Land gehen. Doch wenn du von Osten kommst, kannst du die Slie[21] befahren und erreichst eine große Bucht, in der Haithabu liegt." Der Jarl hatte große Freude daran, dem jungen Krieger sein Wissen mitzuteilen. So erfuhr Einar von dem Fluss Visurgis[22], der ihn nach Brimun[23] führen würde. Er sah auch die Mündung der Albia[24], die nach Hammaburg[25] führte.

„Dies ist die Küste des Friesenlandes! Sie sind ein mutiges und wehrhaftes Volk, diese Friesen", erzählte der Jarl und scheute sich nicht, den Feind zu loben. „Hinter dem Friesenland beginnt das Land der Sachsen."

---

[21] Slie – Schlei, Fluss im heutigen Schleswig Holstein
[22] Visurgis – Weser, Fluss
[23] Brimun – Bremen, große Handelsstadt der Friesen
[24] Albia – Elbe, Fluss
[25] Hammaburg, Hamburg, Handelsstadt der Friesen

„Das Land der Sachsen? Hast du es je gesehen, Jarl Oyvind?", fragte Einar, und der Jarl erkannte das Interesse des Kriegers an dem Saxland[26].

„Ja, es ist schon einige Winter her, da befuhr ich den Fluss Visurgis bis hinunter in das Saxland. Es gibt große Städte dort, die sich für ein Wikingerheer sicher als Beute eignen würden. Aber was erweckt an dem Land deine Neugier?"
Verschämt sah Einar zu Boden.

„Nun?", drängte Oyvind auf Antwort.

„Ich bin von Geburt ein Sachse", sagte Einar leise, und der Jarl sah ihn erstaunt an. „Wie kommst du darauf?"

„Laut den Worten Thorstein Thordurssons bin ich der Sohn eines sächsischen Gaugrafen, der den Asen treu war. Meine wahren Eltern starben unter den Klingen der christlichen Gaugrafen, und Thorstein, der ein treuer Gefolgsmann meines Vaters war, brachte mich nach Tautra."
Oyvind sah zuerst Ubbe, den Steuermann, und dann Einar überrascht an. „Tja, Einar Thordsson, dann fließt in deinen Adern das Blut eines Anführers. Das Blut eines Jarls!"

Auf einer der Inseln vor der friesischen Küste rutschte der Kiel der Schnigge[27] in den Sand. Hier wollten sie ihr Lager aufschlagen, um endlich auszuruhen. Sie entfachten ihre Feuer, unterließen es aber, ihre Zelte zu errichten. Zwei Kundschafter schickte der Jarl in das Inselinnere, doch die Berichte der Männer waren wenig erfreulich. Nur einen armseligen Hof hatten sie entdeckt, und dieser verhieß keine große Beute. Allerdings hatten die beiden Männer ein Schaf mit sich gebracht. „Eine kleine Herde graste nicht weit des

---

[26] Saxland – Bezeichnung der Nordleute für das Sachsenland, reichte vom heutigen Ruhrgebiet bis hinauf nach Niedersachsen
[27] Schnigge – schnelle, schlanke Kriegsschiffe mit bis zu 40 Riemen

Hofes", sprach der, der Kjelt hieß. „Ein gutes Stück Fleisch, ist doch das mindeste, was uns dieser Bauer geben kann!"

„Ja, wenn es sonst schon nichts zu holen gibt", fügte der andere Krieger hinzu.

„Glaubst du das, Olaf?" Der Jarl sah den Mann mit ernstem Blick an, begann dann aber zu lachen. „Gut, lassen wir dem Bauern sein Leben!"

Und als sie in der Dunkelheit an den Feuern saßen, sich das gebratene Fleisch des Schafsbockes schmecken ließen, sprach der Jarl plötzlich zu Einar: „Ich hatte eine kleine Herrschaft auf dem linken Ufer der Mündung des großen Fjordes. Doch ein Mann, der mein engster Vertrauter und noch dazu ein Gesippe war, hinterging mich und vertrieb mich aus der Herrschaft."

Nun war es Einar, der erstaunt dreinsah. Warum erzählte Jarl Oyvind ausgerechnet ihm seine Geschichte?

„Man hatte vor, mich und meine Familie zu den Göttern zu schicken. Da zog ich es vor zu fliehen." Er zeigte auf Siegmar. „Er war der Einzige, der zu mir hielt und mich begleitete. Meinen Reichtum konnte ich retten und dieses Schiff!"

„Und der Weg führte dich ausgerechnet nach Tautra?", griff Einar der Erzählung des Jarls vor.

„Nein, der erste Weg führte mich nach Lade. Dort erfuhr ich, dass der Jarl auf der Insel den Tod gefunden hatte, und so beschloss ich, dort meine Herrschaft zu errichten. In Lade fand ich einige Krieger, die bereit waren, mir zu folgen, doch inzwischen hatte Ingvert den Jarlsthron bestiegen, und so übernahm ich auf der Nordinsel die Siedlung Nordbuktawik."

„Und das hat Ingvert sich gefallen lassen?"

„Natürlich nicht", grinste Oyvind verschmitzt. „Aber er hat uns unterschätzt und sich einen blutigen Schädel abgeholt. Dies war ihm wohl eine Lehre, denn er kam nie wieder!" Siegmar und Ubbe begannen zu lachen und machten Witze über Jarl Ingvert, sodass an dem Feuer eine heitere Stimmung herrschte.

Als der Morgen graute, wurde es plötzlich laut im Lager, und Jarl Oyvind erwachte. Er rieb sich die Augen, gähnte genüsslich und erhob sich langsam. „Was soll der Krach?", rief er. Da traten Kjelt und ein weiterer Krieger heran. Sie hatten die letzte Wache gehabt, und nun schleppten sie einen jungen Kerl heran.

„Der hier hat da hinten in den Büschen gehockt. Hat das Lager beobachtet, war aber zu dumm zu entkommen", grinste Kjelt. „Soll ich ihm eins drübergeben?"

Oyvind wiegte den Kopf hin und her. „Warte! Bring ihn zu mir!"

Kjelt stieß den Burschen so, dass er dem Jarl vor die Füße fiel. Dieser trat vor und ergriff das Haar des Friesen. Zog den Kopf in den Nacken und sah dem Burschen in seine Augen. Er war nicht älter als fünfzehn Winter, schien aber gesund und kräftig zu sein. Seine Hände zeugten von harter Arbeit, das hatte der Jarl sofort erkannt. „Einar, du sprichst die Sprache der Sachsen. Frag ihn, wer er ist?"

„Jarl Oyvind, er ist ein Friese, und ich glaube nicht, dass er mich versteht", zweifelte der Krieger an dem Vorhaben des Jarls. „Versuch es trotzdem!", bat Oyvind, und Einar trat heran. Keiner der Männer verstand die Worte, die der Sachse sprach, doch der Friese antwortete: „Herr, ich verstehe die Sprache der Sachsen nicht, doch kannst du in der nordischen Sprache deine Fragen stellen, denn ich bin ein Gaute!"

Erstaunt sahen sich die Krieger um den Jarl an.

„Na, sieh an, der Bursche ist ein Gaute", lachte Oyvind.

„Sag mir, wie kommst du von Götaland hierher?", fragte nun Siegmar neugierig.

„Ich war noch ein Knabe, als man mich raubte und auf einer Insel im Ostmeer verkaufte", antwortete der junge Gaute. „Mein Name ist Breka, und der friesische Bauer kaufte mich vor drei Wintern als Sklaven für seinen Hof."

„Ein Sklave ist er", rief Ubbe. „Was sollen wir mit einem einzigen Sklaven? Erschlage ihn, Jarl, als Opfergabe für die Götter!"

„Vielleicht hast du recht, Ubbe. Als Opfer für eine gute Überfahrt", erwiderte Oyvind, doch da trat Einar vor den Jarl. „Ich glaube, er könnte uns lebend mehr von Nutzen sein. Nehmen wir ihn mit uns!"

„Was soll uns das Knäblein schon nutzen?", lästerte Ubbe, doch Einar ließ sich nicht beirren. „Das weiß ich auch noch nicht. Aber mir ist, als wäre dies Odins Wille!"
Da lachte Ubbe laut auf und schlug sich mit der Hand auf die Schenkel.

„Was weißt du schon, wonach es die Götter dürstet?"
Da ergriff der Jarl das Wort: „Genug! Hört auf zu streiten! Wir nehmen ihn mit uns, und jetzt brecht das Lager ab."

Weiter und weiter segelte der Wellenwolf nach Süden entlang der Küste, bis sie die Gestade des Frankenreiches erblickten. „Wo werden wir an Land gehen?", fragte Siegmar, als er vor den Jarl trat, der auf dem Achterdeck stand. „Ich denke, wir sollten einen Fluss finden, der uns in das Landesinnere bringt. Dort finden wir sicher unsere Beute!" Da nickte der Stevenhauptmann und begab sich zum Bug der Schnigge.
Zweimal lagerten sie noch an den Ufern des großen Frankenreiches und blieben nicht unbemerkt. Doch ehe die Krieger des ansässigen Vogtes auf dem Strand erschienen, waren die Wikingfahrer schon wieder aufgebrochen. Zwar

hatten einige vorgeschlagen, gleich an Ort und Stelle auf Raubzug zu gehen, Jarl Oyvind aber fand immer wieder Ausflüchte, die ihn bewogen, weiterzuziehen.
Und dann, er stand mit Siegmar am Vordersteven des Wellenwolfes, zeigte er auf eine Baumgruppe, die dicht am Ufer wuchs. „Dort müssen wir hin", rief er, und Siegmar sah ihn ungläubig an. „Da ist doch gar nichts", schüttelte er mit dem Kopf, doch als sie näher herankamen, erkannte er die große Mündung eines Flusses. „Woher wusstest du?" Oyvind zog seine Schultern hoch, dann wandte er sich ab und ging zum Achterdeck. Dort gab er Ubbe den Befehl, in den Fluss hineinzusteuern. „Holt das Segel ein und besetzt die Ruderkisten!"
Über einem strahlend blauen Himmel zog die Sonne leuchtend und wärmend ihre Bahn, während der Wellenwolf den Fluß, welchen die Franken Loire nannten, hinauf in das Landesinnere fuhr. Die Spannung und die Kampfeslust der Männer wuchsen, denn sie wussten, nun war endlich die Zeit des Beutemachens gekommen.

„Wir sollten uns nicht zu weit in das Frankenreich begeben", sprach Ubbe zu seinem Jarl. „Man sagt, sie seien gute Krieger, diese Franken. Haben sie nicht das Reich der Sachsen erobert?"

„Du hast doch nicht etwa Angst, Ubbe?", grinste Oyvind seinen Steuermann an. Dann klopfte er ihm aber freundschaftlich auf die Schulter. „Verzeih mir meine spitze Zunge, mein Freund!"
Ubbe wollte etwas erwidern, doch Oyvind fuhr ihm über das Maul. „Still!" Der Steuermann sah seinen Jarl fragend an.

„Höre! Hörst du das, Ubbe?" Aus der Ferne drang der Klang von Kirchenglocken an ihre Ohren. „Das ist es, was wir suchen!"
An einer geeigneten Stelle steuerten sie den Wellenwolf an das Ufer, und die Männer sprangen an Land und banden die

Schnigge an zwei Bäumen fest. Sie schoben eine Planke auf das höher gelegene Ufer, sodass sie die Schnigge verlassen konnten. „Wir errichten kein Lager und entfachen nur ein Feuer. Ich will, dass wir unbemerkt bleiben", befahl Jarl Oyvind. Dann nahm er zwei Männer, Siegmar und Einar, und begab sich in das Landesinnere.
Über seichte, bewaldete Hügel, durchzogen von grünen Wiesen gingen sie, und als sie aus einem kleinen Buchenhain traten, erblickten sie den Turm einer Kirche.
 „Ein christliches Gotteshaus verspricht immer reiche Beute", lachte Oyvind. „Und das Dorf scheint nicht sehr groß zu sein", pflichtete Siegmar ihm bei. Einar nickte nur. Was sollte er auch sagen, es war sein erster Raubzug.
 „Nun denn, im Morgengrauen also", bestimmte Oyvind, da aber meldete sich Einar zu Wort. „Es ist noch früh am Tag. Sollte man uns entdecken, wäre dies sicher ein Nachteil."
 „Was willst du damit sagen?", fragte Siegmar, und ihm gefiel gar nicht, dass dieser Grünschnabel Bedenken anmeldete.
 „Es wäre schlau, sofort anzugreifen! Das will ich damit sagen. Wir wollen hier sowieso nicht lagern, also wozu warten?"
Jarl Oyvind sah Einar prüfend an, und stimmte ihm dann zu. „Einar hat recht! Wozu warten?" So begaben sie sich zurück zum Schiff.
Zwei Krieger teilte der Jarl als Schiffswachen ein, und er gab ihnen den Befehl, auf den jungen Breka zu achten. Die Männer wappneten sich, nahmen Schild und Speer, Schwert und Axt, manche besaßen sogar einen Helm. Dann zog Jarl Oyvind mit seinen Kriegern gegen das Frankendorf.
In dem Buchenhain machten sie Halt. „Der Weg bis zu dem Dorf ist weit, und es gibt wenig Deckung", gab Ubbe zu bedenken. „Wir müssen uns eilen! Zum Glück gibt es keine Mauern, die wir überwinden müssen", sprach Jarl Oyvind.

„Unser Ziel ist ihr Gotteshaus, hört ihr? Dort finden wir, wonach es uns gelüstet!"
In schnellem Schritt überwanden sie die Wiese, die zum Dorf führte. Als sie die halbe Strecke hinter sich hatten, hob Oyvind sein Schwert. „Odin", rief er, und die Krieger stürmten auf das Dorf zu.
Der Schreck der Bewohner war groß, und Soldaten schien es hier keine zu geben. So war es für die Wikinger ein Leichtes, bis zu der Kirche vorzudringen. Frauen, Kinder und Alte suchten ihr Heil in der Flucht. Doch dann plötzlich stürmten mehrere wehrfähige Männer mit ihren Waffen auf den kleinen Platz vor dem Gotteshaus.

„Schildwall", befahl Jarl Oyvind, und die Krieger rückten zusammen. Schild neben Schild, dazu kam eine weitere Reihe von Rundschilden darüber. Pfeile schlugen in das Holz ein, und dann wagten sich die Franken heran. Doch sie drängten vergebens auf den Wall der bunten Rundschilde ein, denn die Wikinger hielten ihnen stand.

„Öffnet den Schildwall", rief Oyvind und die Wikinger lösten ihre Wehr auf und stürmten mit aller Gewalt gegen den Feind. Das Gebrüll der Krieger wurde mehr und mehr mit Entsetzensschreien vermischt. Blut spritzte den Wikingern in ihre Gesichter, wenn die scharfen Klingen der Schwerter und Äxte ihr Ziel trafen. Die Franken aber zeigten Mut und wichen nicht zurück.
Den Schild vor der Brust hatte Einar sich aus dem Schildwall gelöst, und ein Franke drängte ihn Schritt für Schritt zurück. Dieser, ein bärtiger Kerl, der sicher doppelt so viele Winter erlebt hatte wie der junge Trøndner, war, wie es schien, ein erfahrener Mann. Doch dies nutzte ihm wenig, denn urplötzlich gab Einar dem Drängen des Franken nach, zog seinen Schild zur Seite, und der Mann stolperte ihm entgegen. Weit aufgerissen starrten ihn die Augen des Franken an, denn in dessen Kopf steckte nun die

Klinge des Frankenschwertes, das Einar sein Eigen nannte. Bis auf die Nasenwurzel hatte er dem Mann den Kopf gespalten, und dieser sank nun auf die Knie. Erst als der junge Wikinger die Klinge aus dem Haupt riss, fiel der Mann zu Boden.
Sofort suchte sich der Krieger aus dem Fjord im Norden einen neuen Gegner, doch dies war nicht mehr so einfach, denn nachdem die Franken sahen, dass ihre Männer starben, ergriffen sie die Flucht und verschwanden in den Gassen des Dorfes.
Drei Wikinger des Oyvind waren verletzt, doch nach Walhalla wurde niemand gerufen an diesem Tag. Allerdings lagen mehr als zehn Franken in ihrem Blut.
„Los, schlagt die Tür ein", befahl der Jarl und zeigte zu der Kirche. „Aber seid vorsichtig!" Sofort spannten mehrere Männer ihre Bögen, um die Krieger zu decken, falls sie hinter der Tür eine böse Überraschung erwarten würde. Doch die Sorge des Jarls war unbegründet.
Als die Wikinger in das Gotteshaus stürmten, fanden sie lediglich einen christlichen Priester und seine zwei Gehilfen vor, die wohl junge Mönche waren. Mit einem goldenen Kreuz in seinen Händen, für die Nordmänner unverständliche Worte sprechend, trat er den Kriegern mit dem Mut der Verzweiflung entgegen, doch Jarl Oyvind selbst zog sein Saxmesser aus der Scheide, ergriff den Priester an seinem Kragen und zog ihm lächelnd die Klinge durch die Kehle. Noch während der Priester röchelnd zu Boden sank, nahm er ihm das Kreuz aus der Hand.
„Das brauchst du nicht mehr, Priester", sagte er mitleidlos. Das angsterfüllte Geschrei der beiden jungen Mönche war nur von kurzer Dauer. Ein Speer flog durch den großen Kirchenraum, durchbohrte den Hals eines der Gottesmänner und nagelte diesen an die hölzerne Verkleidung der Wand. Dem zweiten schlug Ubbe im Vorbeigehen seine Axt in die

Brust, was aber kaum noch jemand wahrnahm, denn die Männer suchten bereits nach all dem, was ihnen von Wert erschien.

Der Überfall hatte nicht lange gedauert, obwohl sie noch in einigen anderen Gebäuden nach Wertvollem gesucht hatten, und so waren sie bald wieder an dem Liegeplatz des Wellenwolfes angekommen. In ausgelassener Stimmung schafften sie die Beute an Bord.
„Das war nicht schwierig", grinste Siegmar. „Doch bald wird es sich herumgesprochen haben, dass wir uns hier herumtreiben."
„Darum sollten wir uns beeilen. Der Fluss ist noch lang", lachte Jarl Oyvind und sah dann Einar an. „Sag mir, gabst du deinem Schwert schon einen Namen?" Einar schüttelte seinen Kopf. „Einen Namen?"
„Du musst ihm einen Namen geben, es hat Blut gekostet", grinste Siegmar. Da blickte der junge Kerl auf sein Schwert und sah den roten Stein in der Parierstange des Griffes. „Blutauge", sagte er. „Blutauge soll es heißen!"

*

9. VON EINER ENTFÜHRUNG

Groß war der Ärger Jarl Ingverts, als er nach seiner Rückkehr erfahren musste, dass seine Krieger von Jarl Oyvind entdeckt worden waren, und dass die Waffen, die er bei dem Schmied Visgeir in Auftrag gegeben hatte, verloren waren. Es war Abend, und er saß auf dem Hochstuhl in der Schildhalle von Sørhamna. Es galt, die Beute der Raubfahrt zu verteilen und die glückliche Heimkehr zu feiern.

„Dieser elende Mistkerl Oyvind!", fluchte er. „Ich sollte ihn …!"

„Holen wir uns mit Gewalt, was wir brauchen", rief Stendar, einer seiner Krieger, der ganz vorne an einem der Tische saß. „Wir haben mehr Männer als dieser Bauer!"

„Niemals hätte ich gestatten dürfen, dass dieser Kerl einen Fuß auf meine Insel setzt", ärgerte sich der Sohn des Ivar darüber, dass er nach dem Tod seines Vaters nicht den endgültigen Kampf mit dem Eindringling gesucht hatte. Nun saß dieser auf der Nordinsel und würde diese freiwillig nicht mehr hergeben.

„Es ist zu spät, um zu jammern, Jarl! Greifen wir zu den Waffen und jagen wir den Kerl fort, oder schicken wir ihn gleich nach Walhalla", schlug Stendar vor, und die Männer begannen zu jubeln. Sie hatten beste Laune, denn ihre Taschen waren gut gefüllt, das Bier lief ihre Kehlen hinunter, und so waren sie gleicher Meinung mit Stendar. Doch Jarl Ingvert zögerte. Der Gedanke, seine Männer in einen Kampf zu schicken, nur um eine kleine nutzlose Insel zurückzugewinnen, missfiel ihm.

Es stimmte wohl, seine Zahl an Kriegern war größer, doch die meisten waren einfache Männer aus dem Dorf. Oyvind dagegen hatte einige erfahrene Kriegsknechte und Wikingfahrer mit sich gebracht. Diese waren zwar nur noch selten auf Raubfahrt gegangen, doch übten sie sich genauso im Kampf wie seine eigenen Krieger. Dazu kam, dass sie die Nordinsel vom Wasser aus angreifen müssten, denn der schmale Landweg, der nach Nordbuktawik führte, war gut zu verteidigen.

„Stendar, mein Freund", sprach da der rothaarige Bogtyr zweifelnd. „Sag mir, was gibt es auf der Nordinsel zu holen, dass es sich zu sterben lohnt?"
Stendar wollte antworten, doch Jarl Ingvert kam ihm zuvor, und so schwieg der Krieger.

„Männer! Bogtyr hat recht! Gerade erst sind wir mit vollbeladenen Schiffen von der Insel der Angelsachsen zurückgekehrt, und obwohl fünf von uns nach Walhalla gingen, waren wir erfolgreich", sprach Ingvert laut. „Ihr Tod war nicht umsonst, denn er brachte jedem von uns Reichtum. Diese armselige Insel dort", er zeigte mit dem Finger nach Norden, „wiegt nicht ein Leben auf. Auch nicht der Schmied, den sie haben."

„Vielleicht reicht es, wenn wir uns den alten Visgeir holen", grinste Bogtyr.
Die Männer waren zwiegespalten, denn die einen stimmten dem Stendar zu, da sie es für wenig ehrenvoll hielten, dem Oyvind sein Land zu lassen. Andere wiederum hielten es mit ihrem Jarl. Wieder andere hielten Bogtyrs Vorschlag für den besten.

„Aber glaubt mir, es wird der Tag kommen, da werden die Götter mir eine weitaus bessere Möglichkeit bieten, den Oyvind zu vertreiben." Er hielt einer Sklavin seinen Becher hin und diese füllte ihn mit Bier.

Es war Stendar, der am nächsten Tag am Strand der Siedlung stand und in den Fjord sah, und was er sah, ließ in

ihm den Zorn aufkommen. Es war eine Schnigge, die sich der Insel näherte und Kurs auf die Nordbucht nahm. Er hatte das schwarze Segel von Jarl Oyvinds Wellenwolf sofort erkannt. „Ingvert, du verdammter Narr", fluchte der Krieger verärgert. „Die Siedlung dieses räudigen Hundes wäre uns schutzlos ausgeliefert gewesen!"
Nun aber war die Gelegenheit vertan. „Dein Heil ist groß, Oyvind. Die Götter waren dir gnädig", murmelte er. „Aber es kommt der Tag, da wird sich der Wind drehen!"

*

Groß war die Freude in der Siedlung an der Nordbucht. Die Bewohner kamen an den Strand, um die Ankommenden zu begrüßen, und die Freude darüber war groß an Bord. Jarl Oyvind legte seinen Arm um die Schulter des jungen Einar, als die beiden Männer an der Reling des Wellenwolfes standen. Grinsend sprach er: „Es ist eine Göttergnade, heimzukehren wie wir es tun. Keiner ließ sein Leben, und die Beute ist groß!"

„Ja, mein Jarl, dein Heil ist groß", antwortete Einar und sah suchend auf den Strand. „Einar", hörte er da seinen Namen und sah, wonach er suchte. Thordis kam lachend auf den Anlegesteg gelaufen.

„Einar, mein Einar", rief sie. „Du bist zurückgekehrt!"

„Natürlich, glaubtest du, ich gehe nach Walhalla? Ich kann dich doch nicht alleine lassen", lachte der junge Krieger. Dann fielen sie sich in die Arme und küssten sich innig.

„Heute Abend werden wir in der Schildhalle die Beute aufteilen und feiern", rief Jarl Oyvind. „Bereitet das Fest vor!"

„Was machen wir mit dem hier?", fragte Siegmar und schob den jungen Breka vor sich her.

„Wir entscheiden später über ihn. Sperrt ihn derweil in einen Stall", entschied der Jarl kurzentschlossen.

Während Einar seine Seekiste schleppte, trug Thordis seinen Schild und die Waffen. Seines Hemdes mit der schönen Borte an den Nähten hatte sich der Krieger entledigt, denn es war sehr warm an diesem Tag. So kamen sie zu dem Haus der Imma. Und diese lächelte erfreut, als sie den Einar erblickte. „Die Götter waren dir gewogen, so, wie ich es gesehen habe." Sie richtete sich von ihrem Schlaflager auf.
„Du bist sicher hungrig. Komm, Thordis, gib ihm zu essen. Und du, Einar, hilf mir auf, ich will mit dir an dem Tisch sitzen." Er stellte seine Kiste in die Ecke und trat zu dem Bett der Imma, um dieser aufzuhelfen. Bald darauf saßen die drei Bewohner des Hauses gemeinsam an dem Tisch und aßen.
„Nun, war eure Wikingfahrt erfolgreich?", fragte die Imma, und Einar nickte. Mit vollem Mund sprach er: „Sie war sehr erfolgreich, denn unser Weg führte uns in das Land der Franken. Der Gott der Christen muss nun auf einige seiner Schätze verzichten … und auch auf einige seiner Diener." Grinsend schob er sich den Löffel mit der Grütze in den Mund und stopfte noch ein Stück Brot hinterher.
„Das bedeutet wohl, du bist nun ein reicher Mann, Einar", mutmaßte die Alte grinsend.
„Nun ja, reich wohl nicht. Doch um einiges reicher als zuvor."
„So kannst du nun Thordis zum Weib nehmen", sagte die Imma verschmitzt grinsend. „Ich fühle, dass ihr damit nicht mehr allzu lange warten solltet!"
Einar sah Thordis an und lächelte. „Zum nächsten Vollmond werde ich einen Odinspriester heranschaffen, der unserem Bund das Heil der Götter gibt."

Das freute Thordis sichtlich, und auch die Imma schien zufrieden.

„Und nun komm, Einar, führe mich vor das Haus. Ich möchte in der Sonne sitzen." Sie kniff ein Auge zu und Einar verstand.

Als er wieder in das Haus trat, hatte sich Thordis bereits entkleidet und lag voller Erwartung oben auf der Empore auf ihrem Schlaflager. Auch sie hatte die Anspielung der alten Imma verstanden.

Es war ein ausgelassenes Fest, das sie am Abend in der Schildhalle feierten. Jeder der Männer, der an dem Raubzug teilgenommen hatte, bekam seinen Anteil und war zufrieden. Dann brachten sie den jungen Gauten in die Schildhalle, und Jarl Oyvind ergriff das Wort. „Diesen Burschen brachten wir aus dem Reich der Friesen mit uns. Er ist von Geburt ein Gaute, und nun müssen wir entscheiden, was wir mit ihm tun."

„Ich nehme ihn als Sklaven für meinen Hof", rief ein Mann namens Olaf, und plötzlich meldeten sich mehrere, die Breka zum Sklaven machen wollten. Da aber meldete sich Einar zu Wort. „Auch wenn er ein Gaute ist, so ist er doch trotzdem ein Nordmann", sprach er, und es wurde ruhig. Jarl Oyvind saß auf seinem Hochstuhl und konnte sich ein verschmitztes Grinsen nicht verkneifen. „Wollt ihr einen der Unseren zum Sklaven machen? Ich sage nein! Wir können jeden Krieger gebrauchen, und Breka ist kräftig, er wird einmal ein guter Krieger werden!"

„Seit wann hast du hier zu bestimmen, Einar?", rief Ubbe erbost, denn ihm gefielen die Worte des jungen Kriegers nicht. Breka gehörte zur Beute, so sah es der Steuermann.

„Du bist ein Seefahrer, Ubbe. Wie würde es dir gefallen, wenn du nicht mehr ins Daneland oder nach Götaland segeln könntest, weil man dich dort zum Sklaven machen

würde?", fragte Einar ruhig, und Ubbe blieb ihm eine Antwort schuldig. Da erhob sich Jarl Oyvind, sah sein Weib Ulla an, die neben ihm auf ihrem Stuhl saß und nickte, dann sagte er mit freundlicher Stimme: „Ich stimme Einar zu und denke, wir sollten den Gauten Breka in unserer Siedlung aufnehmen. Wer mir zustimmt, hebe seinen Arm!"
Der größte Teil der Anwesenden folgte der Meinung des Jarls, und so war es entschieden.

„Gut! Ich frage dich, Einar, bist du bereit, Breka bei dir aufzunehmen?" Jarl Oyvind hatte wieder neben seinem Weib Platz genommen. Einar trat neben den Breka und nickte. „Ja, das werde ich. Er soll unter meinem Dach ein Heim finden!" Er legte Breka seine Hand auf die Schulter und führte den jungen Burschen an seinen Tisch, wo auch Thordis saß.

Breka musste auf dem Podest neben dem Tisch schlafen, und die Imma war anfangs wenig begeistert, dass der Einar den Gauten in ihr Haus gebracht hatte. Doch nach wenigen Tagen hatte sie sich damit abgefunden, schließlich war Breka eine wertvolle Hilfe, und er konnte von dem Reich der Friesen und dem der Sachsen erzählen. Und diese Geschichten hörte die Alte gerne.

*

Sie waren noch gar nicht lang wieder in Nordbuktawik, als eines nachmittags der Jarl in der Schildhalle den Krieger Einar zu sich an den Tisch rief.

„Sag, Einar, ich will morgen mit einigen Männer nach Levanger rudern", sprach Oyvind, der längst große Zuneigung für den jungen Krieger empfand. Dieser schien zu verkörpern, was er sich für seinen eigenen Sohn Hrani wünschte. „Ich will meine Schätze auf dem großen Markt verkaufen. Dorthin kommen Kaufleute aus dem Reich der Schweden, und die sind ganz wild auf diesen Kram, den man in den christlichen Gotteshäusern erbeutet. Odin allein weiß, was sie damit anfangen. Willst du mich begleiten?"

„Das will ich gerne tun, mein Jarl", nickte Einar zustimmend. „Breka kann ja auf den Hausstand achten." Und so geschah es, dass am nächsten Morgen der Jarl mit sechs Männern an Bord des Wellenwolfes ging. Ubbe war als Steuermann an Bord, sowie der Stevenhauptmann Siegmar. Einar und drei weitere Krieger saßen auf ihren Seekisten und ruderten die Schnigge aus der Nordbucht hinaus. Unter Segel fuhr der Wellenwolf den großen Fjord hinauf nach Nordosten, wo der Handelsplatz Levanger lag. Es war Sommer, und das Treiben in Levanger war wirklich groß. Einar war zuvor noch nie hier gewesen, und er war ein wenig überrascht, wie groß der Handelsplatz war. Eine große Anzahl an Schiffen lag in der Bucht vor Anker, aber auch über den Landweg aus dem Schwedenreich kamen viele Händler hierher.

Anfangs schien es ein guter Tag zu werden, denn Oyvind fand schnell einen schwedischen Kaufmann, der ihm seine Beute zu einem guten Preis abkaufte, und so war seine Geldkatze[28] mit vielen Silberstücken gefüllt. Doch hatten sie die beiden Kerle nicht bemerkt, die ihnen seit ihrer Ankunft in Levanger folgten.

Der Wellenwolf ankerte in der Bucht, und die Männer waren mit einem Nachen, den sie im Schlepptau hatten, an Land gerudert. Als der Kiel des kleinen Bootes in den Sand des Strandes rutschte, wurde ein Mann, der an der Reling eines Schiffes stand, auf die Ankommenden aufmerksam.

„He, Snorri, sieh mal da." Er hatte den Mann neben sich angestoßen und nickte zum Strand.

---

[28] Geldkatze – lederner Geldbeutel, der am Gürtel getragen wurde

„Bei Odin, Thor und Tyr, das ist ja dieser elende Oyvind", erkannte Snorri den Jarl der Nordinsel. „Zu schade, dass Ingvert nicht hier ist."

„Wozu brauchen wir Ingvert?", grinste der Stendar angriffslustig. „Komm, vielleicht bieten die Götter uns eine Gelegenheit, von Jarl Ingvert beschenkt zu werden."
Da grinste auch Snorri und ging mit dem Stendar von Bord. So folgten die beiden Krieger des Jarls Ingvert den Männern von der Nordinsel auf Schritt und Tritt.

„Das war ein gutes Geschäft", sagte Oyvind zufrieden grinsend. „Und nun sollten wir den Göttern danken und einen Becher Bier auf sie trinken." Dieser Vorschlag des Jarls fand bei seinen Begleitern natürlich große Zustimmung, und sie brauchten auch nicht lange zu suchen. Am Rand des Marktplatzes sahen sie einen Stand, der von Männern umringt war. Viele saßen auf Baumstämmen, die man als Sitzplätze dort niedergelegt hatte, und an dem Stand schöpften ein Kerl und ein Weib Bier aus einem großen Fass.
So verging einige Zeit, und die Männer aus Nordbuktawik gaben sich nicht mit einem Becher zufrieden. Es geschah, was über kurz oder lang beim Genuss von Bier immer geschah. „Ich muss pissen", sprach Oyvind und erhob sich von dem Baumstamm, auf dem er Platz gefunden hatte. Er sah sich nach einem Platz um, wo er sich am besten erleichtern konnte, ohne dass ihm jeder dabei zu sah. Dann entfernte er sich von seinen Männern, um im Schatten zweier Häuser seine Blase zu entleeren.
Nun war für Snorri und seinen Gefährten die Zeit des Handelns gekommen. Unbemerkt schlichen sie hinter den Häusern entlang, und Jarl Oyvind erkannte die Gefahr nicht, die hinter der Häuserecke auf ihn wartete.

Fast bis zum Ende der Hauswand trat der Jarl in den schmalen Gang zwischen den Häusern und begann seine Beinkleider herunter zu ziehen, um sich Erleichterung zu verschaffen. Kaum hatte der Strom begonnen zu fließen, traten die zwei Gestalten um die Ecke. Jeder hielt sein Messer in der Faust, und Stendar sprach grinsend: „Piss dich ruhig aus, es wird das letzte Mal sein hier in Midgard. Jarl Oyvind, heute sind die Götter dir nicht gewogen!"

„Euch aber auch nicht", ertönte da eine Stimme, und ein Mann stürzte an dem Jarl vorbei und trieb dem Snorri sein Schwert in die Brust. Mit Entsetzen sah Stendar auf die Klinge und lief dann davon.

„Einar!" Jarl Oyvind stand wie angewurzelt mit dem Schwanz in der Hand da und sah den jungen Krieger überrascht an. „Wie konntest du wissen …?"

„Konnte ich nicht! Aber auch mich drückte es, und ich sah, wohin du gingst, also folgte ich dir!" Er zog die Klinge aus der Brust des Toten und reinigte sie an dessen Kleidung. Niemand hatte den Vorfall bemerkt, und so zogen sie sich unbemerkt zurück.

Erstaunt hörten die Männer die Worte ihres Jarls, als dieser mit dem Einar zu ihnen zurückgekehrt war. Er schlug dem jungen Krieger auf die Schulter. „Das war das zweite Mal, dass du meiner Sippe einen unendlichen Dienst erwiesen hast, Einar", sprach er. „Ihr alle sollt Zeugen meiner Worte sein, fortan sehe ich diesen jungen Mann als meinen Sohn!"

*

„Hrani ist fort", sprach Ulla aufgeregt. „Ich weiß nicht, wohin der Knabe gelaufen ist."

„Beruhige dich, Ulla", versuchte Thordis der Jarlsgattin die Unruhe zu nehmen, „wir werden nach ihm suchen und ihn finden. Weit kann er nicht sein."

Sie sah die beiden Mädchen an, die mit ihrer Mutter auf der Bank vor dem großen Tisch saßen, und diese erhoben sich. Uma, die sechzehn Winter zählte und Ferun, die zwei Winter jünger war, machten sich auf den Weg, um in der Siedlung nach ihrem Bruder zu suchen. Thordis aber zog es Richtung Süden. Sie konnte nicht sagen warum, aber sie ging den Weg aus der Siedlung hinaus, dorthin, wo die schmale Landzunge auf die Südinsel führte.

Leise knisterten die Holzscheite im Feuer in der Hütte der Völva[29] Sigve, als diese plötzlich erschrocken ihre Augen öffnete. In sich gekehrt, hatte sie vor den Flammen gehockt und wie sooft darauf gehofft, dass die Götter zu ihr sprachen. „Wenn die Götter geben, nehmen sie auch", sprach sie leise, „Unglück und Veränderung bringt die Zukunft!" Dann schloß die tothaarige Frau wieder ihre Augen.

Bogtyr traute seinen Augen nicht, als er den Knaben sah, der ihm über den schmalen Landstreifen entgegen kam. Er hatte hier den Wachposten bezogen, so wie an jedem Tag ein Mann des Ingvert hier als Posten stand. Eigentlich wäre ihm der Bengel egal gewesen, doch da war etwas, dass ihn seinen Blick nicht von dem Kind abwenden ließ. Er kannte diesen Knaben!
Langsam zog sich der Rotschopf in die Büsche zurück, und er tat gut daran, wie sich zeigte, denn von weitem erkannte er ein junges Weib heraneilen. Sie rief den Namen des Jungen, und nun wusste Bogtyr, dass seine Vermutung die richtige war.
Thordis eilte über den schmalen Landweg, der zu ihrer Linken der Halbinsel Fylke und zur Rechten der Nordbucht zugewandt war. „Hrani, bleib stehen", rief sie. „Hrani, gehe

---

[29] Völva – Seherin, Kräuterkundige Heilerin

nicht weiter!" Doch der Knabe, der acht Winter zählte, hörte nicht und war bereits mit seinen Füßen auf der Südinsel.

„Oh, ihr Götter, ich danke euch", flüsterte der Krieger des Ingvert, der hinter den Büschen saß. „Der Jarl wird mich reich beschenken." Langsam zog er sein Schwert aus dem Wehrgehäng, und als das Weib den Knaben erreicht hatte, sprang er hinter dem Busch hervor.

Es blieb der Thordis keine Zeit, ihr Messer zu ziehen, denn dies war die einzige Waffe, die sie bei sich führte.

Der Schreck darüber, von einem Krieger des Jarls Ingvert entdeckt worden zu sein, war groß.

„Lass es stecken!", befahl Bogtyr streng, und Thordis zog ihre Hand vom Griff des Saxmessers zurück. „Was willst du, Bogtyr Bogisson?", fragte das schöne Weib gereizt.

„Lass uns in Frieden!"

„Diesen Gefallen kann ich dir leider nicht tun, Thordis, Tochter des Fischers", grinste der Krieger hämisch.

„Meinen Jarl wird es zu sehr erfreuen, dich und den Sohn des Oyvind als Gäste begrüßen zu können."

„Das ... das kannst du nicht tun", versuchte Thordis dem Krieger sein Vorhaben auszureden. „Die Götter werden dich dafür bestrafen!"

„Oh, das glaube ich nicht! Vielleicht waren es ja die Götter, die mich diese fette Beute machen ließen. Also rede nicht! Los, gehen wir! Und wage nicht zu fliehen, Weib, es würde den Knaben sein Leben kosten!"

Lang und anstrengend war der Weg in der Hitze des Nachmittags, bis sie Sørhamna erreichten. Auch Bogtyr war erschöpft, denn er führte den ganzen Weg sein Pferd am Zügel.

„Ich bringe dir etwas, das mir wohl die Götter schickten, als ich auf Wache stand", sprach Bogtyr, als er vor seinen Jarl trat. Einige Männer und der Krieger, der Harald hieß, der sein enger Berater war, hielten sich in der Schildhalle auf und wurden aufmerksam, als der Rotschopf mit dem Weib und dem Knaben eintrat.

Harald, der Eber, war etwa gleichen Alters wie der Jarl und zählte zu dessen langjährigen Gefährten und Freunden. Der kahlköpfige Mann, auf dessen Schädel Bilder tätowiert waren, hatte großen Einfluss auf den Jarl, und er war diesem treu ergeben. Jeden Befehl des Ingvert führte er ohne Widerworte aus.

„Was bringst du da?", fragte Ingvert. „Wer ist das?"

„Mein Jarl, dies hier ist die Tochter des Fischers Thord …" Einen Moment schwieg er, um die Worte wirken zu lassen.

„Und dies hier ist Hrani, der einzige Sohn Jarl Oyvinds!" Da huschte ein böses Lächeln über Ingverts Gesicht. Er sah den Kahlkopf an. „Der einzige Sohn des Oyvind, sagt er." Und auch der Kahlkopf grinste. „Der einzige Sohn des Oyvind!"

Jarl Ingvert erhob sich, trat neben Thordis und langsam ging er um sie herum, fasste in ihr rotblondes Haar. Er beugte sich vor an ihr Ohr und sprach leise: „Einst bist du den Klingen meiner Männer entkommen, aber du siehst, man kann seinem Schicksal nicht entgehen."

Dann sah er wieder Harald an. „Ist ein schönes Weib, die Tochter des Fischers."

Der Kahlkopf trat vor, besah sie von oben bis unten und griff Thordis an die Brust. „Ich kaufe sie dir ab!" Thordis schreckte zurück, und Ingvert schüttelte grinsend mit dem Kopf. „Nein, mein Freund, mit diesem Täubchen habe ich etwas anderes vor!"

Harald zog die Schultern hoch. „Dann eben nicht!"

„Los, sperrt sie ein, bis wir entschieden haben, wozu sie uns nütze sind", befahl der Jarl, und zwei Krieger kamen und nahmen die Gefangenen mit sich.

Als der Wellenwolf am Steg anlegte, erkannte Jarl Oyvind schon an den Gesichtern der Bewohner, dass etwas nicht stimmte. Einer seiner Krieger namens Hyrning war an das Schiff getreten. „Jarl Oyvind, es gibt schlimme Nachrichten!"
Der Jarl trat auf den Steg. „Was ist geschehen, Hyrning?"
„Dein Sohn, Hrani, mein Jarl. Er ... er ist verschwunden!"
Einar und Ubbe traten neben den Jarl. „Was ist geschehen?", fragte nun auch Einar.
„Hrani ist verschwunden", sprach Oyvind leise.
„Auch für dich gibt es eine schlechte Nachricht, Einar", sagte der Krieger Hyrning. „Die Thordis ist ebenfalls verschwunden!"
„Wie ... wie ist das möglich?", stammelte Einar, und plötzlich erfüllte größte Angst seinen Körper.
„Wir haben nach ihnen gesucht, doch ohne Erfolg. Nur die Götter wissen, was geschah", sprach Hyrning fast entschuldigend.
„Ruft alle in die Schildhalle, sofort!", befahl der Jarl ohne zögern.

Schnell sprach sich der Befehl Oyvinds herum, und die Schildhalle füllte sich. Jarl Oyvind und sein Weib, sichtlich gezeichnet, saßen auf ihren Hochstühlen. Seitlich von ihnen saßen die beiden Töchter, die ihnen noch in Nordbuktawik geblieben waren. Ulla hatte inzwischen ihrem Gemahl berichtet, was geschehen war. Dies aber war nicht viel!
Und auch sonst konnte kaum jemand etwas berichten, dass das Rätsel um den Verbleib der Verschollenen hätte lüften können. So zog sich der Jarl bald mit seiner Familie zurück.
Da trat Siegmar vor die Anwesenden. „Hört mir zu", rief er und hatte bald schon die Aufmerksamkeit der Anwesenden.
„Obwohl dies ein trauriger Moment ist, gibt es noch etwas zu verkünden, das ihr wissen solltet. Euer Jarl hat den

Krieger Einar zu seinem Sohn gemacht!" Ein Raunen ging durch die Halle und alle starrten den blonden Krieger an. „Also, behandelt ihr ihn fortan, wie den Sohn des Jarls!", befahl Siegmar streng. „Und nun geht!"
Die Jarlsgattin und ihre Töchter waren über die Entscheidung des Oyvind erstaunt, ja, Ulla war sogar ein wenig erzürnt, doch ihr Gemahl hatte entschieden und so nahmen sie den Einar in ihrer Sippe auf.

Drei Tage vergingen, da kam ein Reiter über den schmalen Landweg nach Nordbuktawik geritten. In der Hand hielt er eine weiße Fahne, und so ließ der Wächter, der nun auf der Seite der Nordinsel stand, ihn gewähren. Vor der Schildhalle machte er halt, und unter dem zornigen Geschrei der Bewohner trat er in die Schildhalle ein. Sofort traten die anwesenden Krieger dem Mann mit gezogenen Schwertern entgegen.
 „Halt", rief Oyvind. „Lasst ihn! Komm näher!"
 „Ich bin Harald, den man den Eber nennt, und mich schickt Jarl Ingvert!"
 „Ich kenne dich, Harald", sprach Hyrning wenig erfreut und durchaus willens, diesen Kerl zu töten. „Du bist einer von der Art, die man nicht gerne um sich hat, also rede, was willst du?"
 „Wir haben etwas, das du sicher gerne wieder hättest, Oyvind", sprach der Kahlkopf grinsend. Da trat Siegmar neben den Mann des Ingvert und knurrte diesen an. „Du nennst ihn Jarl Oyvind!"
Ohne den Siegmar eines Blickes zu würdigen, fuhr Harald fort: „Rufe deinen Köter zurück, denn sollte mir ein Leid zugefügt werden, könnte es sein, das Ingvert dir deinen Sohn in kleinen Stücken zurückschickt!"
Da sprang Oyvind auf. „Ihr habt also meinen Sohn!"

Hochmütig grinsend sah Harald sein Gegenüber an. „Ja, wir haben deinen Sohn und auch die Hure, die bei ihm war." Da war es um die Ruhe des Einar geschehen. Er riss sein Schwert aus dem Wehrgehäng und wollte sich auf den Boten stürzen. „Du stinkendes Schwein, ich werde dich zu den Göttern schicken!" Doch zwei der Krieger Jarl Oyvinds waren aufmerksam und warfen sich dem Einar in den Weg. Harald, der Eber, aber war unbeeindruckt, lachte den jungen Krieger nur aus. „Halte diesen jungen Kläffer zurück, oder ich spalte seinen Schädel."

„Rede endlich, Kahlkopf, was will Ingvert für das Leben meines Sohnes und das der Thordis?", fauchte der Jarl den Boten an.

„Du wirst die Nordinsel mit deiner Sippe verlassen, und du wirst all deinen Besitz zurücklassen! Willigst du ein, bekommst du die Geiseln zurück, wenn nicht …!"

„Was, wenn nicht?"

„Kannst du dir das nicht denken, Oyvind?" Er warf dem Jarl die weiße Fahne vor die Füße. „Zwei Tage gibt dir Ingvert Bedenkzeit. Wenn die Sonne im Zenit steht, erwartet er deine Antwort!" Harald wandte sich um und verließ die Schildhalle.

*

„Thordis, was wird mit uns geschehen?", fragte der Knabe Hrani. „Ich weiß es nicht, Hrani", antwortete das schöne Weib. „Aber du musst keine Angst haben, denn die Götter werden uns beschützen." Staub tanzte auf den gleißenden Strahlen der Sonne, die durch die Ritzen der Stallwand schienen. Die Luft war stickig, und es war unerträglich warm in dem Stall. Plötzlich wurde die Tür geöffnet und der Jarl trat ein. Er griff Thordis in ihr langes Haar und riss diese mit sich. Den Hrani aber ließ er zurück.

Wortlos zog er Thordis mit sich, vorbei an seinen überrascht dreinschauenden Männern, bis in seine Kammer. Dort warf er sie unsanft auf sein Schlaflager. „Du elender Dreckskerl, möge Thor dich zerschmettern", wehrte sich das junge Weib, doch Jarl Ingvert war gnadenlos. Ein kräftiger Hieb traf Thordis, sodass sie beinahe das Bewusstsein verlor.

„Hör gut zu, Weib", fauchte er. „Mein erster Gedanke war, dich zu töten. Du bist die Tochter des Fischers Thord, und ich schwor, deine Sippe von Midgard zu tilgen." Seine Hand tastete sich langsam über ihren Körper bis zu den Brüsten.

„Aber ich muss gestehen, du gefällst mir sehr gut. Und ich schwor auch, endlich ein Weib zu nehmen, um einen Nachkommen zu zeugen!"

„Du Scheusal hast meine Eltern getötet. Möge Freya dafür sorgen, dass deinen Schwanz nur fauliger, stinkender Samen verlässt und du der letzte deiner Sippe bist", verfluchte sie den Jarl.

„Das werden wir noch sehen, schöne Thordis. Überlege gut, denn du könntest das Weib eines Inseljarls werden. Ich bin der Herr über Tautra", grinste Ingvert. „Niemals werde ich deine Gemahlin!", fauchte das schöne Weib. Da begann Ingvert der Thordis ihr Kleid vom Leib zu reißen. „Möge mich Thor erschlagen, wenn meine Wahl die falsche ist."

*

10. Der Kampf in Sørhamna

Ulla, die Gemahlin des Jarls, hatte die ganze Nacht über geweint, hatte zu den Göttern gebetet und um das Leben ihres Kindes gefleht. Ihr Gemahl dagegen hatte die Schildhalle nicht mehr verlassen, seit der Bote des Ingvert fortgeritten war. Er hatte seine Krieger um sich geschart, und auch die wehrfähigen Männer der Siedlung waren in die Schildhalle gekommen.

Die Stimmung war bei den meisten gereizt und doch auch bei vielen gedrückt. Besonders Einar hatte seine Heiterkeit verloren, denn die Sorge um Thordis raubte ihm fast den Verstand.

„Ich werde diesen Ingvert töten", rief er dem Jarl zornig entgegen. „Er tötete meine Eltern, und nun nahm er mir Thordis!"

„Einar hat recht! Es gibt keinen anderen Weg, oder willst du dich seiner Forderung beugen?", fragte Siegmar seinen Jarl. Dieser saß auf seinem verzierten Hochstuhl und starrte in die Flammen der Feuerstelle. „Hörst du meine Worte, Jarl Oyvind?"

„Wir kämpfen", rief auch Ubbe wütend. „Das ist der Wille der Götter!" Fast alle Männer in der Schildhalle stimmten ihm zu.

„Er ist uns an Kriegern weit überlegen", wandte der Krieger Olaf ein. „Auf jeden von uns kommen zwei von Ingverts Männern!"

„Nicht ganz", ertönte eine Stimme, und fünf junge Weiber traten in die Halle ein. Da hob Oyvind seinen Kopf. „Was soll das, Ilva?"

Das junge Weib, großgewachsen und schön, trat vor den Hochstuhl. „Wir kämpfen mit euch. Jede von uns ist eine Schildmaid!"

Da begannen einige der Männer zu lachen, doch mit einem Handwisch sorgte der Jarl für Ruhe.

„Während ihr auf Raubfahrt im Frankenland weiltet, lehrte uns Thordis den Umgang mit den Waffen", mischte sich nun Arla ein und sah die Lacher wütend an. „Ich kämpfe mit jedem von euch Maulhelden", rief sie zornig.

„Hört auf zu streiten", befahl Siegmar. „Wenn wir kämpfen, brauchen wir jedes Schwert!"

„Wir brauchen jedes Schwert", wiederholte Siegmar seine Worte grübelnd. „Visgeir, der alte Bär!" Er sah den Jarl an.

„Der Säufer ist ein guter Schwertkämpfer, und du musst ihn noch bestrafen. Er soll an unserer Seite in den Kampf ziehen!"

„Mir scheint, ihr habt längst entschieden, was zu tun ist", sprach Oyvind leise. Da trat Siegmar nah an den Jarl heran und flüsterte ihm zu: „Mein Jarl, du musst Stärke zeigen, sonst versagen die Götter dir ihr Heil und du verlierst alles. Das Schicksal haben die Nornen[30] längst gesponnen, und keiner kann ihm entkommen."

„Hyrning, hol den Schmied hierher. Jetzt sofort!", befahl der Jarl, und Hyrning verließ die Halle.

Oyvind erhob sich und rief laut: „Wir werden dem Ingvert entgegentreten! Und zwar morgen schon!"

„Ihr habt den Jarl gehört", rief Siegmar. „Bereitet euch auf den Kampf vor!"

Mit den fünf jungen Schildmaiden hatte Oyvind dreißig Krieger in seinem Gefolge, und noch bevor die Dunkelheit einsetzte, kam Hyrning mit dem Visgeir in die Schildhalle. Erstaunt sah er, wie die jungen Weiber auf dem Platz vor

---

[30] Nornen – die drei Göttinnen des Schicksals

der Halle mit einigen Kriegern die Klingen kreuzten. „Was geht hier vor?", brummte er in seinen Bart. „Das wirst du gleich erfahren, Schmied", antwortete Hyrning, der den Visgeir wohl gehört hatte.

„Los, vor den Jarl!", befahl Hyrning und schob den Schmied vor sich her.

„Komm her, Visgeir", sprach Jarl Oyvind. „Ich werfe dir vor, dem Ingvert Waffen verkauft zu haben."
Sofort wollte der Schmied die Vorwürfe abstreiten, doch Oyvind fuhr ihm über sein Maul. „Es kostet dich deinen Kopf, allerdings gebe ich dir noch eine Gelegenheit, mir deine Treue zu beweisen. Morgen ziehen wir in den Kampf gegen Jarl Ingvert. Schließe dich uns an und ich vergebe dir, dass du mich hintergangen hast!"
Betreten sah der alte Schmied auf den Boden. „Nun, was ist?", drängte Siegmar auf eine Antwort. „Der Jarl gestattet dir, ehrenvoll nach Walhalla zu gehen!"

„Wenn ich sterben soll, will ich als Krieger sterben", stimmte Visgeir zu. „Ich kämpfe mit euch!"
Da trat Einar heran. „Du kannst dich gleich nützlich machen. Geh hinaus und hilf den Schildmaiden."

„Was hast du Bursche mir zu befehlen?", fragte Visgeir böse, doch da ergriff der Jarl das Wort. „Einar ist nun mein Sohn, und du wirst seinen Befehlen gehorchen!"
Verwundert starrte der Schmied den jungen Krieger an, der einmal sein Gehilfe war, doch dann nickte er und verließ die Halle.

Einar hatte sich zum Haus der Imma begeben, und als er eintrat, sah diese von ihrem Schlaflager auf. „Komm zu mir, Einar", bat sie, und der Krieger folgte der Bitte.

„Es ist Schlimmes geschehen", sprach er, doch für die Imma schien dies keine neue Nachricht zu sein. „Sorge dich

nicht. Thordis lebt! Ich hatte wieder einen Traum. Man tut ihr Leid an, aber sie wird leben, so wollen es die Götter!" Sie lächelte den jungen Krieger an. „Ich weiß, es wird einen Kampf geben. Und ich sage dir, hüte dich vor dem zweiköpfigen Drachen."
Einar sah die Imma ungläubig an, denn er verstand ihre Worte nicht. Da mischte sich Breka ein. „Wenn es einen Kampf gibt, will ich an deiner Seite kämpfen, Einar!"
  „Nein, Breka, ich will, dass du dich um die Imma kümmerst. Versprich es mir", sprach der Hausherr, und der Gaute nickte, obwohl er doch lieber mit Einar gegangen wäre.
  „Einar, höre auf meine Worte", sagte Imma eindringlich, „wenn du das tust, wird die heutige Nacht dein Leben verändern! Worte, die vor vielen Wintern gesprochen wurden, werden wahr!"
  „Egal, was geschieht, ich werde Thordis heimholen. Das schwöre ich, bei Odins Auge!"
Nachdem Einar etwas gegessen hatte, legte er sich auf sein Schlaflager, schloss die Augen und schlief bald darauf ein. Als Breka ihn weckte, begann es draußen bereits dunkel zu werden. Der Krieger erhob sich, trat aus dem Haus und steckte seinen Kopf in die Wassertonne, dann kleidete er sich an, ergriff seine Waffen und den Rundschild und verabschiedete sich von Imma und Breka.

Einar war einer der letzten, der in die Schildhalle eintrat. Die Krieger saßen an den Tischen, und Jarl Oyvind saß auf seinem Hochstuhl. Als er den Krieger sah, den er zu seinem Sohn gemacht hatte, winkte er diesen zu sich. „Nun ist es an der Zeit, die Entscheidung zu suchen, Einar."
  „Ja, mein Jarl! Wenn uns die Götter gnädig sind, wird es gelingen", sprach Einar hoffnungsvoll. „Leider zeigen sich

kaum Wolken am Himmel, und in dem Dämmerlicht wird es schwer, unentdeckt zu bleiben."

„Ingvert, dieser einfältige und überhebliche Kerl, wird nicht mit einem Angriff rechnen, mein Sohn. Er fühlt sich sicher, und das werden wir uns zunutze machen." Jarl Oyvind lächelte böse, nahm sein Schwert und erhob sich. Da stellte sich Siegmar neben seinen Jarl. „Wann brechen wir auf?"

„Wenn ich sicher bin, dass diese elende Brut schläft", antwortete Oyvind. „Nur wenn es uns gelingt, sie zu überraschen, haben wir Erfolg."

Und so saßen die Krieger in der Halle und warteten darauf, das Jarl Oyvind den Befehl zum Aufbruch gab. Die Zeit kroch dahin, als sei sie eine alte Schnecke, der die Last ihres Hauses längst zu schwer geworden war. Einigen sank der Kopf auf die Tischplatte und sie schliefen ein, und immer wieder trat Oyvind vor die Tür.

Es war weit nach Mitternacht, da gab er endlich den Befehl zum Aufbruch. „Nehmt eure Waffen und die Schilde! Mögen die Götter uns beistehen!" Er schnallte das Wehrgehäng um, ergriff seinen Schild, der an seinem Hochstuhl lehnte, und trat hinaus vor die Tür.

Der Wellenwolf lag an dem Steg vertäut. Nur wenige Wolken zogen über den Himmel, und die Mitternachtssonne tauchte die Berge von Agdenes in einen glühend roten Schein.

Sie ruderten die Schnigge durch die Nordbucht und dann entlang der Westküste, und als sie glaubten, nicht mehr weit der Siedlung zu sein, steuerten sie den Strand an. Langsam lenkte Ubbe den Wellenwolf auf den Strand zu und ließ die Ruder einholen, so schob sich der Kiel der Schnigge fast lautlos in den Sand.

Nun galt es, so lange unbemerkt zu bleiben wie möglich. Stumm marschierten sie in das Inselinnere, bis sie die ersten

Häuser der Siedlung erblickten. Sørhamna lag in tiefem Schlaf, wie es schien. Vier Männer schickte Oyvind vor, die nach Wachen Ausschau halten sollten, um diese unschädlich zu machen. Einer dieser Männer war Einar!

Der junge Krieger hatte seinen Schild auf den Rücken geschnallt und hielt sein Wehrgehäng in festem Griff, um zu vermeiden, dass ihn das Rasseln der Ketten verraten könnte. So schlich er bis an den Pfad, der in die Siedlung führte. Die drei anderen Krieger hatten verschiedene Wege gewählt, sodass sich die Männer nicht in die Quere kamen. Einar war bis auf das Äußerste angespannt, hatte alle Gedanken aus seinem Kopf verbannt, und bewegte sich mit größter Vorsicht voran. Entlang von Knüppelzäunen, die die Gassen säumten, schlich er vorbei an Häusern und Hütten, bis er die Schildhalle erblickte. Plötzlich drang ein leises Röcheln an sein Ohr, und da kein Alarmruf folgte, war er sich sicher, dass ein Wachposten des Ingvert sich auf den Weg nach Walhalla gemacht hatte.
Als er sich der Halle näherte, erblickte er im Schatten des tief herunterreichenden Daches eine Gestalt. Noch schien Einar unentdeckt, und als er sich näherte, löste sich die Gestalt aus dem Dunkel und ging einige Schritte bis zur Ecke des Hauses. Dort hielt sie inne.
Langsam tastete Einars Hand an seinen Rücken, wo das Saxmesser an seinem Gürtel hing. Fest umschloss die Faust den lederumwickelten Griff und zog das Messer aus der Scheide. Nun war der Gegner nicht mehr weit, und mit drei mächtigen Schritten war er hinter dem Mann. Ohne zu zögern stieß er zu. Die Klinge war oberhalb des Halses in den Mann eingedrungen und trat aus seinem Mund wieder aus. Der Versuch eines Aufschreis wurde lediglich zu einem blutigen Gurgeln, und der Feind sank auf die Knie. Einar zog sein Messer aus dem toten Körper, wischte die Klinge

über dessen langes Leinenhemd und suchte nun selbst im Schatten des Daches Deckung. Plötzlich vernahm er in seinem Rücken ein Geräusch, und ehe er sich umdrehen konnte, verspürte er einen leichten Schmerz. Der dumpfe Ton, der mit dem Schmerz einherging, ließ Einar erahnen, was geschehen war. Schnell wandte er sich um und drückte so das Schwert, welches in seinem Schild steckte, zur Seite, wodurch er mit dem Messer zustoßen konnte. Das hatte der Feind nicht erwartet. Wieder verfehlte die Klinge den Feind nicht und bohrte sich tief in die Brust des Mannes. Doch diesmal entfuhr dem Gegner ein Schrei, der durch die Stille der Siedlung hallte. Dies nahm Jarl Oyvind, der mit der Hauptmacht seiner Krieger nicht mehr weit hinter der Vorhut war, zum Anlass, um anzugreifen.
Ein lauter Ruf hallte durch die Siedlung, und die Krieger stürmten auf den Platz vor der Schildhalle.

Oyvind hatte seine Krieger in zwei Gruppen aufgeteilt. Die eine, die er selbst befehligte, stürmte in die Schildhalle, in der er die Krieger des Ingvert vermutete. Die andere, die Siegmar befehligte, sollte die Halle gegen anstürmende Krieger aus der Siedlung verteidigen. Sofort sammelten sie sich, und bald stürmten auch schon die ersten Krieger des Jarl Ingvert auf den Platz.
Einar hatte seinen Schild vom Rücken genommen, und er wusste, dass die runde Holzwehr ihm sein Leben gerettet hatte. Das Schwert des Angreifers steckte noch in dem Rundschild, und er erkannte, dass, zu seinem Glück, nur wenig von der Spitze in seinen Rücken eingedrungen war. Mit einem kräftigen Ruck riss er die Waffe aus dem Holz und warf diese von sich. Er ließ sein Saxmesser in die Scheide gleiten und zog stattdessen sein eigenes Schwert. Langsam trat er auf den Platz vor der Schildhalle, und dann erkannte er den Fehler. Nicht weit der Halle stand das Haus

des Jarls Ingvert, dies schien dem Oyvind entgangen zu sein. Doch Einar kannte sich in Sørhamna aus. „Kjelt, Olaf!", rief er zwei der Krieger zu sich. „Kommt!"

Der Krach hatte Jarl Ingvert längst geweckt, als Harald in dessen Schlafkammer stürzte. „Los, erhebe dich, der Feind ist da", rief der Kahlkopf unfreundlich. Da sprang Ingvert aus dem Bett, wandte sich um und sprach drohend zu dem nackten Weib, das mit ihm das Schlaflager teilen musste:
„Du bleibst liegen! Wage dich nicht aufzustehen, Weib!"
„Wir brauchen sie nicht mehr", zischte Harald böse. „Die Entscheidung fällt in dieser Nacht. Ich steche sie ab!"
Doch Ingvert hielt ihn zurück. „Das tust du nicht! Aber du kümmerst dich um den Knaben, so, wie ich es Oyvind versprach." Da nickte Harald, der Eber, und verließ die Kammer seines Jarls. Schnell war Ingvert in seine Beinkleider gestiegen, ergriff sein Schwert, wandte sich noch einmal der Thordis zu und sah diese streng an. „Deine Möse gehört mir! Du gehörst mir!" Dann lief er aus der Kammer.
Doch als er die Tür des Hauses öffnete, um sich den Feinden entgegenzuwerfen, stürmten Einar und die beiden Krieger den hölzernen Weg heran. Doch bevor diese das Haus erreichten, wurden Olaf und Kjelt von Kriegern zum Kampf gestellt. Einar aber stürmte allein dem Ingvert entgegen. Der Anblick dieses Mannes, von dem er wusste, dass er der Mörder seiner Eltern war, steigerte seinen Hass und die Kampfeswut.
Jarl Ingvert schlug die Tür wieder zu und lief zurück in die Kammer, doch Einar war nun dicht hinter ihm. Und als er unter dem Türstock der Kammer erschien, wollte der Jarl gerade nach dem Weib auf dem Schlaflager greifen.
Der junge Krieger von der Nordinsel aber zögerte nicht und schlug zu. Der Jarl jaulte auf, denn die Frankenklinge hatte

ihn in den ausgestreckten Arm getroffen. Tief war die Klinge Blutauges in den Arm eingedrungen und hatte diesen bis auf den Knochen durchtrennt. Ingvert stolperte vom Schlaflager zurück und drängte in eine Ecke der Kammer. Sein Schwert war ihm aus der Hand geglitten, mit der er sich nun den verletzten Arm hielt.

„Die Zeit der Rache ist gekommen, Ingvert", zischte Einar böse. „Nun wirst du sterben!" Er hob sein Schwert zum Schlag, doch in diesem Moment erschien der kahlköpfige Krieger Harald in der Kammer. „Ich habe ausgeführt, was du befohlen …" Er stockte in seinen Worten, denn er erkannte, was vor sich ging. Sofort riss er seine Axt in die Höhe und stürzte sich auf den Angreifer, der im Begriff war, seinen Freund und Jarl zu töten.

Der Mann, den sie den Eber nannten, war dem jungen Krieger an Größe und Körperkraft weit überlegen, doch was den Umgang und die Geschicklichkeit mit der Waffe anging, da schien es bei dem Harald nicht so weit her zu sein. Außerdem besaß Einar immer noch seinen Schild, den er mit der Linken hielt, und der ihn gegen die Schläge der kurzstieligen Axt gut schützte.

Wieder und wieder traf das Axtblatt auf das Holz oder den Schildbuckel, und es schien nicht, dass der Eber ermüdete. Und plötzlich geschah es!

Einars Blick fiel auf die Tätowierung am Schädel des Kahlkopfes und er erstarrte. Ein zweiköpfiger Drache schlängelte sich um das Ohr des Mannes. Und plötzlich durchzuckte ihn ein heißer Schmerz, und der Aufschrei des Weibes schien ihm der Beweis, dass er einen Streich abbekommen hatte. Es war dem Harald im Moment der Unachtsamkeit gelungen, unter dem Schild hindurch zu schlagen. Eine tiefe Wunde klaffte nun in seinem linken Bein, schnell färbte Blut sein Hosenbein dunkel, und das Bein knickte ihm zur Seite, dass er fast den Halt verlor.

So sollte seine Rache nicht enden, dachte Einar, und die Wut stieg in ihm auf. Den Schild vor der Brust stürzte er sich dem Harald entgegen und stach mit dem Schwert unter dem Rundschild hindurch. Damit hatte der Eber nicht gerechnet und musste einen Stich in den Bauch hinnehmen. Da dieser aber nicht tief zu sein schien, schlug die Axt erneut in den Rand des Schildes.
Einar kämpfte nun wie im Rausch. Nein, heute war nicht der Tag, an dem er nach Walhalla gehen würde. Dies hatte die Imma ihm prophezeit, und so sollte es sein. Es war der Wille der Götter!
Das Frankenschwert ließ er nun immer wieder auf den Eber niederfahren, und diesem blieb lediglich, die Hiebe mit der Axt abzuwehren. Dabei traf Einar zuerst den Schaft, und die Klinge des Schwertes ließ das Holz splittern. Ein zweiter Schlag traf die Hand des Ebers. Blut spritzte dem Einar in sein Gesicht, und Finger sowie die Axt fielen zu Boden. Und der junge Krieger zögerte nicht, seinen Vorteil zu nutzen. Ein kräftiger Hieb traf den Harald in den Arm, ein weiterer den Hals des Ebers. Vom Blut überströmt fiel dieser zu Boden, und Einar stach zu. Die Klinge fuhr dem Feind in den zum Schrei geöffneten Mund.
Weitaufgerissene Augen starrten den Krieger an, als er sein Schwert aus dem Kopf des Feindes zog.
Der Trøndner wandte sich schwer atmend um, sah zu dem Jarl, der in der Ecke kauerte und sich nicht mehr bewegte, dann fiel sein Blick auf das Weib, und erst jetzt erkannte er die Thordis, die unbekleidet und starr dem Kampf zugesehen hatte. Der Anblick ließ Einar das Blut gefrieren.
„Komm", sagte er knapp. „Wir müssen Hrani suchen!"
Thordis griff nach der Decke und hüllte sich ein, denn ihre Kleider hatte Jarl Ingvert ihr genommen. „Wir müssen zum Stall. Dort waren wir eingesperrt!"

Als sie das Haus verließen, tobte immer noch der Kampf auf dem Platz vor der Schildhalle, aber Einar erkannte sofort, dass die Krieger von der Nordbucht nun in der Unterzahl waren. Mehr und mehr Männer des Ingvert hatten den Weg auf den Platz gefunden. Jetzt war Eile geboten.
Eilig liefen sie um das Haus des Jarls zu dem flachen Bau, der einmal als Stall gedient hatte. Einar öffnete den Riegel und trat ein, hielt aber sofort inne, als er den Knaben erblickte. Die nachdrängende Thordis stieß er zurück und schloss die Tür. „Los, komm!"
„Aber was ist mit Hrani geschehen?", rief das Weib voller Sorge.
„Er ist tot! Komm!" Er ergriff ihre Hand und zog sie mit sich. Hinter den Häusern verlief eine enge Gasse, die zur Rückseite der Schildhalle führte. Diesen Weg wählte Einar, denn er wollte mit der Thordis nicht in das Kampfgetümmel geraten. „Dort geh lang, dann kommst du zum Wellenwolf. Da wartest du auf uns", befahl er barsch. Dann lief er um die Halle und erreichte die Gefährten, die im Schildwall kämpften.
„Wo ist Oyvind?", machte er auf sich aufmerksam. „Wo ist Jarl Oyvind?"
„Einar, hierher", rief Siegmar, der im Wall seinen Rundschild hielt und gegen die Feinde drängte. Mühsam erreichte Einar den Stevenhauptmann. „Wir müssen fort von hier. Wo ist Oyvind?"
„Dein Vater wurde verwundet! Wir brachten ihn zum Wellenwolf", antwortete Siegmar und stach mit dem Schwert zwischen den Schilden hindurch.
„Die Übermacht ist zu groß", rief der junge Krieger schwer atmend. „Thordis ist in Sicherheit und Hrani ist tot!"
„Der Knabe ist tot? Ingvert, du elender Hundsfott, mögen dich die Götter verfluchen", rief Siegmar wütend. „Gut, ziehen wir uns zurück!"

Noch einmal schlug er mit dem Schwert zu, als er seinen Schild zurückzog. „Rückzug! Zurück zum Schiff!"
Der Schildwall wurde geöffnet, und die Krieger suchten sich noch einmal einen Gegner. Dann aber zogen sie sich zurück! Bis hinaus aus der Siedlung folgte man ihnen noch, doch dann wurden die Verfolger weniger, bis die Krieger aus der Nordbucht endlich unbehelligt blieben. Vier Krieger waren gefallen, darunter eine der Schildmaiden, doch viele waren verwundet worden.
Bald schon erreichten sie den Strand. Jarl Oyvind lag auf den Planken der Schnigge, und auch Thordis hatte längst das Schiff erreicht. Die Kämpfer kletterten über die Reling, und einige schoben den Wellenwolf in die Fluten, bis er wieder vollständig Wasser unter dem Kiel hatte. Dann wateten sie in das Wasser und versuchten über die Bordwand zu klettern. Viele erreichten ihr Ziel aber nur mit der Hilfe der Gefährten.
Ubbe begab sich an das Seitenruder, und Siegmar rief den Befehl, die Ruderpinne ins Wasser zu lassen. Acht Männer ruderten den Wellenwolf hinaus in den Fjord, während andere begannen, die Verletzten zu versorgen. Jarl Oyvind war in tiefe Bewusstlosigkeit gefallen.
Siegmar trat zu Einar, der neben dem Vordersteven mit dem Wolfskopf auf die Reling gestützt auf die Fluten starte, während Thordis achtern auf den Planken hockte.

„Du bist verletzt, Jarlssohn", sprach er ruhig. „Du solltest dich verbinden lassen."

„Das habe ich schon." Er zeigte auf einen Verband, der um sein Bein gewickelt war. Da verspürte er Schmerzen im Rücken. „Ich meinte das hier." Siegmar hatte auf die Wunde gedrückt, denn diese hatte er sofort bemerkt, da das Hemd an der Stelle blutdurchtränkt war.

„Nur ein Kratzer", wiegelte Einar ab.

„Hrani ist also tot", sprach Siegmar plötzlich leise. „Hast du ihn gesehen?"
Einar nickte traurig. „Ich sah seinen Kopf! Doch der Mann, der dies tat, ist dem Knaben gefolgt, und auch Jarl Ingvert dürfte den Kampf nicht überlebt haben!"
„Du hast Ingvert getötet?" Siegmar sah den jungen Krieger erstaunt an und musste sich eingestehen, wenn der Kerl die Wahrheit sprach, hatte er sich in ihm geirrt. „Ich denke der Jarl dürfte so viel Blut verloren haben, dass er den Tod fand. Und der Kerl, den sie den Eber nennen, hat mein Blutauge durchbohrt."
„Du hast Harald, den Eber getötet?"
Einar nickte verschämt.
„Was ist mit Thordis?", fragte der Steuermann vorsichtig, schließlich saß diese allein im Heck des Schiffes und Einar war nicht bei ihr.
„Ich fand sie in Ingverts Bett", antwortete Einar, ohne den Siegmar anzusehen. „Sie hat sich ihm hingegeben!"
Da lachte Siegmar auf. „Du Narr! Das glaubst du wirklich? Hast du mir nicht einmal erzählt, dass ihr euch die Mutterbrust teiltet? Da solltest du sie doch besser kennen!"
Siegmar wandte sich ab und ging.
Nun begann das schlechte Gewissen an Einar zu nagen. War sein Vertrauen wirklich so gering? Siegmar hatte recht! Niemals hätte sie sich dem Ingvert freiwillig hingegeben. Er musste sie anhören, musste erfahren, was geschehen war. War seine Liebe zu ihr so groß, dass ihn die Eifersucht packte?
Langsam und voller Scham begab er sich zum Heck des Schiffes, sah die Thordis an und lächelte. Er setzte sich neben sie und schloss sie in seinen Arm.

*

Es war Siegmar, der vor die Ulla trat, als sie den Steg erreicht hatten, und Einar sah, wie die Jarlsgattin aufschrie und fürchterlich weinte.
Obwohl es noch sehr früh am Morgen war, hatten sich die Bewohner der Siedlung am Strand versammelt. Nun halfen sie, die Verletzten in die Schildhalle zu bringen, wo sich die Frauen des Dorfes um sie kümmerten. Auch Jarl Oyvind wurde vom Schiff gebracht und in seinem Haus auf das Schlaflager gebettet. Die Völva wurde herbeigerufen, auf dass sie sich des Jarls annahm.
Einar und Thordis begaben sich in das Haus der Imma, wo sich das junge Weib unter der Anweisung der alten Imma, den Verletzungen des Einar widmete. Nachdem die Alte dem Krieger einen heilenden Trank gebraut hatte, schlief Einar den Schlaf eines Toten.

Es war zur Mittagszeit des folgenden Tages, als Einar endlich erwachte. Er hatte mehr als einen Tag und eine Nacht geschlafen, aber er fühlte sich gut. Die Wunde auf seinem Rücken schmerzte kaum, jene in seinem Bein allerdings tat dies wohl. Er wollte sich erheben, doch da trat Thordis auf die Empore. „Schön, du bist erwacht", lächelte sie ihn an. „Du musst liegen bleiben und dich schonen." Sie trat an das Schlaflager, zog die Decke von Einars nacktem Körper und besah sich den grün schimmernden Verband. „Wir müssen ihn wechseln. Warte, ich hole die Salbe." Mit einem Töpfchen, gefüllt mit einem übelriechenden grünen Zeug, kam Thordis zurück, setzte sich auf die Kante des Bettes und begann den Verband zu entfernen. Jetzt erkannte er, dass man die Wunde genäht hatte. Nichts davon hatte er in seinem tiefen Schlaf gespürt. Die zarten Hände der Thordis begannen, mit einem feuchten Lappen die Wunde zu reinigen, und die Berührungen des schönen Weibes ließen Einar nicht unbeeindruckt. Lächelnd sah Thordis auf seine steife Männlichkeit. „Wie mir scheint, bist du auf dem Weg der Besserung!"

Dann wurde das Weib ernst. „Jarl Ingvert nahm mich mit Gewalt. Er wollte mich zwingen sein Weib zu werden, damit ich ihm einen legitimen Nachkommen gebäre", berichtete sie mit ruhiger, aber zitternder Stimme. „Niemals würde ich diesem Scheusal ein Kind schenken. Lieber sterbe ich!" Ihre Augen füllten sich mit Tränen. „Das musst du mir glauben, Einar!"

Er streckte seinen Arm aus und streichelte über ihre Wange.

„Du musst es vergessen, so, wie ich es vergessen werde. Das ist das Schicksal, welches die Nornen für uns spannen. Wir müssen es hinnehmen!"

„Du willst mich immer noch zu deiner Gemahlin nehmen?"

„Aber natürlich! Erst jetzt weiß ich, wie groß meine Liebe zu dir ist, Thordis. Mir hätte es fast das Herz aus der Brust gerissen."

Da beugte sie sich über den Verwundeten und küsste ihn mit großer Leidenschaft. „Mein Einar, ich liebe dich!"

Thordis, die Imma und Breka saßen am Tisch und aßen ihr Abendmahl, da wagte es Einar, die Stiege hinabzusteigen. Während Breka grinste, erschrak das junge Weib. „Du sollst ruhen und liegen bleiben!", rief sie entsetzt. „Ach was, verfluchte Liegerei! Mir ist langweilig." Langsam und recht wackelig auf den Beinen, humpelte er an den Tisch und nahm Platz. Mit großem Appetit griff er zu, und mit vollem Mund sprach er zu dem Gauten: „Ich danke dir, dass du dich um die Imma kümmertest, als ich fort war." Ein wenig beschämt sah Breka drein. „Ich tat es gern."

„Ja, er ist ein guter Junge", mischte sich die Alte ein, und es schien, dass es ihr so gut ging, dass sie nun keinen Gedanken mehr an das Reich der Hel verschwendete.

„Sage mir, Breka, hast du nicht den Wunsch, zu deiner Sippe heimzukehren? Du bist kein Sklave mehr, du bist ein freier Mann!", fragte Einar den Gauten, und dieser stierte in seine hölzerne Schüssel, die vor ihm auf dem Tisch stand.
„Man hält mich sicher für tot. Und wer weiß schon, ob es meine Gesippen noch gibt?"
„Das wirst du nicht herausfinden, wenn du an meinem Tisch sitzt."
„Die Imma hat recht. Doch sollst du wissen, das du hier willkommen bist", sprach Einar und lächelte dem jungen Burschen zu.

Jarl Oyvind lag auf seinem Schlaflager und es schien, dass er sich auf die Reise nach Walhalla vorbereitete. „Mein Weib, hole mir Einar, Siegmar und Ubbe in die Halle. Es ist an der Zeit, dass ich meine letzten Befehle gebe", bat er Ulla, und diese nickte traurig, denn auch sie hatte längst erkannt, dass es Odin gefiel, ihren Gemahl an seine Tafel zu rufen. So schickte sie ihre Tochter Uma, die Männer zu holen.
Sofort hatte sich Einar angekleidet, nachdem Uma ihm die Nachricht überbracht hatte. Und mit dem Stock, den Breka ihm geschnitzt hatte, humpelte er zur Jarlshalle, wo Siegmar und Ubbe bereits warteten. Angekleidet, in seinem besten Kirtel[31], saß Jarl Oyvind auf seinem Hochstuhl. Die Augen des Jarls waren geschlossen, als die drei Krieger näher herantraten und sich neben Uma und Ferun, die Töchter des Oyvind stellten. Leise sprach Ulla, die neben dem Hochstuhl stand, zu ihrem Gemahl, und dieser öffnete seine Augen.

---

[31] Kirtel – Jacke, die oft bis kurz über die Knie reichte und von einem Gürtel zusammen gehalten wurde

„Meine treuen Männer", sprach Oyvind, und auch die Krieger erkannten, dass dieser Mann dem Tode geweiht war.

„Einar, mein Sohn, du bist der letzte Mann meiner Sippe. Willst du auf mein Weib und meine Töchter achten, wenn ich in Walhalla bin?"

„Ja, Oyvind, mein Vater, das werde ich tun. Mit jedem Tropfen meines Blutes werde ich die Sippe verteidigen. Das schwöre ich bei den Göttern!"

„Das ist gut so! So sollst du das Oberhaupt meiner Familie sein. Und du wirst mir als Jarl folgen! Wie ich hörte, hast du meinen Sohn Hrani gerächt. Du hast bewiesen, dass du ein guter Krieger bist, denn du hast den Eber getötet. Das ist gut und ich danke dir dafür!" Die Männer erkannten, dass er gegen den Tod ankämpfte. „Komm", verlangte er leise und Einar kniete sich dem Oyvind zu Füßen.

„Ingvert ist tot und auch der, der die Tat ausführte!" Oyvind legte seine Hand dem Einar auf den Kopf. Dann wandte sich der Jarl den anderen zu. „Siegmar, mein Stevenhauptmann, ich habe einen letzten Befehl für dich: Wenn ich nach Walhalla gegangen bin, wirst du Einar als neuen Jarl ausrufen. Ich will es so! Schwöre es mir!" Der große Krieger, Berater und Stevenhauptmann des Jarls musste kräftig schlucken. „Ja, mein Jarl, das schwöre ich!"

„Dann bin ich bereit. Mögen die Walküren[32] mich an Odins Tafel führen! Geht jetzt!" Die Männer verließen schweigend den Raum. „Ulla, gib mir mein Schwert!"

*

---

[32] Walküren – Odins Töchter, die die gefallenen Krieger nach Walhalla führen

11. Von einem neuen Jarl und einer Hochzeit

Nach einigen Tagen, die Bestattungszeremonie war beendet, hatten sie den Scheiterhaufen entzündet, auf dem sie Jarl Oyvind in seiner besten Kleidung, mit seinem Helm, dem Schwert und seinem Schild nach Walhalla schicken wollten. Eine junge Sklavin musste Jarl Oyvind auf die Reise in die andere Welt begleiten. So hatte man sie, mit durchschnittener Kehle, neben den Jarl gebettet.

Jetzt am Abend war die Schildhalle bis zum Bersten gefüllt, denn alle Bewohner von Nordbuktawik waren gekommen. Sogar Visgeir, der den Kampf unbeschadet überlebt hatte, kam in die Siedlung.
Die Hochstühle des Jarls und seiner Gemahlin waren verwaist. Statt ihrer trat Siegmar die zwei Stufen auf das Podest. „Jarl Oyvind ist nach Walhalla gegangen und genießt nun die Gastfreundschaft Odins", ergriff er das Wort. „So ist es an der Zeit, einen neuen Jarl zu wählen. Jarl Oyvind nahm mir den Schwur ab, seinen Sohn Einar zum neuen Jarl zu bestimmen. Doch ich sage euch, er ist zu jung und noch nicht lange genug in unserer Mitte, um uns anzuführen. Wählt also mich zu eurem neuen Jarl! Ich werde euch führen, besser, als es Oyvind getan hat!"
Es wurde unruhig in der Halle. Da trat Ubbe aus der Menge nach vorn und rief erzürnt: „Siegmar, du elender Trollschiss! Du hast es dem Jarl geschworen. Ich war dabei! Und nun brichst du deinen Schwur!" Da ergriff auch Ulla das Wort. „Wie kannst du es wagen, dich dem Willen Jarl Oyvinds zu widersetzen?" Viele riefen nun ihren Unmut

oder ihre Zustimmung in den Raum, nur einer schwieg. Einar!

„War es nicht Einar, der Jarl Ingvert tötete? Und war es nicht Einar, der den Mann tötete, der mein Kind Hrani umbrachte?", rief Ulla den Bewohnern der Nordinsel zu. „Er tötete Harald, den Eber!" Wieder ging ein Raunen durch die Halle, denn der Berater des Ingvert war ein gefürchteter Krieger, und diesen im Zweikampf getötet zu haben, beeindruckte die Anwesenden sehr. „Nein, es ist der Götter Wunsch, dass Einar uns anführt. Sein Heil ist groß, denn es gelang ihm, zwei mächtige Feinde nach Walhalla zu schicken!"

Nun zeigte sich, dass die Krieger, die Oyvind einst mit sich brachte, mit Ausnahme von Siegmar, geneigt waren, für Einar zu stimmen. Und da diese sich gegen ihren Gefährten stellten, wurden auch diejenigen nachdenklich, die vorher noch den Stevenhauptmann bevorzugten.

„Genug geredet", rief Siegmar, und es schien, als ahnte er bereits, dass er sich zu weit vorgewagt hatte. „Lasst uns abstimmen, wer der neue Jarl sein soll!"

Doch da trat Ulla neben den Stevenhauptmann. „Ihr alle wisst, das Oyvind den Einar zu seinem Sohn machte. Ich sage euch, warum er dies tat. Einar ist der Sohn eines Jarls aus dem Saxland. Ja, in seinen Adern fließt das Blut eines Anführers und nicht das eines Fischers."

„Dann ist er keiner von uns!", rief ein Mann der Ulla entgegen.

„Er ist nicht weniger Nordmann als du, Thoke", rief die Ulla zurück. „Er kam hierher, auf diese Insel, als er gerade einen Winter erlebt hatte. Und doch fließt Jarlsblut in ihm!"

„Wer sagt uns, dass das die Wahrheit ist?", zweifelte Thoke die Worte der Jarlsgattin an.

„Ich tue das!" Visgeir trat durch die Menge, die sich vor der langen Feuerstelle gesammelt hatte. „Ulla sagt die

Wahrheit, denn Thorstein Thordursson, der mein Freund war, brachte den Burschen zu mir, ich sollte ihn den Umgang mit dem Schwert lehren. Er war es, der den Knaben nach Tautra brachte, und er erzählte mir genau diese Geschichte."

„Warum spricht er dann nicht zu uns?", entgegnete dieser Thoke, und viele stimmten ihm zu. Da sah Thordis den jungen Krieger an, der immer noch auf seinem Platz saß. Sie lächelte und nickte.

Einar erhob sich, nahm den Stock und humpelte durch die Menge auf das Podest. „Du willst wissen, warum ich bisher geschwiegen habe, Thoke? Ich sage es dir! Weil die Götter längst eine Entscheidung gefällt haben, und egal wie viele Worte noch fallen, der neue Jarl steht schon fest!"

Stumm sahen die Bewohner der Siedlung den jungen Mann an, der noch nicht einmal zwanzig Winter zählte.

„Er hat recht! Stimmen wir endlich ab", stimmte Thoke zu, der der Zimmermann in der Siedlung war. Da erhob wieder Siegmar seine Stimme. „Gut! Bestimmen wir einen neuen Jarl", sprach er. „Wer mich zum Jarl will, hebe seine Hand! Bedenkt, ich bin einer von euch!"

Einige Hände gingen in die Höhe, doch weit weniger, als der Stevenhauptmann erwartet hatte. Enttäuscht sah er in die Menge. Da erhob Ubbe seine Stimme. „Wer will, dass Einar unser Jarl wird, so wie es Jarl Oyvind wollte!" Nun waren es weit mehr Hände, und so wurde Einar zum Jarl der Nordinsel. Ubbe legte seine Hand auf Einars Schulter und rief laut: „Heil, Jarl Einar!" Und aus aller Kehlen erschallte der Ruf: „Heil, Jarl Einar!"

Ubbe sank auf ein Knie herab und sprach: „Ich will der Erste sein, der dir den Gefolgschaftseid leistet, mein Jarl."

„Ich danke dir, Ubbe …" Langsam setzte sich Einar auf dem Hochstuhl nieder, und nun traten auch die anderen Krieger der Jarlswache vor den Hochstuhl. Jeder der

Männer legte den Eid ab, nur Siegmar zögerte. Da wandte sich Einar dem Stevenhauptmann zu. „Und du, Siegmar? Ich nehme es dir nicht übel, dass du dich gegen den Willen Jarl Oyvinds gestellt hast. Doch verweigerst du mir den Eid, musst du die Insel verlassen!"
Unter den strengen Blicken der Krieger sank Siegmar auf sein Knie. „Verzeih mir meine Dreistigkeit, Jarl! Auch ich will dir die Gefolgschaft schwören."
Nachdem alle Männer der Siedlung ihren Eid geleistet hatten, erhob sich Einar und sprach: „Die Südinsel ist nun ohne Jarl, und ich gedenke, auch dort die Führung an mich zu reißen."

„Aber Jarl, wir haben nicht genug Männer, um Sørhamna einzunehmen", zweifelte Siegmar an den Worten des neuen Jarls.

„Ohne Jarl werden die Bewohner zugänglich sein", mutmaßte Einar. „Sicherlich gibt es viele, die den Zwist längst leid sind."

„Aber Jarl Ingvert hatte viele Freunde, und auch die Krieger seiner Leibwache waren ihm treu ergeben", warf Ubbe ein. „Es wird nicht einfach werden!"

„Die Bewohner der Siedlung werden nicht mehr kämpfen, wenn wir es richtig anfassen. Und mit den Kriegern des Ingvert können wir es aufnehmen", erklärte Einar. „Nun aber wollen wir Jarl Oyvind ehren. Bringt Bier und Met!"

*

Einar verfügte, dass Ulla und ihre Töchter in dem Haus wohnen bleiben sollten, und dass diese als seine Mutter anzusehen war, so wie man Uma und Ferun als seine Schwestern sehen sollte.

„Aber dies ist das Haus des Jarls", hatte Ulla zu bedenken, doch Einar wiegelte ab. „Das Haus der Imma ist nicht

schlechter als das eure. Warum also sollte ich euch vertreiben, Mutter?"
So blieb Einar im Haus der Imma, doch meist hielt er sich in der Schildhalle auf. Nun erfuhr er auch, dass er ein reicher Mann geworden war, denn aller Besitz des Oyvind war nun der seine.

„Der alte Thorstein hatte recht", sagte Einar leise. Er lag auf seiner Bettstatt und starrte auf das Gebälk des Hauses.

„Womit hatte er recht?" Verschlafen öffnete Thordis ihre Augen. „Er hat mir einmal gesagt, ich müsste ein Jarl werden, um die Burg meiner Ahnen zurückzugewinnen."

„Was willst du mit der Burg deiner Ahnen? Du bist jetzt ein Jarl. Hier ist deine Heimat!" Sie schmiegte sich in Einars Arm. „Wann werde ich die Gattin des Jarls?"

„Auf sein Schlaflager hast du es ja schon geschafft, schöne Thordis", grinste Einar und streichelte dem Weib über die Brust.

„Mir scheint, deinem Bein geht es besser", lächelte sie ihn an und setzte sich auf den Mann, den sie liebte. „Ich werde prüfen, wie weit du genesen bist", hauchte sie in sein Ohr und sorgte mit ihrer Hand dafür, dass ihr künftiger Gemahl in sie eindringen konnte.

Die Imma lag leise schnarchend auf ihrer Bettstatt, doch Breka lag auf der langen Bank an der Wand unter der Empore, starrte nach oben und grinste von einem Ohr zum anderen.

„Ich werde nach der Völva schicken. Sie ist den Göttern am nächsten und sie soll für unseren Bund die Götter um ihren Segen bitten." Einar lächelte sein künftiges Weib an und diese fiel ihm freudig um den Hals und küsste ihn.

„So ist es recht, Jarl Einar", lobte die Imma den jungen Anführer. „Ein Herrscher braucht ein Weib an seiner Seite. Das wusste sogar dieser einfältige Ingvert." Sofort bereute

die Imma ihr vorlautes Mundwerk und bat Thordis um Verzeihung, dafür, dass sie die Tat des Jarls der Südinsel in das Gedächtnis der jungen Frau zurückgeholt hatte.
Nachdem Einar sich gestärkt hatte, trat er aus dem Haus. Noch war die Luft klar, und kühl wehte der Wind vom Fjord über die Insel. Einar sah zum Himmel hinauf, und dieser war strahlend blau und ohne Wolken. Ja, es würde sicher ein schöner Tag werden. Langsam humpelte er zum Haus der Ulla, klopfte gegen die Tür und wartete, bis ihm geöffnet wurde. Es war Uma, deren Gesicht er sah, als sich die Pforte auftat.

„Jarl Einar", sagte sie und war fast ein wenig ängstlich.

„Guten Morgen, Schwester", grüßte der Jarl freundlich und lächelte sogar, „ich muss mit deiner Mutter sprechen. Darf ich eintreten?"

Sofort trat Uma einen Schritt zur Seite und Einar humpelte in den großen Wohnraum. Ulla war sichtlich erfreut, als sie Einar sah. „Jarl Einar, ich freue mich, dich zu sehen."

„Nenne mich Sohn, Ulla, nicht Jarl", bat der junge Anführer lächelnd. Er wusste, dass er Jarl Oyvind viel zu verdanken hatte, und dies wollte er ihm zurückgeben, indem er tat, was der Jarl von ihm verlangt hatte. Einar nahm an dem Tisch Platz und verlangte, dass auch Uma und Ferun sich hinzu setzten.

„Höre Mutter, ich beabsichtige Hochzeit zu halten, und ich wünsche, dass ihr euch meines Festes annehmt." Da freuten sich die Mädchen für ihren Bruder und Ulla versprach, alles Nötige zu veranlassen. „Lasst Bier brauen und Speisen zubereiten", bat Einar. „Holt Sigve, die Völva, damit sie den Segen der Götter über uns spricht."

„Verlasse dich nur auf uns, mein Sohn, wir werden dafür Sorge tragen, dass es ein gutes Fest wird."

„Dafür danke ich dir und auch euch, meine Schwestern", sprach Einar und verabschiedete sich. Doch bevor er das

Haus verließ, fragte Uma: „Sag, Bruder, wird auch Breka zugegen sein?"

„Natürlich werde ich nicht auf seine Anwesenheit verzichten wollen. Warum fragst du, Uma?"

„Ach, nur so", rief sie, lachte und lief fort.

Auf dem Heimweg trat plötzlich Siegmar neben den Jarl.

„Sage mir, Jarl Einar, bist du mir gram wegen meiner Dreistigkeit?" Einar sah den Stevenhauptmann an und grinste. „Nein, Siegmar, ich bin dir nicht gram. Doch ich hoffe, dass ich es nie bereuen muss!"

„Ich habe dir einen Eid geleistet", empörte sich Siegmar.

„Ja, das hast du", grinste Einar.

„Wann wollen wir nach Sørhamna marschieren?", wechselte der Stevenhauptmann nun das Thema. „Es wäre nicht ratsam zu warten, bis man dort einen neuen Jarl gewählt hat."

„Da magst du wohl recht haben, doch beabsichtige ich zuerst Hochzeit zu halten."

Erstaunt sah Siegmar seinen Jarl an. „Die Thordis?"

„Natürlich die Thordis!"

Es war der Tag der Freya. Die Sonne hatte ihren Zenit bereits überschritten, doch sie zeigte sich von ihrer besten Seite. Einar und seine Krieger sowie die meisten Bewohner von Nordbuktawik hatten sich auf dem Strand versammelt. Die Aufregung war dem Einar in sein Gesicht geschrieben, obwohl er Thordis sein ganzes Leben lang schon kannte, doch dies war für ihn ein besonderer Moment. Hatte er sie doch manchmal in seinen Gedanken noch als Schwester gesehen und insgeheim daran gezweifelt, dass ihr Tun in den Augen der Götter Gefallen finden würde. So war er sich aber nun sicher, dass Thordis nichts anderes sein konnte als sein Weib. Aus diesem Grund hatten sie ihre Vermählung der Göttin Freya gewidmet.

Plötzlich ging ein Raunen durch die Menge. Angeführt von der Völva Sigve schritten Ulla, Uma, Ferun, und in ihrer Mitte die schöne Braut über den Strand.
Ihr rotblondes Haar war mit Zöpfen durchflochten, und auf dem Haupt trug sie einen Kranz aus bunten Blumen.
Gewandet in ein langes Kleid aus weißem Leinen schritt Thordis, mit Einars Schwert in ihren Händen, voran.
Auch ihr künftiger Gemahl hielt ein Schwert in seinen Händen, das Visgeir für ihn geschmiedet hatte. Und als die Frauen die Menge erreichten, stellte sich Thordis neben ihren künftigen Gemahl. Da trat Ubbe heran, mit einer jungen Sau am Strick. Sigve, deren rotes Haar wie Feuer in der Sonne glühte, trat neben den großen Steuermann. Die Völva war etwa gleichen Alters wie die einstige Jarlsgattin Ulla, doch war sie klein und schlank von Statur, wirkte auf so manchen fast zerbrechlich. Doch sie war mit besonderer Schönheit von den Göttern beschenkt worden.
Die Völva reichte dem Ubbe ihren Völr, den gedrehten und reich verzierten Völvenstab, der sie an Höhe überragte.
Dann zog sie ein Messer aus der Scheide an ihrem Gürtel.
„Oh, ihr Götter, nehmt dieses Opfer und gebt der Verbindung dieser beiden Menschen euren Segen. Haltet schützend eure Hände über sie. Oh Freya, Göttin der Vanen! Oh Frigga, Göttin der Asen! Lasst den Schoss dieses Weibes fruchtbar sein, auf dass sie ihrem Gemahl viele Kinder gebären wird!"
Uma trat heran und hielt eine hölzerne Schüssel in ihren Händen. Da beugte sich Sigve hinab und durchschnitt der Sau die Kehle, und Ubbe hielt das sterbende Tier, sodass Uma mit der Schüssel das Blut des Opfertieres auffangen konnte.
Während zwei Männer das tote Schwein fortschleppten, es würde ein Teil des Festmahles werden, trug Uma die Schüssel auf den Horgr, einen kleinen, aus Steinen

aufgeschichteten Altar. Dort lagen bereits zwei frisch geschnittene Zweige, angeordnet in der Form eines Hammers. Sigve trat heran, tauchte die Zweige in das Blut und schlug über die Anwesenden das Hammerzeichen. Der rote Lebenssaft spritzte den Anwesenden in die Gesichter. Gleiches tat sie mit dem Brautpaar.
Nun reichte Einar der Thordis das Schwert und sie gab Einar das seine. Auf die Spitzen der Schwerter steckten sie die Ringe, die sie sich überreichten, und da keines der Schmuckstücke zu Boden fiel, galt dies als gutes Omen.
„Möge Freya die Glut eures Verlangens schüren! Möge Frigga das Feuer eurer Liebe immer wieder neu entfachen, auf dass die Funken der Leidenschaft sprühen! Möge das Licht eurer Liebe diesen Bund erhellen und deinen Schoss fruchtbar machen", sprach die Völva, zog eine Kette mit einem silbernen Thorshammer hervor und legte diesen der Thordis um den Hals.
Die Zeremonie am Strand war beendet und die Gesellschaft begab sich zur Schildhalle. Einar ergriff sein Weib und trug diese über die Schwelle, hinein in ihr neues Leben als Gemahlin des Jarls.
Während alle ihre Plätze einnahmen, sogar die alte Imma war anwesend, trat Einar vor den mittleren Stützbalken der Schildhalle. Langsam zog er sein Schwert aus der Scheide und schlug es mit aller Kraft in das Holz. Sigve kam und besah sich die Tiefe der Kerbe im Holz, denn diese wies auf die Länge der Verbindung hin. Ihr Blick wurde ernst, doch dann lächelte sie. Hatten die Anwesenden aber jetzt einige Worte der Seherin erwartet, wurden sie enttäuscht. So wurde auch der Blick der alten Imma düster, denn sie konnte das Verhalten der Völva deuten.
Vor die Hochstühle hatte man einen Tisch gestellt, und als Einar seinen Platz eingenommen hatte, reichte Thordis ihm das erste Horn. Noch einmal erhob er sich, reckte das Horn

in die Höhe und rief: „Auf die Götter, auf die Ahnen, die Disen[33] und Alven[34]!" Er setzte sein Horn an und trank.

„Und nun wollen wir feiern! Spielleute, spielt auf! Esst und trinkt, Freunde!", lachte Einar und ließ sich sein Horn erneut füllen.

*

Der Jarl saß mit seinen Kriegern in der Schildhalle an einem der großen Tische. Auch Breka war zugegen. Einar konnte nicht sagen warum, aber er mochte den jungen Burschen nun mal gerne um sich haben.

„Ich muss wissen, was in Sørhamna vor sich geht", sprach Jarl Einar nachdenklich.

„Schicken wir einen Spitzel dorthin" schlug Olaf vor und strich sich dabei über seinen schwarzen Bart. „So werden wir erfahren, was wichtig ist."

„Vielleicht einen, der auf dem Markt seine Ohren und Augen aufhält oder der in Sørhamna jemanden kennt", stimmte Hyrning zu. „Aber wer könnte das sein?"

„Keiner von uns", wandte Siegmar ein. „Jeder von uns ist in Sørhamna gut bekannt."

„Wir könnten den alten Visgeir schicken. Er könnte Waren auf dem Markt verkaufen", sprach Kjelt seinen Einfall aus.

„Nein, das geht nicht. Jeder auf der Südinsel weiß, dass wir Visgeir niemals dorthin lassen würden. Er ist uns mit seiner Kunst zu kostbar", wiegelte Siegmar ab.

Da meldete sich Ubbe zu Wort, der bisher geschwiegen hatte. „Ich weiß, dass Joke Breitnase eine aus seiner Sippe auf der Südinsel hat. Eine Schwester, glaube ich, hat dort vor vielen Wintern einen Mann zum Gemahl genommen."

---

[33] Disen – uralte weibliche Gottheiten mit magischem Wissen, zu ihnen zählen die Walküren und die Nornen
[34] Alven – Naturgeister der unterschiedlichsten Art

„Wer ist dieser Joke Breitnase?", fragte Einar, denn dieser Mann war ihm unbekannt.

„Ach, er ist nur ein Knecht, ein Tagedieb, den der Zimmerer einmal bei sich aufnahm", erklärte Ubbe und füllte sich seinen Becher mit Bier. „Allerdings ist er nicht der Schlaueste."

„Dann werde ich ihn begleiten", mischte sich der junge Gaute Breka ein. „Niemand kennt mich auf der Südinsel."

„Ja, so könnte es gehen!" Siegmar schlug grinsend mit der flachen Hand auf den Tisch. „Wenn Loki uns gewogen ist, erfahren wir, was wir wissen wollen."

„Mir gefällt das nicht", schüttelte Einar seinen Kopf.

„Hast du einen besseren Vorschlag, Jarl Einar?", fragte Siegmar herausfordernd, und der junge Jarl konnte nichts erwidern. Außerdem war es an der Zeit, Breka als Krieger ernst zu nehmen, wollte er sich nicht dessen Unmut zuziehen. So wurde Joke in die Schildhalle geholt und er war sofort bereit, auf die Südinsel zu gehen.

Groß war der Schreck des Weibes, die die Schwester Jokes war, als sie die Tür ihres Hauses öffnete und in das Gesicht ihres Bruders mit der breiten Nase blickte. „Joke, was willst du hier? Bist du verrückt, hierher zu kommen?"
Sie streckte den Kopf aus der Tür und sah sich um.
„Schnell, kommt herein!" Der Joke trat ein und Breka folgte ihm.

„Wer ist das?", fragte das Weib und zeigte auf den Gauten.
„Ach, der hilft mir nur."

„Wobei hilft er dir, Joke?", gab sich die Schwester mit der Antwort nicht zufrieden, doch Joke versuchte abzulenken.

„Wo ist dein Mann, Schwester?"

„Noch auf dem Markt, und wenn er dich hier sieht, wird er wenig erfreut sein!" Sie sah ihren Gesippen böse an, wurde

dann aber freundlicher. „Na ja, wo du nun schon mal hier bist, setzt euch, ihr habt doch sicher Hunger."
Dies ließ sich Joke nicht zweimal sagen, denn Essen war seine liebste Beschäftigung. So setzten sie sich an den Tisch und das Weib tischte auf. Hastig löffelte er den Brei, und wie beiläufig fragte er: „Wie ergeht es euch hier in Sørhamna? Gibt es schon einen neuen Jarl?" Doch bevor er eine Antwort erhielt, wurde die Tür geöffnet und das Weib erschrak. Ein Mann von beachtlicher Größe trat ein, sah die Fremden an, und sein unfreundlicher Blick blieb auf Joke liegen. „Was wollen die hier?", fragte der Mann.

„Erkennst du meinen Bruder Joke nicht?", flötete das Weib mit sanfter Stimme und schien damit tatsächlich der Wut ihres Gemahls zuvorzukommen. „Schwager, was führt dich hierher? Und der da, wer ist er?"

„Ich bin Breka, der Gehilfe des Zimmerers, und wir sind hier, weil wir nach gutem Holz suchen sollen", log der Gaute, bevor Joke etwas Dummes sagen konnte.

„Dafür ist es jetzt zu spät", sprach der Mann. „Auf dem Markt ist kein Mensch mehr. Da werdet ihr bis morgen warten müssen. Doch rate ich euch, vorsichtig zu sein, denn die Krieger sind nicht gut auf Leute von der Nordinsel zu sprechen."

„Das will ich wohl glauben", entgegnete Joke. „Waren eure Verluste hoch?"

„Sicher nicht so hoch wie die euren", antwortete der Hausherr grinsend. „Ihr könnt die Nacht hier verbringen, aber in der Früh müsst ihr verschwinden. Ich will keinen Ärger haben."
Noch eine Weile bewirtete der Hausherr seine Gäste, legte sich aber früh auf sein Schlaflager, was den beiden Wanderern ganz recht war, denn der lange Weg, den sie in der Wärme zurückgelegt hatten, war anstrengend gewesen.

Das Erwachen für die Spitzel Jarl Einars war wenig erfreulich, denn es waren Krieger, die sie aus dem Schlaf rissen. „Los, hoch mit euch, elendes Pack!", rief der Krieger mit dem roten Haar.

„Was wird mit ihnen geschehen?", fragte das Weib aufgeregt. „Was fragst du mich das? Frag es Jarl Ingvert", blaffte Bogtyr das Weib an. Dann reichte er ihrem Gemahl ein Silberstück. „Du hast richtig gehandelt, Mann! Die Götter werden es dir vergelten!"

Danach fesselten sie die Gefangenen und trieben diese vor sich her zur Schildhalle. In den Stall gesperrt, in dem schon der Knabe Hrani sein Leben verlor, mussten sie ausharren, bis man sie holte und in die Halle schleppte.

Auf dem Hochstuhl saß ein Mann, dem man sein Leiden schon von weitem ansah. Schweißnass klebte sein Haar an seinem Kopf, er trug nur ein blutbeflecktes Leinenhemd und eine dünne Hose. Seine Füße waren nackt und seine Augen waren rot unterlaufen. Der rechte Unterarm fehlte dem Mann, und der Stumpf war dick verbunden, doch schien die Blutung längst nicht gestillt zu sein, denn der Verband war mit verkrustetem Blut durchtränkt.

„Die Kerle sind von der Nordinsel", sprach der Krieger Stendar. „Wahrscheinlich Spitzel von Oyvind."

„Jarl Oyvind ist tot", sagte Joke vorlaut.

„Wenigstens etwas", sprach der Jarl schwach zu dem Mann, der den von Einar zerschlagenen Arm abgeschnitten hatte. „Jarl Ingvert aber schickt man nicht so leicht an Odins Tafel", lachte er bitter.

„Wenn sie ohne Jarl sind, wäre es klug, sie anzugreifen", sprach Stendar. Da fauchte ihn der Jarl an. „Sehe ich etwa aus, als wäre ich in der Lage, eine Schlacht zu schlagen?"

„Die Nordinsel hat schon einen neuen Jarl", meldete sich wieder Joke zu Wort, und diesmal zischte Breka ihn an:

„Halt endlich dein Maul, du Narr!"

„Ein neuer Jarl? Wer ist es? Siegmar, dieser Troll?" Jarl Ingvert war nun neugierig geworden. „Los, sprich!"
Doch diesmal hielt Joke seinen Mund, und er war nicht bereit, noch ein Wort zu sagen.
„Was sollen wir nun mit ihnen machen, mein Jarl?", fragte Stendar.
„Schlagt ihnen die Köpfe herunter", befahl der Jarl mit leiser Stimme. Stendar nickte und sah die beiden anderen Krieger an. „Los, raus mit ihnen!"
Fast hatten sie die Tür erreicht, da rief der Jarl mit schwacher Stimme: „Wartet! Lasst den Jungen am Leben und schickt ihn mit dem Kopf des anderen zurück. Der neue Jarl soll wissen, was ihn erwartet!"
So geschah es! Ohne lange zu zögern schlugen sie dem Joke seinen Kopf herunter, banden dem gefesselten Breka das abgeschlagene Haupt mit den langen Haaren an den Gürtel und trieben ihn vor sich her, aus der Siedlung hinaus.

*

12. Eine böse Überraschung

Schlecht hatte Einar geschlafen in dieser Nacht. Sein Bein schmerzte und raubte ihm den Schlaf. Und als er endlich die ersehnte Ruhe fand, quälte ihn ein schlimmer Traum. So war er übel gelaunt, als er die schmale Treppe hinabstieg.

„Ich habe schlecht geträumt", sagte Einar, als er mit Imma und seinem Weib das Morgenmahl einnahm. „Ich sah, den Ingvert und ich sah dich, Thordis. Ich sah die Raben über mir fliegen und ich sah eine blutige Axt. Was bedeutet dieser Traum, Imma?"

„Das weiß ich nicht genau, junger Jarl", antwortete das Weib. „Doch ich glaube, die Raben sind ein Zeichen Odins, und die Axt verheißt sicher nichts Gutes. Ich deute aus deinem Traum, dass die Geschichte mit diesem Ingvert und deinem Weib Thordis noch kein Ende gefunden hat."
Erschrocken sah Einar die Imma an. „Was soll das heißen? Jarl Ingvert ist tot. Ich selbst habe ihn nach Walhalla geschickt!"

„Ich sagte doch, ich weiß es nicht", entgegnete das Weib ein wenig beleidigt. Einar blickte die Thordis streng an.

„Warum quälen mich die Götter so? Warum vertreiben sie nicht die düsteren Gedanken aus meinem Kopf? Warum darf ich nicht vergessen, dass dieser elende Bock …?" Er schlug mit der Faust auf den Tisch und verzog sein Gesicht. Dann erhob er sich und verließ das Haus. Nun wusste Thordis, das ihr Gemahl immer noch mit dem Wissen darüber kämpfte, was der verfeindete Jarl ihr angetan hatte.

Langsam humpelte Einar in die Schildhalle. An der Tür blieb er stehen und sah in den großen Raum. Direkt vor ihm war die langgezogene Feuerstelle, die sich fast über die gesamte Länge des Podestes zu seiner Linken zog, auf dem die Hochstühle standen. Zu seiner Rechten standen die Tische und Bänke. Dazwischen war freier Raum, der nur von den Tragbalken unterbrochen, viel Platz bot. An den Wänden hingen die buntbemalten Schilde. Die Schildhalle war noch leer, niemand war zu dieser frühen Stunde zugegen. Einar humpelte zu dem Podest und nahm auf dem Hochstuhl Platz, der nun der seine war. Grübelnd saß er da.

„Breka ist ein mutiger Bursche", sprach er zu sich selbst und wunderte sich, als er Antwort erhielt. „Ja, das ist er wohl", sagte Thordis, die in der offenen Pforte stand.

„Warum sind deine Gedanken bei dem Gauten?"

„Du weißt doch, ich mag den Burschen. Doch frage ich mich, warum es ihn nicht heimzieht zu seiner Sippe? Er ist frei und kann gehen, wohin er will." Nachdenklich sah der Jarl sein Weib an. Dieses trat auf das Podest und setzte sich auf den Hochstuhl der Jarlsgattin, der nun der ihre war.

„Wenn er nicht zurückkehrt, brauchst du dir diese Frage nicht mehr zu stellen!"

Einen Moment schwiegen sie, dann aber sagte das schöne Weib. „Bei Freya und Frigga schwöre ich dir, dass Ingvert mich mit Gewalt nahm. Ich sehe dir an, dass dich der Gedanke quält, dass er in mir war!"

Traurig sah er sein Weib an. „Du hast recht. Möge Thor mich dafür erschlagen."

„Ach Einar, mein geliebter Einar, wir werden diese Schmach überwinden. Ich und auch du!" Sie ergriff die Hand des Jarls und küsste diese. Da plötzlich trat Siegmar in die Halle und sah erstaunt drein, als er den Jarl und sein Weib erblickte. „Was treibt euch in der Früh hierher, wenn ich fragen darf?"

„Das geht dich nichts an", fauchte Thordis unfreundlich. Im Gegensatz zu Einar hatte sie dem Siegmar seinen dreisten Versuch, den Jarlstitel an sich zu reißen, nicht vergeben, und sie stand dem Stevenhauptmann mehr als verärgert gegenüber.

Einar aber blieb freundlich. „Ich habe Ruhe gesucht, um meine Gedanken zu ordnen. Es ist die Sorge um Breka und Joke, die mich umtreibt."

„Hast du schon entschieden, was geschehen soll, wenn die beiden zurückkehren?", fragte Siegmar.

„Eines steht fest, ich muss handeln, will ich die ganze Insel zu meiner Herrschaft machen!"

„Ja, das musst du", stimmte Siegmar zu.

*

Bis zu der schmalen Landbrücke hatten die zwei Reiter den Breka getrieben. Nun ließen sie ihn allein. Lachend und grölend ritten sie davon.

Der Gaute wankte erschöpft den schmalen Pfad entlang, um die Nordinsel zu erreichen. Es waren der Krieger, der Wache stand und ein Mann aus der Siedlung, der vom Strand kam und ein Bündel frischer Fische über der Schulter trug, die Breka als ersten erblickten. Doch der Anblick des Gauten schreckte die Männer und ließ den Fischer sich erst einmal übergeben. Die Beinkleider des jungen Burschen waren mit Blut getränkt, und der Kopf des Joke baumelte vor seinen Beinen umher, sodass man glauben konnte, er würde grinsen.

„Komm und hilf mir, du Esel", rief der Gaute dem Krieger entgegen. Er ging noch einige Schritte auf den Fischer zu und sank dann auf die Knie. „Kotzen kannst du später!"

„Was hat man dir angetan?", rief der Krieger entsetzt.

„Frage lieber, was man dem armen Narren Joke angetan hat. Mein Kopf befindet sich noch auf meinem Hals", antwortet Breka verärgert. Der Krieger zog sein Messer und durchschnitt die Fesseln, dann wollte er den Kopf vom

Gürtel schneiden, doch Breka hielt ihn zurück. „Lass ihn, wo er ist. Er hängt gut da!" Der Krieger zog die Schultern empor. „Wie du willst, Gaute. Björn, bring ihn zum Jarl", befahl er dem Fischer.

Gestützt von dem Mann erreichte Breka den Platz vor der Halle.

„Jarl Einar, komm heraus", sprach Ubbe ernst, als er vor den Hochstuhl trat, auf dem der Jarl saß. Fragend sah Einar den Steuermann seines Schiffes an. Langsam erhob er sich, nahm seinen Stock und humpelte hinaus.

Auch ihn erschreckte der Anblick des jungen Breka. „Los, helft ihm", rief er sofort. „Und nehmt ihm den Kopf ab!"

„Was ist geschehen?", fragte Ubbe sofort, doch der Jarl bremste seine Neugier.

„Warte, lass ihn erst einmal wieder Mensch werden. Geh, reinige dich, esse etwas und trink, dann schlaf, und heute Abend kommst du in die Schildhalle", schlug Einar vor. Nein, er befahl es!

Und so geschah es, dass Jarl Einar alle seine Krieger am Abend in die Schildhalle rief. Auch einige der wehrfähigen Männer der Siedlung kamen, denn sie hatten davon gehört, dass Joke den Tod gefunden hatte und dass der junge Breka lebend von der Südinsel heimgekehrt war. Die Stimmung in der Halle war gedrückt, denn niemand ahnte Gutes. Einige unterhielten sich lautstark, und der Jarl saß schweigend auf seinem Hochstuhl und beobachtete die Männer. Dann aber wurde es ruhig!

Thordis schritt durch die Tür und mit ihr der Gaute Breka. Die Jarlsgattin nahm auf ihrem Hochstuhl Platz und der Gaute trat vor den Jarl.

„Sei mir gegrüßt, Breka", sprach dieser freundlich. „Geht es dir gut?"

„Ja, mein Jarl", nickte der junge Bursche, und dann begann er zu erzählen, was in Sørhamna passiert war. Stille herrschte in der Schildhalle, und Einar hörte erstaunt den Worten des Gauten zu.

„Jarl Ingvert lebt also", stellte er mit unüberhörbarem Ärger in seiner Stimme fest.

„Ja, er lebt. Doch scheint es ihm nicht gut zu gehen!", sprach Breka. „Ihm fehlt ein halber Arm, und es scheint, ihn quält ein Fieber. Doch er sitzt immer noch auf dem Hochstuhl der Südinsel!"

Da wurde es plötzlich laut in der Halle. Einige der Männer, die lieber den Siegmar auf dem Jarlsthron gesehen hätten, begannen aufzubegehren. „Du versprachst, den Mörder des kleinen Hrani getötet zu haben und hast behauptet, Ingvert sei tot!"

„Was ist mit dem Kahlkopf?", fragte Einar den Breka, obwohl er genau wusste, dass der Eber nach Walhalla gegangen war, und der Gaute schüttelte seinen Kopf. „Ich sah keinen Kahlkopf unter den Kriegern des Jarls."

So blieb Einar wenigstens die Genugtuung, den Eber zu den Göttern geschickt zu haben, allerdings ließen ihn die Zweifel über dessen Tod nicht los. Nun wurde es wieder lauter unter den Männern, und einige richteten sich offen gegen Einar.

„Hört auf zu meckern", rief Ubbe laut und erhob sich von seinem Platz. „Lasst uns zu den Waffen greifen und eine Entscheidung suchen!"

Ein Blick traf die Thordis, und dann erhob sich auch Einar von seinem Hochstuhl. „Ubbe hat recht! Keiner von euch hat mehr Grund als ich, diesen Jarl Ingvert zu töten. Die Götter haben es mir versagt, vielleicht wollen sie diesen Dreckskerl nicht an ihrer Tafel. Aber ich schwöre es, Odin wird ihn zu sich rufen müssen!"

„Bei Thor, du bist verletzt! Wie willst du mit dem verletzten Bein kämpfen?", zweifelte Siegmar herausfordernd.

„Ich kämpfe nicht mit dem Bein, Stevenhauptmann. Ich kämpfe mit dem Schwert", antwortete Einar, und die Männer lachten. „Und ich werde kämpfen! Wer kämpft mit mir?"
Einar hatte die rechten Worte gefunden, und nun waren die Männer bereit, ihrem neuen Jarl in den Kampf zu folgen.
 „Dann lasst uns einen Plan schmieden, wie wir ihnen entgegentreten wollen", rief Ubbe voller Kampfeslust.

Einen Tag gab der Jarl den Kriegern, um sich auf den Kampf vorzubereiten, und er rief auch den Visgeir zu seinem Heer, denn er brauchte jeden Krieger.
 „Breka, geh und hol mir die Arla her", befahl der Jarl, als sie das Morgenmahl beendet hatten. „Aber sage es niemandem, und achte darauf, dass man euch nicht sieht."
Der junge Gaute nickte. „Aber bring sie hierher, nicht in die Halle."
 „Wie du es wünschtst, mein Jarl."
Es dauerte eine Weile, bis Breka mit der Schildmaid in das Haus der Imma trat. Neugierig und erstaunt sah das junge Weib den Jarl an, und dieser bot ihr an, sich zu setzen.
„Höre mir zu, Arla. Ich habe einen Auftrag für dich."
Als Arla nach dem Gespräch das Haus wieder verlassen hatte, lehnte sich Einar zufrieden zurück und grinste den jungen Gauten an.
 „Lass mich mit euch gehen, auch ich will dich begleiten und für dich kämpfen", bat Breka, doch Einar zögerte. Der junge Gaute aber griff nach dem Schwert des Jarls und zeigte diesem, dass er wohl in der Lage war, die Klinge zu führen.
 „Wer lehrte dich den Umgang mit dem Schwert?", fragte Einar erstaunt. „Es waren die Krieger meines Vaters, die mir schon als Knaben den Schwertkampf beibrachten. Damals allerdings noch mit einem Holzschwert."

„Wer ist dein Vater, Breka, dass er eigene Krieger um sich schart?" Einar war nun neugierig geworden, und er hatte ja längst geahnt, dass der Gaute ein Geheimnis mit sich trug. Doch Breka wollte nicht antworten.

„Nun rede schon, oder willst du mich erzürnen?", befahl der Jarl streng. Breka sog tief die Luft in seine Lungen und man sah, dass es ihm schwerfiel. „Mein Vater ist Jarl Borka, und er herrscht über einen kleinen Gau in Götaland."

„Dein Vater ist ein Jarl und du weigerst dich, zu den Deinen heimzukehren? Das verstehe ich nicht!" Einar sah den jungen Burschen fragend an.

„Meine Mutter starb, und mein Vater nahm sich ein neues Weib. Doch dieses hasste mich und meine Geschwister! Wahrscheinlich war sie es, die dafür sorgte, dass ich in die Sklaverei ging", mutmaßte Breka mit bösem Blick. „Ich hatte eine ältere Schwester und auch einen Bruder, der mit mir verschleppt wurde. Was mit ihm geschah, weiß ich nicht, denn wir wurden getrennt. Vielleicht musste dieser sterben?"

„Aber warum tat sie das?", fragte nun Thordis und war über das Gehörte erschüttert. Breka zog seine Schultern hoch. „Vielleicht wollte sie, das nur ihre eigene Brut als legitime Nachfolger des Jarls am Leben bleiben? Denn die Hündin ging schwanger!"

„Aber du bist doch sein Sohn, ist dein Vater blind?" Thordis schüttelte ungläubig mit dem Kopf. „Sie war jung und schön. Vielleicht raubte ihm sein Schwanz das Augenlicht."

„Und den Verstand", fügte Thordis hinzu.

„Mein junger Freund, wir werden einen Weg finden, der deinem Vater die Augen wieder öffnet. Aber zuerst haben wir einen Kampf auszutragen", sprach Einar. „Das ist nicht vonnöten, denn es zieht mich nicht heim", entgegnete Breka stur.

Noch am selben Tag, der Jarl hatte sich in die Schildhalle begeben, reichte der Einar Breka ein Schwert und einen Schild. Dann traten sie auf den Platz vor der Halle, wo einige der Krieger sich die Zeit in der Sonne vertrieben.

„Olaf, komm", rief Jarl Einar. „Der junge Kerl hier will uns beweisen, dass er mit uns in den Kampf ziehen kann!" Das sorgte für Belustigung, denn an so einem Kampf hatten die Männer immer ihren Spaß, und Olaf ließ sich auch nicht lang bitten.

„Aber mach das Knäblein nicht kaputt", rief Hyrning erheitert, doch es kam anders, als die Männer glaubten. Breka war zwar jung und dem erwachsenen Mann und erfahrenen Krieger Olaf an Körperkraft natürlich unterlegen, doch er war flink, mutig und er hatte nicht geprahlt, als er sagte, dass er den Umgang mit der Klinge beherrsche. Allerdings musste man dem Krieger Olaf zugute halten, dass er bereits mehr als einen Becher Bier getrunken hatte, und die wärmenden Strahlen der Sonne dafür gesorgt hatten, dass der Alkohol schnell wirkte.

Immer wieder rannten sie gegeneinander an, und beim ersten Aufeinderprallen der Schilde hob es Breka von den Beinen. Schnell war er wieder auf den Beinen, schlug mit dem Schwert zu, traf aber nur den Schild des Gegners.

„Er ist zäh! Der Bursche weiß sich zu wehren", lobte Ubbe den Gauten, und Einar stimmte nickend zu. „Ich glaube, er sollte mit uns gehen!"

„Was willst du mit diesem Kind in unseren Reihen?", zweifelte Siegmar mürrisch. „Kind? Ich kenne kein Kind, das Schwert und Schild so zu gebrauchen weiß", erwiderte der Steuermann, und man sah ihm an, dass er sich über die Worte des Siegmar ärgerte. „Sag mir, willst du uns schwächen oder gar unseren Kampf verhindern? Was geht in deinem Kopf vor, bei Odin", fauchte Ubbe böse.

„Rede nicht dumm daher", wehrte sich Siegmar gegen den Vorwurf und tat beleidigt. „Ich will den Kampf nicht weniger als du, aber …!"

„Was, aber?", rief Ubbe. „Ich sage dir, Siegmar, wenn du glaubst, ein falsches Spiel mit uns spielen zu können, nimm dich in acht!"

„Wie redest du mit mir? Ich bin dein Stevenhauptmann", empörte sich Siegmar. „Wer weiß, wie lange noch?", antwortete Ubbe frech und sah den Mann mit kaltem Blick herausfordernd an.

Breka und Olaf kämpften immer noch, aber Einar hatte genug gesehen. „Haltet ein!", rief er. „Es ist genug! Spart euch eure Kräfte für morgen auf." Er klopfte Breka auf die Schulter und wandte sich dann den Männern zu. „Was meint ihr, sollen wir ihn mit uns nehmen?"

Die Zustimmung war groß, und so war es entschieden.

*

Jarl Ingvert kämpfte mit seinen Schmerzen, und so lag er oft auch tagsüber auf seinem Schlaflager. Und schlimmer als die Schmerzen waren die Zweifel, die in ihm aufkamen. Er hatte schließlich seine Schwerthand verloren. Und er ahnte nicht, wie richtig seine Bedenken waren, denn ihm entging, dass unter seinen Kriegern bereits ein Streit über seine Nachfolge entbrannt war.

Und auch unter den Bewohnern der Siedlung war die Stimmung schlecht. Hatte man vorher nicht gewagt, an der Jarlsherrschaft des Ingvert zu zweifeln, er war schließlich der Erbe des Jarl Ivar, so wurden nun die Stimmen derer immer lauter, die die Herrschaft des Ingvert satt hatten. Nicht wenige hatten gehofft, die Götter würden den schwerverletzten Jarl zu sich rufen.

Die ungerechte Verteilung der Beute, wenn die Männer der Siedlung mit ihm auf Raubfahrt waren, war ein Grund. Aber auch die Art, wie Ingvert seine Untergebenen behandelte, denn er war kein besonders gerechter Mann, hatte die Wut der Gefolgschaft heraufbeschworen. Einzig seine Krieger behandelte er gut, sah ihnen manchen Fehltritt nach, denn er brauchte ihren Schutz. So hatte ein Weib, das einer Vergewaltigung durch die Männer zum Opfer gefallen war, und dies kam nicht selten vor, wenn die Krieger gesoffen hatten, kaum Aussicht auf eine gerechte Behandlung gehabt.

„Ich würde euch ein guter Jarl sein", sprach Stendar zu den Männern, die mit ihm im Schatten eines Baumes saßen.
„Bei mir wäre die Beute sicher weit größer als unter Ingvert!"
„Warum gerade du?", fragte Bogtyr und strich sich über seinen roten Bart.
„Weil ich der Stevenhauptmann bin. Darum!"
„Aber Jarl Ingvert lebt noch", wandte Gunnar ein, doch Stendar zuckte nur mit den Schultern. „Selbst wenn ihn die Götter verschmähen, wird er nie mehr der Alte sein. Wir werden einen Jarl haben, der mit seinem Arsch auf dem Hochstuhl sitzt und sich unsere Beute unter den Nagel reißt, während er immer fetter wird."
„Da könnte er recht haben", stimmte Bogtyr den Worten des Stendar zu.
„Und wenn die Bewohner der Siedlung keinen neuen Jarl wollen?" Gunnar sah Stendar an, und einige Männer nickten zustimmend. „Dann werden wir sie eines Besseren belehren", grinste der Stevenhauptmann des Flutenbrechers frech und legte seine Hand demonstrativ auf den Knauf seines Schwertes.

„Ich weiß nicht. Mir gefällt das Ganze nicht", zweifelte ein Mann namens Tryggve. „Das wird den Göttern nicht gefallen, wenn wir Ingvert töten."

„Rede nicht, Tryggve, als würde es die Götter interessieren, wer hier auf dem Hochstuhl sitzt", lachte Bogtyr. „Jarl Ingvert hat längst sein Heil verloren."

„Also, nun sagt, kann ich auf eure Hand hoffen, wenn es darum geht, einen Jarl zu wählen?", fragte Stendar, und die Männer willigten ein.

*

Die Mitternachtssonne näherte sich dem Horizont, als ein Mann sich eilig der schmalen Landbrücke näherte, die auf die Südinsel führte. Doch kaum hatte er diese erreicht, trat ein weiterer Mann aus dem dichten Gebüsch, das zu beiden Seiten des Weges wuchs.

„Siegmar, du elender Verräter, habe ich es mir doch gedacht", sprach Ubbe zornig. Erschrocken sah der Stevenhauptmann den Steuermann an.

„Was erhoffst du dir davon, wenn der Feind uns schlachtet?" Ubbe zog langsam seine Axt aus dem Gürtel.

„Was erhofft man sich schon? Reichtum Ubbe, Reichtum! Und irgendwann den Jarlstitel", antwortete Siegmar ehrlich und sah den Steuermann des Wellenwolfes prüfend an. „Jarl Ingvert wird mich reich belohnen und dich sicher auch. Dazu ist er verwundet, und wer weiß, vielleicht ruft Odin ihn zu sich. Also überlege es dir. Willst du für diesen Jarl, der von Geburt ein Sachse ist, dein Leben lassen?"

„Nun ja", Ubbe strich sich nachdenklich über seinen langen Bart. „Es ist schon etwas Wahres an deinen Worten." Er trat langsam auf den Siegmar zu und lächelte. „Aber weißt du, ich will nicht so wie du als Verräter vor Odin treten, wenn der Tag kommt, an dem ich Midgard verlasse!"

Ohne zu zögern hob er seine Axt und schlug zu. Das scharfe Blatt grub sich dem Siegmar tief in seine Stirn und dieser starb.

Es war schon sehr spät, und nur wenige Männer waren noch in der Schildhalle, als Ubbe durch die Tür trat. Sofort unterbrachen sie ihre Gespräche und sahen den Steuermann fragend an.
Auf seiner Schulter lag ein Mann. Mit schweren Schritten trat er vor den Hochstuhl und ließ den Mann auf den Boden fallen. Nun sahen alle, wen Ubbe da in die Halle geschleppt hatte. Da wurde es laut, und die Anwesenden begannen die schlimmsten Flüche gegen den Feind zu rufen, bis Jarl Einar für Ruhe sorgte.
  „Lasst ihn doch erstmal reden! Was ist geschehen? Wer tat dies, Ubbe?", fragte der junge Jarl ruhig.
  „Ich tat dies, mein Jarl!"
Da wurde es plötzlich still, sodass man hätte eine Nadel fallen hören. „Du warst das?" Ein strenger Blick des Jarls traf Ubbe. „Aber Ubbe, warum?"
  „Siegmar wollte uns verraten", sprach Ubbe und begann zu erzählen. Als er geendet hatte, war die Empörung unter den Männern groß.
Mit starrem Blick sah der Jarl auf den Mann, der einst sein Stevenhauptmann war, dann erhob er sich und trat neben den Leichnam. „Wolltest du mich also verraten, Siegmar!" Dann sah er den Ubbe an. „Ich danke dir, mein Freund!" Langsam begab er sich wieder auf seinen Hochstuhl. „Olaf, Thoke, schafft den Eidbrecher fort. Schmeißt ihn in die See, sollen die Krabben sich an ihm gütlich tun!"
Die beiden Angesprochenen erhoben sich und traten vor, doch bevor sie den Leichnam ergriffen, sah Olaf den Steuermann an. „Er wird uns fehlen in der Schlacht."

„Willst du neben einem Mann kämpfen, von dem du nicht weißt, ob er dir im nächsten Moment sein Schwert in die Rippen stößt?", blaffte Ubbe den Krieger an. „Er wollte mit dem Feind paktieren!"
Da schwieg Olaf und tat, was der Jarl befohlen hatte.
„Ihr habt Ubbes Worte gehört", sprach Einar nun zu den Männern. „Siegmar wollte uns in den Tod schicken. So ist es besser, auf einen Mann zu verzichten, als hinterher das Nachsehen zu haben. Danken wir Odin dafür, dass Ubbe ihn tötete!"
Einar ging durch den Raum und trat an den Tisch. Er stemmte sich mit beiden Fäusten auf die dicke, hölzerne Platte und grinste. „Ich war nicht untätig am gestrigen Tag, und so schickte ich Arla nach Sørhamna. Und diese war erfolgreicher als Breka und der bemitleidenswerte Joke. Ihr gelang es in Erfahrung zu bringen, dass Jarl Ingvert seine Krieger für den morgigen Abend in seine Schildhalle befohlen hat. Wie es scheint, muss er um seinen Jarlstitel bangen."

„Aber wie hat sie das geschafft? Ein prachtvolles Weib, diese Arla!" Hyrning war beeindruckt, allerdings hatte sich schon herumgesprochen, dass Hyrning der Arla sehr zugetan war, und so wunderte sich niemand über sein Lob.

„Vielleicht waren es ja die Götter, die ihr den Weg wiesen, denn sie traf ein Weib und dieses war die Schwester des Joke", erzählte der Jarl. „Ihr könnt mir glauben, diese war wenig erfreut, dass man ihren Bruder seines Kopfes beraubt hatte, und so war sie recht redselig."

„Wenn Ingvert mit seinen Kriegern in der Halle hockt, hätten wir sie alle beisammen", lachte Kjelt und schlug mit der flachen Hand auf den Tisch.

„So ist es, mein Freund!" Einar legte Kjelt seine Hand auf die Schulter. „Morgen wird es nur noch einen Jarl auf Tautra geben."

Der Jarl der Nordinsel hatte seine Männer aufgeteilt. Zehn Krieger sollten den Weg über die Landbrücke nehmen und dafür Sorge tragen, dass den Jarl keine Hilfe aus der Siedlung erreichen würde. Alle anderen Krieger nahm Einar mit sich auf dem Wellenwolf, um dort an Land zu gehen, wo sie schon beim ersten Angriff den Kiel in den Sand des Strandes gleiten ließen.

Ilva ging als erste über die Landbrücke. Über ihre lederne Hose hatte sie ein Kleid gezogen und darüber die Schürze. Bald erreichte sie die Südinsel, und es geschah, was sie erwartet hatte. Arla war es einen Tag zuvor gelungen, unerkannt auf die Südinsel zu kommen, dies aber wollte Ilva gar nicht. Ein Krieger des Ingvert trat ihr in den Weg.

„Wohin willst du, Weib?", fragte er streng. Ilva zeigte auf die Südinsel und lächelte. „Na, dorthin!"

„Bist du wirr im Kopf? Wenn mein Jarl erfährt, dass du von der Nordinsel kommst, ist dein Leben nichts mehr wert!" Langsam näherte sich der Mann der jungen Frau. „Aber du bist ein hübsches Weib, und wenn du mir ein bisschen gefällig bist, könnte ich vielleicht ein Auge zudrücken."

Da lächelte Ilva, ihre Hand aber führte sie langsam auf den Rücken, wo ihr Saxmesser hing. „Ich bin mir sicher, dass du ein Auge zudrücken wirst." Sie riss das Messer hervor und stach es ihrem Gegenüber mit großer Kraft in sein rechtes Auge.

Der Krieger brüllte auf und sank dann auf die Knie. Noch einmal stach Ilva zu, und das Messer drang dem Mann bis zum Heft in den Nacken und beendete sein Leben. Jetzt gab sie das verabredete Zeichen, und die Krieger von der Nordinsel kamen über die Landbrücke gelaufen. Ilva hatte sich des Kleides entledigt und bekam von einem der Männer ihre Waffen und den Schild gereicht. Dann zogen sie den Pfad entlang nach Sørhamna.

Auch Einar hatte sich auf den Weg gemacht und befand sich mit seinen Kriegern nicht mehr weit der Schildhalle. Um nicht in unnötige Kämpfe mit den Bewohnern der Siedlung verwickelt zu werden, mussten sie sich beeilen, was dem Einar aber nicht leicht fallen würde. So war er der Erste, der sich vorwagte. Allein, ohne seinen Schild und das Schwert unter seinem Umhang versteckt, humpelte er durch die Gassen. Es schien, dass ihm die Götter ihr Heil nicht verweigerten, denn er erreichte die Halle tatsächlich fast unbemerkt. Nur ein altes Weib hatte ihn gesehen, aber für diese ging von dem jungen Burschen mit dem Stock wohl keine Gefahr aus. Sie hielt ihn für einen Krüppel und darum beachtete sie ihn nicht weiter. Nun stand er dort, wo er schon einmal gestanden hatte, unter dem weit herunterreichenden Dach der Halle. Jetzt gab er das Zeichen, und seine Krieger liefen eilig auf die Halle zu. Unter den verwunderten Blicken einiger Bewohner von Sørhamna, die sich auf dem Platz vor der Halle aufhielten, stürmten die Krieger gegen die Pforte der Schildhalle. Nun begriffen die Einwohner, was vor sich ging, und flohen, doch es würde sicher nicht lang dauern, bis einige von ihnen bewaffnet zurückkehren würden.

„Breka, du bleibst an meiner Seite", befahl Einar, als sie in das Gebäude eindrangen, doch diesmal konnte Einar seinen Männern nicht voranstürmen. Ubbe, Kjelt und Hyrning fielen voller Kampfeslust über die erstaunt dreinschauenden Krieger des Ingvert her. Der Kerl, der Tryggve hieß, war der Erste, den die Walküren nach Walhalla brachten. Die Axt des Ubbe traf ihn am Schädel, und so fiel der eingeschlagene Kopf auf die Tischplatte. Ohne die Männer aus der Siedlung waren die Krieger Jarl Ingverts den Angreifern unterlegen.

Nachdem aber der erste Schreck vergangen war, griffen die Krieger des Ingvert zu den Waffen und stellten sich schützend vor ihren Jarl. Doch schnell löste sich der Schutzwall vor dem Hochstuhl auf, denn die Männer wurden jeder einzelne in Kämpfe verwickelt. So bekam es Stendar, der Stevenhauptmann des Flutenbrechers, mit Hyrning und Olaf zu tun. Und der Mann, dessen Verlangen es war, selbst Jarl der Südinsel zu werden, beendete den Kampf nach kurzem Gefecht mit geschundenem Körper und schwer verletzt.

Es waren nicht allzu viele Männer aus der Siedlung, die mit ihren Waffen zu der Schildhalle eilten, um ihrem Jarl zu helfen. Doch bevor auch nur einer von ihnen die Pforte des großen Langhauses erreichte, stürmten die zehn Krieger und Kriegerinnen, die über den Landweg marschiert waren, auf den Platz, und auch hier entbrannte der Kampf.

Zwar hatte der Jarl der Südinsel nach seinem Schwert gegriffen, doch mit der Linken konnte er wenig anfangen, außerdem war er immer noch kraftlos und vom Fieber gezeichnet. Ohne seinen Stock humpelte Einar durch die Halle und hatte wenig Mühe, sich den Weg durch die Kämpfenden zu bahnen. Nur einmal stellte sich ein Krieger in seinen Weg, doch dieser konnte sich dem jungen Jarl nicht lange widmen, denn Kjelt ließ seine Axt auf den Mann niederfahren, und so verlor er dass Interesse an Einar. Schnell erreichte er das flache Podest, auf dem der Hochstuhl stand. Jarl Ingvert wollte sich erheben, doch er sank zurück auf das weiche Fell, das den Thron polsterte.

„Du", sagte er und starrte den jungen Jarl mit fiebrigem Blick an. „Du nahmst mir meinen Arm!"

„Ich sehe, du erinnerst dich an mich", sprach Einar und sah den Jarl mit eisigem Blick an. „Du hast es gewagt, mein Weib zu schänden, und nun werde ich dir mehr nehmen als nur deinen Arm. Ich nehme mir deinen Reichtum, ich nehme mir diese Halle, diese Siedlung und dein Leben!" Blutauges scharfe Klinge, mit aller Kraft geschlagen, ließ den Kopf des Jarls Ingvert zur Seite fliegen. Das abgeschlagene Haupt rollte über den hölzernen Boden der Schildhalle und kam vor den Füßen des Gunnar zu liegen. Dieser sah hinab und rief: „Unser Jarl ist tot!"
Sofort stellten alle Männer den Kampf ein, denn niemand wusste im ersten Augenblick, wessen Jarl den Tod gefunden hatte. Da ergriff Einar das Wort. „Jarl Ingvert ist tot! Legt eure Waffen nieder! Kjelt, geh hinaus und beende auch dort den Kampf!" Der Krieger nickte und tat, wie ihm befohlen. Jetzt erst sahen die Krieger der Südinsel, dass auch Stendar mehr tot als lebendig war, und Gunnar war der Erste, der sein Schwert niederlegte, worauf die anderen folgten. Bis auf einen!

„Warum sollte ich mich dir ergeben? Du wirst mich sowieso töten, denn wir waren uns schon als Kinder wenig zugetan", rief Bogtyr.

„Ich werde der Jarl der gesamten Insel sein, und alle Zwistigkeiten gehören der Vergangenheit an, Bogtyr. Leiste mir den Gefolgschaftseid und werde einer meiner Krieger, dann wirst du leben und deiner Familie wird nichts Schlechtes widerfahren. Dies gilt für euch alle!", sprach Jarl Einar.

„Das müssen wir erst überdenken", rief Gunnar, doch Einar schüttelte seinen Kopf.

„Es gibt nichts zu überdenken, Mann!" Da sah Gunnar seine Gefährten an und beugte sich hinab auf ein Knie. „Dann will ich dir die Gefolgschaft schwören, Jarl Einar, denn ich möchte noch ein wenig in Midgard wandeln."

Nun folgten auch die Gefährten des Kriegers Gunnar und leisteten den Eid. Der letzte, der zögerte, war Bogtyr.

„Bedenke, Bogtyr, es bedeutet dein Ende, wenn du es nicht tust", warnte der neue Jarl. Da atmete der Rotbart tief ein und ging hinunter auf sein Knie.

*

13. Jarl Einar

Einige Tage waren vergangen seit dem Kampf auf der kleinen Insel im großen Fjord, und es war endlich Ruhe eingekehrt. Der größte Teil der Krieger des Jarls waren auf die Nordinsel zurückgekehrt, um den Sieg über Jarl Ingvert zu verkünden, doch der Jarl selbst war in Sørhamna geblieben. Er wollte den Bewohnern und vor allem den Kriegern des Ingvert, die nun seine Krieger waren, keine Möglichkeit für einen Aufstand bieten. So ließ er von einigen Sklaven das Haus des Jarls herrichten, doch dies sollte ihm noch Probleme bringen, denn als Thordis zwei Tage später in der Siedlung erschien, so wie der Jarl es gewünscht hatte, weigerte sie sich, in diesem Haus zu wohnen.

„Hier, wo dieser räudige Hund mich mit Gewalt nahm, soll ich leben? Niemals!", rief sie erbost, und Einar musste sich eingestehen, dass er dies nicht bedacht hatte. Gerade er, der so schwer mit dieser Tat rang, hätte es wissen müssen, dass Thordis sich weigern würde. So beschloss der Jarl, dass er die hinteren Räume in der großen Schildhalle bewohnen würde. Hier gab es einen Raum zum Kochen und natürlich noch zwei weitere Kammern, von denen die größere die Schlafkammer des Jarls und seines Weibes werden würde. Das Haus, welches Ingvert bewohnt hatte, stellte Einar seinen Kriegern zur Verfügung, und so zogen diejenigen, die Junggesellen waren und keine Sippe auf der Insel hatten, in das große Haus. Breka blieb vorerst an der Seite der alten Imma in Nordbuktawik, sodass diese nicht allein war. Doch fast täglich machte sich Thordis nun auf den Weg zu der Alten, so wie der Gaute auf die Südinsel ritt, um in der Nähe des Jarls zu sein.

Als seine Leibwache hatte der Jarl auch einige Krieger aus Sørhamna erwählt, und so war der Kreis derer, die zu seinem Schutz bereit standen, auf einundzwanzig Männer angewachsen. Wenn Einar Breka dazu zählte, sogar noch einer mehr. Doch konnte er den Männern der Südinsel wirklich vertrauen?

Ein großer Scheiterhaufen war auf dem Platz vor der Schildhalle errichtet worden, auf dem die gefallenen Krieger aufgebahrt waren. Der Krieger Tryggve und auch zwei Männer von der Nordinsel, die vor der Halle gekämpft hatten, sowie auch der Mann von der Landbrücke, der von der Schildmaid getötet worden war, lagen mit ihren Waffen und Schilden auf dem großen Stapel Holz. Und auch Jarl Ingvert hatten sie hier aufgebahrt. Den Kopf hatten sie auf seine Schultern gelegt, doch plötzlich trat ein Mann aus Sørhamna vor den Scheiterhaufen, nahm den Kopf und legte ihn dem Ingvert zwischen die Beine. Dann spuckte er auf den Leichnam und zog sein Schwert. „Wer es wagt, ihm den Kopf wieder zurechtzurücken, der kann sich gleich neben ihn legen", fauchte er die Männer an, die sich um den Scheiterhaufen gesammelt hatten. Da trat Einar vor den Mann. „Sage mir, warum tust du das?"
„Dieser Kerl hat es nicht verdient, an Odins Tafel zu speisen! Er tötete meine Tochter! Hat sie bestiegen, immer wieder, bis sie sich selbst das Leben nahm", erzählte der Mann voller Hass. „Ich danke dir dafür, Jarl, dass du ihn getötet hast."
„Wie ist dein Name, Mann, ich kenne dich nicht?"
„Aber ich kenne dich! Du bist der Sohn des Fischers", antwortete der Mann. „Der Fischer, den Ingvert von diesen Männern töten ließ!" Er zeigte auf Bogtyr und einige andere. „Mein Name ist Sveyn, und ich bin ein Bauer!"

Der Jarl sah die Männer mit strengem Blick an, wandte sich wieder dem Sveyn zu und nickte.

„Entzündet den Scheiterhaufen", befahl er, und bald loderten die Flammen zum Himmel empor.

Am Abend, das große Feuer war erloschen, versammelten sich die Bewohner von Sørhamna und auch einige Leute aus Nordbuktawik in der großen Halle. Noch waren die Hochstühle leer, und in der Halle wurde viel gesprochen und gestritten. Dann aber wurde es ruhiger, denn der junge Jarl und sein Weib traten aus den hinteren Räumen auf das Podest und nahmen auf ihren Hochstühlen Platz. Abwartend sah Einar eine Weile schweigend in die Menge, dann aber erhob er seine Stimme. „Die Zeit der zwei Inseln ist nun Vergangenheit", sprach er ruhig. „Der Wunsch der Götter ist es, dass die Inseln sich vereinen. Jarl Ingvert ist nicht mehr unter den Lebenden, und ich, Jarl Einar, sowie mein Weib Thordis, werden nun über die Insel herrschen. Viele der Älteren kennen mich, seit ich ein Kind war, denn ich bin der Ziehsohn des Fischers Thord. Ich weiß von der Grausamkeit des Ingvert, da meine Zieheltern ihr zum Opfer fielen. Odin aber ließ mich leben und erlaubte mir, ihren Tod zu rächen!"

Einar lächelte zufrieden. „Ich will euch gerecht und weise anführen und erbitte dafür die Gnade der Götter. Bisher war das Heil, welches mir Odin schenkte, groß. Jeder Mann in Sørhamna soll mir nun den Gefolgschaftseid leisten. Wer dies aber nicht will, der muss die Insel verlassen!"

Einige Bewohner begehrten nun auf, doch ihnen blieb keine andere Wahl, wollten sie hier auf Tautra bleiben.

Da meldete sich der Bauer Sveyn zu Wort und trat vor den Jarl. „Verzeih mir meine Worte, Herr, aber du bist sehr jung, Jarl Einar."

Der Jarl sah den Mann prüfend an, lächelte dann aber.

„Siehst du diese Krieger hier?" Er zeigte auf die Männer seiner Wache, unter denen nun auch die Krieger des alten

Jarls waren. „Jeder dieser Krieger hat mir den Eid geschworen. Viele von ihnen könnten meine Väter sein! Und es war Jarl Oyvind, der mich zu seinem Sohn machte und bestimmte, dass ich sein Nachfolger auf dem Hochstuhl in der Halle der Nordinsel werden sollte. Ich schwöre, vor Odin, Thor und allen Göttern in Asgard, dass ich euch ein guter Jarl sein werde. Und bedenke, mein Freund, die Jugend vergeht nur allzu schnell."
Da grinste Sveyn und sank auf sein rechtes Knie hinab, beugte sein Haupt und schwor dem Jarl und seiner Gemahlin die Gefolgschaft. Nach und nach folgten die Männer der Siedlung dem Beispiel des Bauern, doch gab es einige, die sich eine Bedenkzeit erbaten. Da wollte Gunnar aufbegehren, doch Einar hielt ihn zurück. „Drei Tage gebe ich denen, die ihr Gewissen oder die Götter befragen wollen. Wer mir aber in drei Tagen nicht den Eid geleistet hat, den kann ich nicht mehr auf meiner Insel dulden!"
Der Jarl erhob sich von seinem Hochstuhl, trat vor und rief: „Nun aber ist es genug! Heute wollen wir feiern, denn eine neue Zeit beginnt hier auf Tautra. Eine Zeit ohne Bruderkampf und versperrte Wege. Ohne Zwist zwischen den beiden Inseln. Bringt Bier und Fleisch!"
Zwei Männer schleppten ein fertig gegartes Schwein auf einem Spieß herein, das sie über die Feuerstelle hängten. Junge Mägde, meist Sklavinnen, begannen aus zwei großen Fässern das Bier auszuschenken, und einige Spielleute entlockten ihren Instrumenten fröhliche Klänge.

Die Halle in Nordbuktawik verwaiste, denn alle Versammlungen hielt der Jarl in der wesentlich größeren Schildhalle auf der Südinsel ab. Und da der neue Jarl Platz für seine Krieger brauchte, bezogen einige nun dort ihr Quartier. Alle waren gut untergebracht, und jene, die sich ein Weib nahmen, was vorkam, erhielten von dem Jarl ein

Haus oder das Land, auf dem sie eines bauen konnten, um eine Familie zu gründen.

Sein Schiff Wellenwolf hatte Einar in die Südbucht bringen lassen. Der Anlegesteg am Strand vor der Siedlung war auf seinen Befehl hin vergrößert worden, sodass nun alle drei Schiffe dort ihren Liegeplatz fanden. Für einen kleinen Inseljarl war eine Flotte von drei Schiffen recht beachtlich, und waren diese vollbemannt, konnten die Ziele einer Raubfahrt sicher auch größer sein. Außerdem gestattete Einar den Bewohnern, sich auf der Insel auszubreiten, gab ihnen kleine Parzellen, die sie als Bauern bewirtschaften konnten. Ingvert hatte dieses bisher untersagt und hatte so dafür gesorgt, dass alle in der Siedlung blieben. So waren die wenigen kleinen Höfe alle am Rand der Siedlung gewesen. Auch am See siedelte sich wieder ein Fischer an und versorgte die Bewohner der Insel mit Fischen aus dem Frischwasser, während andere im Fjord fischten und die Fische des Meeres lieferten. Nach jedem dritten vollen Mond segelte Einar mit seinen Schiffen an das Festland, um Holz zu schlagen, welches auf Tautra schnell rar werden würde, sollten sich die Bewohner ausschließlich auf der Insel mit Holz versorgen. So schränkte der Jarl den Holzschlag auf der Insel stark ein. Die Auswahl der Waren auf dem Markt wuchs, und die Bewohner zeigten sich zufrieden, denn es schien, als würde sich ihr Leben unter dem neuen Jarl merklich verbessern.

Nur zwei Familien hatten die Insel verlassen, da die Männer dem Jarl den Eid verweigert hatten. In eines der nun leer gewordenen Häuser holte Einar die alte Imma. Sie erhielt eine Sklavin, die auf den Namen Gilda hörte und ihr fortan den Breka ersetzen sollte. Das andere bezog die Völva Sigve, die der Jarl gebeten hatte, in der Siedlung zu bleiben. Anfangs hatte sie sich gesträubt, wollte in ihrer Hütte in einem kleinen Wäldchen bleiben, gab aber dann doch dem Drängen des Jarls nach.

So gut es die Götter mit seiner neuen Jarlswürde meinten, so sehr schienen sie ihm auch eine schwere Bürde auferlegen zu wollen. Denn die Laune der Thordis, zeigte sich plötzlich so unbeständig wie das Wetter, und es kam oft vor, dass Einar sich zurückzog, um nicht mit seinem Weib in Streit zu geraten. Und dann war es die Imma, bei der sich das junge Weib ausweinte. Die Alte aber wusste, was geschehen war. „Thordis, freue dich, denn du gehst mit einem Kind unter deinem Herzen." Der Schreck bei dem jungen Weib war groß, und von Freude war keine Spur. Mit Entsetzen sah sie die Imma an!

„Nein, das darf nicht sein", rief sie erschüttert. „Oh, ihr Götter, warum tut ihr mir das an?"

„Aber Thordis", versuchte Imma die Jarlsgattin zu beruhigen. „Das ist doch eine gute Nachricht, die Einar sicher erfreuen wird."

„Erfreuen? Bist du närrisch?", keifte Thordis. „Dieses Kind kann Einar nicht erfreuen, denn es ist die Brut von Ingvert!"

„Aber Kind, wie kannst du das wissen?", zweifelte die Imma.

„Weil Einar mich seit meiner Gefangenschaft im Hause des Ingvert nicht mehr genommen hat!"

In ihren verschränkten Armen, die auf der Tischplatte lagen, vergrub sie ihr Gesicht und weinte. Die Alte strich ihr mit ihren knochigen Fingern über das Haar. „Einar ist ein guter Mann, und er liebt dich. Sicher wird er das Kind wollen und als das seine anerkennen", versuchte Imma sie zu trösten, doch da hob Thordis ihren Kopf. „Verstehst du nicht? Ich will es nicht! Hörst du, Imma! Ich will nicht das Kind dieses Hundsfott Ingvert in meinem Leib!" Zorn und Wut sprühten aus den verweinten Augen. Da lehnte sich die Alte zurück,

verschränkte ihre Arme vor der Brust und sagte mit ernster Stimme: „Es wird einen Weg für dich geben!"
Noch am selben Tag schickte Imma ihre Sklavin zu der Völva, um diese herbeizuholen, und diese kam, noch bevor der Tag sich dem Ende neigte. Auch in die Schildhalle schickte sie die Magd. „Gilda, gehe zu Jarl Einar und sage diesem, das Thordis heute Nacht an meiner Seite verbringen wird. Sage ihm, mir geht es nicht gut und sein Weib will mir beistehen. Aber lass ihn nicht herkommen", befahl Imma ihrer Magd, und diese verließ das Haus. Einar hätte allerdings nicht im Traum daran gedacht, seinem Weib zu folgen, denn es gab in letzter Zeit Tage, an denen er auf die Gesellschaft seines Weibes gut verzichten konnte. Sie hatte sich ihm verweigert, nachdem sie aus der Gefangenschaft des Ingvert heimgekehrt war, und Einar wollte sie nicht mit Gewalt nehmen, also ließ er sie gewähren. Doch er fühlte sich zutiefst beleidigt und schwor sich, dass Thordis fortan diejenige sein musste, die ihn auf das Schlaflager locken müsse. Er würde es nicht tun!
Dies aber geschah nicht, und so erlosch das Interesse an seinem Weib mehr und mehr.
Als Sigve in das Haus der Imma trat und Thordis dort sitzen sah, bedurfte es keiner Erklärung. Auch sie wusste sofort Bescheid!
Sie lehnte ihren Völr an die Wand, nahm ihre Tasche von der Schulter und legte diese auf den Tisch. Dann trat sie an die Jarlsgattin heran und sprach: „Deine Vermutung ist richtig, Thordis, dies ist das Kind des Ingvert, das du in dir trägst." Erstaunt sah das junge Weib die Völva an. „Wie … wie kannst du das wissen?", stotterte sie.

„Ich weiß es! Ich bin die Völva und die Götter sprechen mit mir", lächelte Sigve die Thordis an.

„Hilf mir, Sigve! Ich bitte dich, hilf mir", flehte Thordis das kräuterkundige Weib an und diese nickte. „Natürlich kann ich dir helfen, doch musst du wissen, wenn die Frigga dein Vorgehen missbilligt, wird sie dich strafen."

„Es kann nicht der Wille der Frigga sein, das ich dem Kind dieses Scheusals Ingvert das Leben schenke", sprach Thordis aufgeregt. „Dann bring ihr in meinem Namen ein Opfer dar!"

„Das werde ich tun", nickte Sigve und begann in ihrer Tasche zu suchen. Töpfchen und kleine Säckchen kamen zum Vorschein. Bündel verschiedenster Kräuter legte sie auf den Tisch und einen großen Beutel mit Senfsamen. Dann sah sie Gilda an. „Verriegele die Tür und dann koche Wasser!" Die Sklavin nickte und gehorchte.
Jetzt mischte sich die Imma ein. „Sag mir, Völva, was kann geschehen?"
Sigve sah das Weib mit strengem Blick an. „Natürlich kann die Göttin ihr das Leben nehmen. Doch sie kann auch dafür sorgen, dass ihr Schoß verdörrt."
In ein kleines Schälchen legte sie ein Bündel Kräuter und zündete dieses an. Es begann heftig zu qualmen. Immer wieder befächelte sich die Völva mit dem Rauch und sprach dabei leise Gebete an die Göttinnen Frigga und Freya.
Sie braute einen Trank, der nicht besonders appetitlich roch. Nur widerwillig und mit größter Abscheu konnte Thordis den Trank schlucken. Kaum hatte sie das Gebräu getrunken, da begann sie auch schon zu würgen.

„Du darfst es nicht ausspucken, Thordis! Hörst du, es muss in dir bleiben", redete Sigve auf das junge Weib ein, und diese bemühte sich, nicht zu erbrechen. Schwer atmend saß sie auf einem Stuhl, und langsam trat ihr der Schweiß auf die Stirn. Währenddessen stellte die Völva ein Schälchen auf den Tisch, füllte es mit einem Pulver und einigen Kräutern und entzündete auch dieses. Langsam schob sie das Schälchen der Thordis vor das Gesicht. „Atme es ein",

befahl Sigve, und das junge Weib sog den Qualm in ihre Lungen ein. Sie begann zu husten.
Dann murmelte Sigve wieder beschwörende Worte, die die Frigga um ihre Gunst baten.

„Sigve, ich verbrenne", jammerte das junge Weib. „Es muss aufhören! Oh, Frigga, hilf mir!" Da schüttelte die Völva ihre langen, roten Locken. „Es beginnt", sagte sie leise. „Entkleide dich", befahl die Völva, und Thordis entledigte sich ihrer Kleidung. Nichts tat sie lieber, denn sie glaubte innerlich zu verbrennen.

„Gilda, bring mir den Kübel dort", befahl die Völva, und die Sklavin gehorchte. Die Sigve füllte nun Senfsamen und einige Kräuter in den Kübel, zerrieb diese, und dann schüttete sie kochendes Wasser darauf. Es begann zu dampfen und beißend zu riechen. „Setze dich auf den Kübel", befahl Sigve, und Thordis gehorchte. Gilda reichte ihr ein Tuch, und Sigve legte dies der Thordis über den Schoß. Nun nahm die Völva Platz, schnürte ihr Haar zu einem Pferdeschwanz und Gilda brachte ihr einen Becher Bier.

„Wie lange wird es dauern?", fragte die Imma, und Sigve grinste. „Lange, Imma, lange! Du kannst dich zur Ruhe legen, ich werde über sie wachen."

Wie die Völva es gesagt hatte, war die Nacht für die junge Thordis lang, und als es Morgen wurde, hatte sie es endlich überstanden. Gilda und die Sigve wuschen das Weib mit kaltem Wasser ab und legten sie zur Ruhe. Schnell war Thordis eingeschlafen, und so legten sich auch Gilda und Sigve auf das Schlaflager. Irgendwann am Tag öffnete Thordis ihre Augen und ihr war immer noch speiübel. Dazu kam, dass sie von Schmerzen geplagt wurde. Ein dringendes Bedürfnis trieb sie nach draußen, und als sie zurückkehrte, saß die alte Imma an dem Tisch. Thordis begann zu weinen, doch sie lächelte dabei. „Imma, es ist weg!"

*

Einmal im Jahr, wenn die Ernte eingebracht war, mussten die Bewohner der Insel die Steuern abgeben. Einar war bei weitem nicht so gierig wie es Jarl Ingvert war, und da er die gesamte Insel sein Eigen nannte, war dies auch nicht vonnöten. Selten kam es Streit, bei dem die Krieger das Recht des Jarls durchsetzen mussten.
Da Jarl Ingvert kein armer Mann gewesen war und all seine Habe in Einars Besitz überging, sowie zuvor die des Oyvind, konnte der neue Jarl nun über einen bescheidenen Reichtum verfügen. Bei einem Bootsbauer in Fylke, hatte Einar ein Knarr[35] in Auftrag gegeben, mit dem er die Waren, die ihm als Steuern bezahlt wurden, mal in Levanger, mal in Lade auf dem Festland verkaufen ließ. Er bestimmte eine Besatzung für das Lastschiff, die nun auch zu jedem vollen Mond das Holz nach Tautra brachte.
Auf Raubzug ging er in diesem Sommer und Herbst noch nicht, denn er wollte seine junge Herrschaft nicht allein lassen. Aber jeder Krieger bekam von ihm ein neues, gutes, von Visgeir geschmiedetes Schwert geschenkt.
So verging die Zeit, der Winter kam, und es zeigte sich, dass der Zusammenhalt auf der Insel wuchs. Und als der Frühling endlich das Eis brach und den Schnee schmelzen ließ, hatte niemand durch Hunger den Tod gefunden.

Es war an einem Tag im Frühjahr des Jahres 825, als Kjelt in die Halle trat und geradewegs an den Tisch ging, an dem der Jarl mit einigen Männern saß. „Mein Jarl, ein Schiff steuert auf den Strand zu", berichtete er.

---

[35] Knarr, Knorr - Dickbauchiges Last – und Handelsschiff der Nordleute

„Kennst du es?", fragte Einar, und der Krieger schüttelte sein Haupt. „Gut, nimm zehn Männer und geh zum Strand. Wollen sehen, wer uns da einen Besuch abstattet."
Als das Schiff an den Anlegesteg trieb und die Ruderer damit beschäftigt waren, die Riemen auf dem Gestell zu verstauen, wurden sie bereits von den Kriegern des Jarls erwartet. Es war zur Mittagszeit, der Himmel war bedeckt, und leichter Nieselregen fiel auf die Erde hinab. „Wer seid ihr?", rief Kjelt. „Was wollt ihr?"
Ein Mann, großgewachsen und mit schwarzem Haar, der an die Reling getreten war, antwortete streng: „Bist du ein Narr oder blind? Siehst du nicht das Banner des Königs?"
„Ich bin weder das eine, noch das andere, Fremder. Und einen Fetzen Stoff kann jeder an den Mast binden! Also rede!", antwortete Kjelt frech.
„Man nennt mich Borkell, den Schwarzen, ich bin ein Gesandter von König Grjotgard Herlaugsson[36], und ich wünsche deinen Jarl zu sprechen!"
„Dann sei mir gegrüßt, Borkell", rief der Krieger. „Folge mir, ich führe dich zu ihm."

Thordis war aus der Schlafkammer in die Halle getreten und suchte mit einem schweifenden Blick nach ihrem Gemahl. Als sie ihn an dem Tisch erblickte, lächelte sie. Seit der Nacht, in der die Völva sie von dem ungewollten Kind befreit hatte, war ihre Stimmung wieder gut. Und sie war ihrem Gemahl jetzt ein liebevolles Weib, hatte sich nach einiger Zeit sogar zu ihm gelegt und sich angeboten.
Kaum hatte sie den Tisch erreicht, stürmte Thoke in die Halle und berichtete, wer da auf dem Weg zu Jarl Einar war.

---

[36] Grjotgard Herlaugsson – 790 n. Chr.–867 n. Chr., König des Trøndelag

„So, ein Bote des Königs", sprach der Jarl ruhig, wunderte sich aber schon, denn als er noch Jarl der Nordinsel war, hatte er keinen Besuch aus Lade erhalten. „Es scheint, der König hat Interesse an uns gefunden! Komm, Thordis!" Er nahm sein Weib bei der Hand und begab sich mit ihr auf das Podest, wo sie auf ihren Hochstühlen Platz nahmen. Eine Weile dauerte es noch, bis Kjelt mit den Gästen in die Schildhalle trat. Drei Männer brachte Borkell mit sich, und diese sahen wenig freundlich aus, was den jungen Jarl aber nicht schreckte, denn er begrüßte die Gäste mit den ernsten Gesichtern dafür besonders herzlich.

„Du bist jung! Sehr jung!", waren die ersten Worte, die der erstaunte Bote an den Jarl richtete und dieser grinste nur. Im Gegensatz zu Thordis, die den Gesandten mit einem bösen Blick bedachte. „Ja, ich grüße dich auch", sprach Einar scherzend. „Verzeih mir, Jarl! Du bist doch der Jarl?", fragte Borkell misstrauisch.

„Ja, ich bin Jarl Einar, und dies ist mein Weib Thordis! Und wer bist du, wenn ich fragen darf?" Da aber mischte sich Thordis ein. Wütend fuhr sie den Fremden an. „Was erlaubst du dir, Mann? Bist du ein Jarl? Wenn nicht, stehst du im Rang weit unter meinem Gemahl und hast diesem Respekt zu zollen, indem du dich vorstellst, wie es sich gehört."

„Ich bin ein Mann König Grjotgards." Die Stimme des Boten klang drohend, doch Thordis war von den Worten nicht zu beeindrucken. „Aber dein König ist nicht hier, und unsere Schwerter sind zahlreicher als die euren", rief die junge Jarlsgattin voller Zorn. Die Hände der vier Gäste lagen bereits auf den Griffen ihrer Klingen, doch Einar mischte sich nun ein und versuchte die hitzige Situation abzukühlen. „Mein Weib hat natürlich in jedem Wort recht, doch ich will die Art deines Vorsprechens der Verwunderung über meine Jugend zugute halten. Also?"

Borkell holte tief Luft. „Nun gut! Ich bin Borkell, der Schwarze, wie ich schon deinem Krieger sagte, und mich schickt der König des Trøndelag selbst."

„So, und was will er, der König?", fragte Einar spitz, denn die Arroganz in der Stimme dieses Mannes ärgerte ihn nun doch.

„Er will deinen Kniefall, junger Jarl! So, wie er ihn von all seinen Jarls verlangt. Schließlich lebst und herrschst du in seinem Königreich und …"

„Ich kenne deinen König nicht einmal, und er verlangt von mir den Eid", unterbrach Einar den Boten.

„Du schuldest ihm die Abgaben des letzten Herbstes! Er verlangt, dass du nach Lade kommst und deine Pflicht erfüllst!"

„Verlangt er das! Soso!" Einar sah Borkell streng an, und dieser verstand. Der Mann atmete tief ein und räusperte sich.

„Er lädt dich ein, in seine Halle zu kommen", verbesserte er sich schnell, und der junge Jarl grinste zufrieden.

„Wenn das so ist, werde ich seiner Einladung sicher folgen, irgendwann. Also sage deinem Herrn, der Jarl von Tautra wird zu gegebener Zeit seine Gastfreundschaft in Anspruch nehmen."

Wie angewurzelt standen die Männer aus Lade mit geöffneten Mündern vor dem Jarl. Die Frechheit dieses jungen Burschen erstaunte sie sehr, doch Borkell musste sich eingestehen, dass Einar ihn beeindruckte.

„Ist noch etwas?", fragte Einar frech. Langsam schüttelte der gestandene Krieger Borkell seinen Kopf.

„Dann könnt ihr gehen!"

Hatten die Männer eine freundliche Bewirtung erwartet, so wurden sie nun enttäuscht. Nicht, dass Einar ungastlich war, doch diesen Männern wollte er kein Bier und Fleisch spendieren.

„Borkell, der Schwarze", grinste Gunnar den Boten des Königs an, der sich erhoben hatte und vor den Hauptmann trat, der mit seinen Männern die Halle verlassen wollte. Mit prüfendem Blick sah dieser sein Gegenüber an. „Ich kenne dich, Mann. Du bist Gunnar!"
Er sah den Krieger misstrauisch an. „Du bist ein Mann von Jarl Ingvert. Wie ist es ihm ergangen?"

„Jarl Ingvert weilt nicht mehr unter den Lebenden", antwortete Gunnar. „Er hat den Kampf mit Jarl Einar verloren und Odin rief ihn zu sich."

„Und du bist jetzt einer der seinen", sprach Borkell abfällig und nickte mit dem Kopf in Richtung des neuen Jarls.

„So ist es! Wir alle schworen ihm den Eid!"
Borkell spuckte vor Gunnar aus und verließ mit seinen Männern die Halle. Für ihn glich es einem Verrat, dem Mann den Eid zu leisten, der seinem Jarl das Leben nahm. Das Schiff des Königs legte noch am selben Tag wieder ab und segelte zurück nach Lade.

„Du solltest den König nicht verärgern", sprach Gunnar warnend. „Seine Macht ist groß, und es kann dir nur zum Nachteil gereichen, Jarl!"

„Denkst du, ich bin ein Narr? Natürlich weiß ich das", entgegnete Einar. „Doch die Frechheit dieses Boten hat mich zu meinen Worten gereizt. Außerdem soll der König wissen, dass ich längst der Mutterbrust entwachsen bin und mich nicht herumkommandieren lasse!"

„Dieser Borkell ist ein ungemütlicher Kerl, und er wird sicher nicht gut über dich reden vor seinem Herrn", befürchtete Gunnar, aber der Jarl wiegelte ab und lachte nur.

„Ja, das ist wohl zu erwarten. Also geh und suche mir dreißig gute Männer aus. Dann mach den Wellenwolf seeklar. Ich bin neugierig auf diesen König!"

*

14. Der König des Trøndelag

Über fünfzig Krieger und Schildmaiden folgten nun dem jungen Jarl und dazu noch einmal so viele Männer aus den Siedlungen, wenn dies vonnöten war. So war der Herr über Tautra nun für so manchen Heerführer ein ernstzunehmender Gegner oder auch ein lohnenswerter Verbündeter. Dies dachte sich wohl auch König Grjotgard Herlaugsson, denn wenn er den Gefolgschaftseid von den Jarls des Trøndelag forderte, sollte das natürlich seine Macht gegen die anderen Könige des Landes am Nordweg festigen, die es immer wieder nach größerer Macht gierte. Und Einar war sich der Stärke seiner Gefolgschaft wohl gewahr, auch weil sie im Umgang mit den Waffen geübt war. Dafür hatte der Jarl gesorgt!

„Nimm mich mit dir", bat Thordis, als sie neben ihrem Gemahl in der Kammer auf der Bettstatt lag. „Ich habe noch nie einen leibhaftigen König gesehen."

„Es ist doch wohl eher der große Markt in Lade, der dich lockt, meine Schöne", lachte der Gemahl der Thordis. „Ich weiß nicht", seufzte Einar zweifelnd. „Wenn dieser König uns übel gesinnt ist, wie es Gunnar befürchtet, wird es gefährlich."

Da richtete sich Thordis erzürnt auf und rief beleidigt. „Was denkst du dir? Glaubst du, ich hätte Angst? Ich bin eine Schildmaid!"

Da grinste Einar und legte ihr die Hand auf die Brust.

„Beruhige dich, Thordis. Das weiß ich doch! Aber heute Nacht bist du keine Kriegerin, sondern mein Weib." Er setzte sich auf und legte seinen Kopf auf ihre Schulter.

„Morgen sehen wir dann weiter."

„Nein, Einar", schüttelte das Weib sein Haar, denn sie hatte die Gelegenheit sofort erkannt und auch ergriffen. „Ich bin sicher nicht deine Hure, die du in dein Bett rufen kannst, wann es dir passt. Willst du mich nicht als Kriegerin, bekommst du mich auch nicht als Weib!"

„Bist du von Sinnen?", erschrak Einar und empörte sich, denn die Worte und der Versuch, ihre Teilnahme an der Fahrt zu erpressen, kränkten und ärgerten den Jarl sehr.

„Was ist in dich gefahren, Weib?", rief er erbost. „Glaubst du tatsächlich, so kannst du mich umstimmen? Noch nie sah ich dich als meine Hure oder erzwang es, dir beizuliegen!" Wütend erhob er sich und stürmte aus der Kammer.
Thordis sah ihrem Gemahl sprachlos hinterher, und ihre Augen füllten sich mit Tränen. Sie war zu weit gegangen, das wurde ihr nun schmerzlich bewusst, und sie hatte nun den Zustand ihrer Ehe wieder herbeigeführt, den sie gerade erst hinter sich gebracht hatte.

Fest vertäut lag der Wellenwolf an dem Anleger, und der Großteil der Besatzung war bereits auf dem Strand, hatte seine Seekiste und die Waffen längst an Bord verstaut und wartete nun darauf in See zu stechen.

„Es wird Zeit aufzubrechen", sprach Einar zu den Männern, die noch mit ihm in der Schildhalle saßen. Er griff nach seinem Becher und leerte diesen mit einem tiefen Schluck, dann erhob er sich, und seine Begleiter taten es ihm gleich. Er nahm sein Schwert, welches vor ihm auf dem Tisch gelegen hatte, und ließ es in sein Wehrgehäng gleiten. Da trat Thordis aus den hinteren Räumen in die Halle und stellte sich neben ihren Gemahl. Auch sie war zum Aufbruch bereit. Über dem langen Kleid trug sie statt der üblichen Schürze nun ihr Wehrgehäng mit dem Saxmesser. Pfeilköcher und Bogen trug sie über der Schulter. Mit einem versteinerten Gesicht sah Einar sein Weib an, denn er hatte

die beleidigenden Worte der Thordis nicht vergessen. Eigentlich war Einar nicht nachtragend, doch in diesem Fall saß der Stachel tief. Solche Worte hatte er von Thordis nicht erwartet. Niemals!
Die vergangene Nacht hatte der junge Ehemann auf einem Podest in der Halle verbracht, denn zu sehr fühlte er sich verletzt, als dass er hätte mit der schönen Thordis das Nachtlager teilen wollen. Und so war seine Entscheidung, von den Ereignissen des Abends beeinflusst, gegen sein Weib ausgefallen.

„Du und alle Schildmaiden, ihr werdet hier in Sørhamna bleiben", sprach er streng. „Euch obliegt der Schutz der Siedlung." Thordis wollte etwas erwidern, doch der Blick des Einar hieß sie zu schweigen. Enttäuscht wandte sie sich ab und stürmte aus der Schildhalle. So trennten sie sich im Streit!

„Kommt", befahl der Jarl und begab sich mit seinen Männern an den Strand.

*

„Der Kerl ist jung, mein König, sehr jung. Doch er ist überheblich, wenig gastfreundlich und geizig", empörte sich Borkell. „Mögen ihm die Götter für seinen Geiz den Schwanz verdörren lassen! Ich weiß nicht, wie der Kerl es geschafft hat, die Bewohner dieser Insel hinter sich zu scharen."
Der König konnte sich ein Grinsen nicht verkneifen. „Mir scheint, der junge Jarl von Tautra hat sich bei dir unbeliebt gemacht, Hauptmann. Oder gabst du ihm vielleicht einen Grund, dich ungastlich zu behandeln?"
König Grjotgard kannte den Krieger seiner Leibwache gut, und so konnte er sich dessen Auftritt vor dem Hochstuhl des Jarls lebhaft vorstellen.

„Nun ja", antwortete Borkell verlegen. „Besonders freundlich war auch ich nicht zu ihm!"

„Du sahst einen jungen Mann und hast dir gedacht, du kannst es an Achtung fehlen lassen. War es so?" Streng sah der Herr des Trøndelag den Hauptmann an. Borkell senkte den Kopf und nickte. Dann aber hob er seinen Kopf und maulte. „Aber, bei Thor, er ist trotzdem nur ein überheblicher Knabe! Ich verstehe nicht, wie es ihm gelingen konnte Jarl Ingvert zu stürzen?"

„Ach Borkell, alter Freund, darum geht es also", schüttelte der König sein Haupt und wandte sich seinem Weib zu, das ihren kleinen Sohn Sigurd, der erst fünf Sommer zählte, auf dem Schoß hielt. „Es scheint mir, Borkell mag ihn nicht, den jungen Jarl." Er knipste amüsiert seiner kleinen Tochter, die um einen Sommer älter war als ihr Bruder, und die der Jarlsgattin zu Füßen saß, ein Auge zu.

„Das scheint mir auch so", sprach sein Weib. „Doch sollte sich Borkell dessen besinnen, dass er dem Jarl nicht gleichgestellt ist und ich von ihm erwarte, dass er diesem Respekt entgegen bringt." Ein ernster Blick der Jarlsgattin streifte den Hauptmann.

„Ist es nicht deine langjährige Freundschaft zu Jarl Ingvert, die dich so erzürnt, Borkell?" fragte die Gemahlin des Grjotgard. „Doch bedenke, es war der Wunsch der Götter, der diesen jungen Burschen auf den Hochstuhl von Tautra brachte."

Da wurde auch der Blick des Jarls hart, und er sprach streng:

„Hauptmann Borkell, solltest du etwa Übles gegen Jarl Einar im Schilde führen, werde ich dir höchstpersönlich deine Bestrafung zukommen lassen. Du bist kein Gesippe des Ingvert, und es steht dir kein Recht auf Blutrache zu! Hast du mich verstanden, Borkell?"

Verärgert sah Borkell seinen König an, und es waren wohl nicht nur die harten Worte die ihn trafen, sondern die Tatsache, dass man seine Gedanken durchschaut hatte.

*

Obwohl es angenehm warm war, zogen dichte, graue Wolken über den Himmel, und leichter Regen prasselte auf die Planken des Schiffes. Das geblähte, schwarze Segel trieb die Schnigge schnell voran, und so dauerte es nicht lange, bis sie die Küste des Festlandes erblickten.
„Dort ist Lade", rief Gunnar und zeigte mit dem Finger zum Ufer, welches nun zu ihrer Linken gut zu erkennen war.
„Ubbe, dort hinüber!"
Der Steuermann nickte und drückte die Stange des Seitenruders nach Steuerbord. Langsam wendete der Wellenwolf nach Backbord, bis der Vordersteven auf die Küste zeigte.
„Holt das Segel ein und raus mit den Riemen", befahl Gunnar lautstark, worauf vier Männer die Seile lösten und die Rahe langsam herunter ließen, während andere gegen den Wind ankämpften und das große Tuch zusammenrollten, um es an der Rahe zu befestigen. Nun griffen sich die Männer die Riemen, die auf den mittig des Bootes angebrachten Gestellen gelagert waren, schoben diese durch die Ruderlöcher in der Reling und nahmen auf ihren Seekisten Platz. Auf den Befehl des Gunnar hin tauchten die Hölzer in die See.
Einar stand am Vordersteven und sah der Küste entgegen. Wild spielte der Wind mit seinem langen Haar, und der junge Mann, der eigentlich gar kein Seefahrer war, genoss die Überfahrt durch den Fjord in vollen Zügen.

„Dies ist also Lade, die Königsstadt!" Die Stimme, die in seinem Rücken erklang, gehörte dem Gauten Breka. Einar wandte sich um. „Viele Häuser sehe ich!"

„Ja, Breka, mein Freund. Aber das ist noch nicht die Königsstadt Lade. Dies sind nur der Hafen und der große Handelsplatz. Die Stadt liegt noch etwas landeinwärts", sprach der Jarl. „Ich selbst war aber auch erst einmal hier. Vor vielen Sommern, mit meinem ..." Er stockte, denn seine Gedanken waren plötzlich bei dem alten Thorstein, der ihn einst nach Tautra brachte. Er hatte in den vergangenen Jahren kaum noch an den Alten gedacht, doch nun fielen dem Jarl die Worte Thorsteins wieder ein, der ihm diesen Weg prophezeit hatte. Für einen Moment schwieg Einar, musste seine Gedanken sammeln, dann sprach er: „Du wirst an meiner Seite bleiben, Breka!" Da nickte der Gaute und grinste erfreut.

Zwischen einigen im offenen Wasser des Fjordes vor Anker liegenden Schiffen steuerte Ubbe den Wellenwolf auf mehrere breite und weit in den Fjord hinausragende Anlegestege zu, an denen zahlreiche Schiffe festvertäut lagen. Auch zu beiden Seiten der Anleger lagen viele Skuder[37], Knarren und auch einige Schniggen mit dem Kiel auf dem Strand. Der Handelsplatz schien jetzt nach dem Winter wieder gut besucht zu sein.

Nun trat auch Gunnar neben den Jarl. „Wie sind deine Befehle, Jarl?", fragte er, doch Einar antwortete nicht gleich, denn sein Blick schweifte suchend über den Strand der Halbinsel, auf der die Königsstadt erbaut war. Dies bemerkte Gunnar natürlich und fragte: „Was suchen deine Augen, Einar? Ist etwas nicht in Ordnung?"

---

[37]Skuder/Skuta – Leichte Segler mit 8-16 Riemen, wurden zum Fischen und Befahren der Fjorde sowie entlang der Küste genutzt

„Was siehst du, Gunnar?"
Der Angesprochene zuckte mit den Achseln. „Ich sehe Schiffe", antwortete er.

„Ja, aber was für Schiffe?", fragte Einar.

„Die Schiffe der Händler und Kaufleute", sprach Gunnar und wusste immer noch nicht, worauf sein junger Jarl hinaus wollte. „Ihre Knarren und Skuder!"

„Genau! Handelsschiffe! Hier liegen kaum Schniggen oder Drakkar[38] vor Anker", stellte Einar fest. „Hat dieser König keine Flotte?"

„Ach, das meinst du", grinste Gunnar. „Unterschätze diesen Herlaugsson nicht, mein junger Jarl." Gunnar zeigte mit dem Finger die Küste entlang nach Westen. „Dort, wo das Ufer der Halbinsel sich nach Süden wendet, liegt die Mündung der Nidelv[39], und dort liegen die Schiffe des Königs vor Anker."

„Und ich denke, es werden nicht wenige sein", sprach Breka grinsend, und Gunnar nickte ihm zu. „Er weiß sich gegen seine Feinde zu behaupten, wenn du das meinst."

„Gunnar, du suchst mir zehn Krieger aus, die mich begleiten werden. Alle anderen bleiben bei dem Schiff", befahl Einar.

„Wie du befiehlst, Jarl." Nach einigen Schritten wandte sich Gunnar wieder um und sprach zögerlich: „Verzeih mir, Jarl Einar, aber hast du je vor einem König gestanden?" Einar zog seine Brauen empor, fast hätte er sich über Gunnars Frage geärgert, doch er besann sich. „Du weißt genau, dass sich mir dazu noch keine Gelegenheit bot, denn so lange bin ich noch kein Jarl."

---

[38]Drakkar/Drachenschiff – großer Kriegssegler mit bis zu 60 Riemen
[39] Nid/Nidelv - Fluss, Namensgeber der von Olaf Tryggvasson im Jahr 997 n. Chr. gegründeten Stadt Nidaros (später in Trondheim umbenannt)

„Grjotgard Herlaugsson ist ein Mann von ruhiger Art. Er hat ein Weib und zwei Kinder, die meist an seiner Seite sind. Doch täusche dich nicht in ihm, denn wie jeder König mag er keinen Widerspruch", erklärte Gunnar dem jungen Jarl. „Stiefellecker und Feiglinge mag er allerdings auch nicht. Jarl Ingvert war er nie wohlgesonnen, da dieser dem König oft die Gefolgschaft verweigert hat und sich ihm widersetzte. Willst du deine Herrschaft auf Tautra also festigen, rate ich dir, stelle dich gut mit dem Trøndnerkönig."
Einar dankte Gunnar, nickte diesem zu und wandte sich wieder Breka zu. „Wir werden sehen, was uns erwartet, und mit Odins Hilfe wird uns dieser König keinen Ärger bereiten."

Ubbe fand einen guten Platz für den Wellenwolf, und als sie angelegt und das Schiff vertäut hatten, ging Einar als erster an Land. Er übergab Ubbe das Kommando und forderte Gunnar sowie die Männer, die dieser ausgewählt hatte, ihm zu folgen. „Achtet gut auf den Wellenwolf", befahl der Jarl den Kriegern, die als Schiffswache zurückblieben, und dann fiel sein Blick auf Breka, der nicht unter den Auserwählten war. Er wandte sich dem Thoke zu und sprach: „Bleib du hier, Thoke!" Dieser nickte und begab sich wieder an Bord. Er klopfte Breka grinsend auf die Schulter. „Geh, Junge!"
  „Wohin, Gunnar?", fragte Einar den Stevenhauptmann.
  „Folgt mir!"
Sie gingen den Strand hinauf und folgten einem breiten Pfad, der sie zu einem großen Platz führte. Umringt von den Hütten und Häusern der Handwerker und Fischer wurde hier ausgiebig Handel getrieben. Doch Gunnar führte die Männer um den Jarl weiter, denn der Pfad führte nach Süden von dem Handelsplatz wieder fort.

Gesäumt von Wald und Wiesen gingen sie weiter in das Landesinnere. Bald aber sahen sie die vielen Dächer der Königsstadt.

„Da!" Gunnar hob seine Hand. „Lade!"
Für einen Moment blieb Einar stehen, und sein erstaunter Blick schweifte über das, was er sah. Dann blickte er den jungen Breka an. „Hast du so etwas schon mal gesehen?"
Der junge Gaute schüttelte stumm mit dem Kopf.
Ein großes Tor mit Wehrtürmen zu beiden Seiten war der gut bewachte Eingang in die Königsstadt, die von einer hohen Palisade umgeben war. Der breite Pfad führte durch das Tor in die Stadt, und zu beiden Seiten des Weges zweigten mit hölzernen Planken ausgelegte Wege ab, an denen die Häuser der Bewohner standen. Langsam stieg der Pfad an, und dann, nachdem sie eine Weile gegangen waren, sahen sie auf einem Hügel den Tempel, welchen einst Grjotgards Großvater erbauen ließ. Zu Füßen des Hügels standen die große Königshalle und mehrere Langhäuser.

„Dort müssen wir hin", sprach Gunnar und schritt voran.
Es wimmelte in Lade nicht weniger von Menschen, wie auf dem Handelsplatz der Stadt am Ufer des Fjordes. Einem Ameisenhaufen gleich liefen sie beschäftigt durch die Gassen und würdigten die Fremden kaum eines Blickes.
Vor der Halle standen zwei Krieger mit Speer und Schild in Händen. In ihren Wehrgehängen trugen sie gute Schwerter, und es bestand kein Zweifel daran, dass der König seine Krieger gut ausrüstete.

„Halt", rief der eine Wächter schon von weitem. „Wer seid ihr?"

„Dies ist Jarl Einar, der neue Herr auf Tautra", antwortete Gunnar laut rufend. „Der König erwartet ihn!"
Der Krieger winkte die Männer heran und besah sich Jarl Einar mit abschätzendem Blick. „Dies ist der neue Herr auf

Tautra?" Er grinste frech. „Willst du mich veralbern, Mann?"
 „Sprich mit mir und nicht über mich, Krieger", mahnte Einar sein Gegenüber. „Ich will über deine Frechheit hinwegsehen, obwohl ich dafür sorgen könnte, dass du heute noch die Peitsche spürst. Und nun melde dem König meine Ankunft!"
Verstört sah der Mann den jungen Jarl an, denn er wusste nicht, ob er dessen Drohung ernst nehmen musste, so wandte er sich dem anderen Wächter zu. Doch ehe er etwas sagen konnte, sprach dieser grinsend: „Du hast den Jarl gehört. Also geh!"

Es dauerte eine Weile, bis der Krieger wieder ins Freie trat.
 „Kommt, der König erwartet euch." Doch als sich die Männer aufmachen wollten ihm zu folgen, sprach er: „Fünf Krieger dürfen dich begleiten. Nicht mehr!"
 „Gunnar, Olaf, Kjelt, Stendar und Breka", befahl Jarl Einar. „Die anderen warten hier!" Nun trat der Wächter durch die große Pforte, und Jarl Einar folgte mit seinen Kriegern.
Wie es der Jarl erwartet hatte und es der Anblick des Gebäudes auch erahnen ließ, war das Innere der Königshalle geräumig und eines Königs durchaus würdig. Die Stützen des Daches waren mit allerlei Abbildern von Göttern und Getier beschnitzt, und fast an jeder hing ein Fackelkorb, der die Halle beleuchtete. An den Wänden hingen buntbemalte Schilde, und an der linken Kopfseite des Hauses stand über die gesamte Länge der Wand ein Podest mit drei Stufen, sodass die Gefolgschaft zu ihrem König aufsehen musste. Auf dem Podest standen zwei Hochstühle, die von edler Machart waren, und auf denen weiche Felle lagen. Darüber, an der Wand, hing der Kopf eines weißen Bären. Vor dem Podest, etwa zwei Manneslängen entfernt, befand sich eine

große, rechteckige Feuerstelle, von deren Mitte aus sich eine weitere Feuerstelle fast über die gesamte Länge des Raumes zog. Erst bei genauerem Hinsehen erkannte Einar die Form des Hammers, die diese Brandstätte darstellte.
Der Krieger senkte seinen Speer. „Wartet", befahl er streng, und die fünf Männer blieben stehen.
An einem großen Tisch, etwas seitlich des Podestes, hinter der großen Feuerstelle, saßen einige Männer und ein Weib. Als sie die Fremden bemerkten, wandten die Anwesenden ihre Köpfe herum, und einer der Männer erhob sich.

„Komm, Andur", sprach er, und das Weib folgte dem Mann hinüber auf das Podest. Dort nahmen sie auf den Hochstühlen Platz. Dann nickte der König, und erst jetzt durften die Fremden vor das Podest treten.

„Du bist also Jarl Einar?", fragte Grjotgard, und der Angesprochene nickte. „Du bist derjenige, der Jarl Ingvert von seinem Hochstuhl stürzte?"

„Ich bin derjenige, den Jarl Oyvind zu seinem Nachfolger bestimmte", verbesserte Einar stolz den König. „Und ja, ich bin der, der Ingvert nach Walhalla schickte!"

„Und wie ich sehe, bist du derjenige, der die Insel einte."
Der König sah Gunnar an und nickte diesem zu. „Gunnar!"
Der Krieger erwiderte den Gruß indem auch er sein Haupt senkte. „Man erzählt sich, dass du Harald, den Eber im Kampf besiegtest. Ist das wahr?" Der König sah Einar neugierig an. Ein wenig verschämt sah Einar den Mann mit den braunen Locken an, denn er wollte nicht mit seinen Taten protzen, doch er nickte.

„Ja, was du hörtest, ist die Wahrheit!" Da lachte Grjotgard auf und sah sein Weib an. „Hast du das gehört, Andur? Dieser junge Kerl hat den Eber zur Strecke gebracht!" Die Königin nickte und lächelte Jarl Einar wohlwollend an.

„Du weißt, ich bin der König des Trøndelag, und ich verlange von den Jarls in meiner Herrschaft den

Gefolgschaftseid!" Der Blick des Königs war streng, und doch schien der Mann, der fünfunddreißig Winter zählte, dem jungen Jarl wohl gesonnen zu sein. „So frage ich dich nun: Bist du bereit, mir die geforderten Königsabgaben zu zahlen? Und wirst du mir den Eid der Gefolgschaft leisten?"
  „Ja, König Grjotgard, das will ich tun", sprach Einar, willens dem König zu folgen, „wenn du bereit bist, mir genauso gegen meine Feinde beizustehen, wie ich dies für dich tun werde!"
Mit großen Augen sah der König den jungen Jarl an, und es waren nicht wenige, die nun einen Wutausbruch des Herrschers erwarteten. Doch der König sah nur sein Weib an und begann lauthals zu lachen. „Der Bursche gefällt mir, aber von einem, der Harald getötet hat, habe ich auch nichts anderes erwartet!", rief er freudig aus, erhob sich und trat die Stufen herab. Er legte dem Einar freundschaftlich beide Hände auf die Schultern. „Dann soll es so sein, Einar, Jarl von Tautra! Komm, junger Krieger, nimm an meinem Tisch Platz und erzähle mir von dir", bat der König und wies dem Gast einen Stuhl an seiner Tafel zu, wo bereits die Krieger des Königs saßen. Auch die Männer des Einar lud er zum Mahl. Er rief einen Namen und einige Mägde eilten heran. Sie deckten den Tisch mit hölzernen Tellern und Bechern, mit Platten, auf denen Fleisch und Fisch angerichtet waren. Eine ganze Weile tafelten sie, und Einar erzählte seine Geschichte, die den König und sein Weib sehr beeindruckte, denn nun erfuhren sie, dass Einar von edlem Blut war. Dass er von Geburt ein Sachse war, störte sie dabei wenig. Der König hatte dem Jarl sein Weib Andur vorgestellt, und diese bat Einar, bald einmal sein Weib Thordis in die Königshalle zu bringen.
Ausgelassen wurde gescherzt und gelacht. Bis sich Gunnar einmal, vom König unbeobachtet, zu seinem Jarl herüberbeugte. „Sei vorsichtig, Einar. Er ist ein König, und

ein König gibt nicht, ohne etwas dafür zu fordern!" Kjelt, der neben dem Jarl saß, hatte die Worte gehört und nickte zustimmend.

Nachdem schon einige Becher Bier in den Kehlen der Männer verschwunden waren, sprach Grjortgard Herlaugsson plötzlich fordernd: „Und nun höre, was ich dir zu sagen habe. Es würde mir gut gefallen, wenn du mir nun deine Ergebenheit beweist, Jarl Einar!"

Da wurden die Männer um den Jarl hellhörig. Besonders Gunnar und Kjelt sahen nun nicht mehr so freundlich drein, denn ihre Vorahnung schien sich nun zu bewahrheiten.

„Kennst du Jarl Asbjörn, den Herrn über Levanger?"

„Ich hörte von ihm, doch begegnet bin ich ihm noch nicht", antwortete Einar. „Asbjörn schuldet mir ein kleines Vermögen, denn er verweigert mir seit drei Sommern die Steuerabgaben", berichtete Grjotgard seinem neuen Gefolgsmann.

„Aber Herr", entgegnete Einar fragend. „Du bist der König des Trøndelag und hast sicher genügend Krieger, um den Asbjörn zur Zahlung der Steuern zu zwingen."

Der König schüttelte sein Haupt. „Es sind nicht die Krieger, mein junger Freund. Asbjörn ist bei den anderen Jarls sehr beliebt, schließlich ist er der Herr über einen großen Handelsplatz, auf dem viele Fremde ihre Waren anbieten. Die Händler kommen sogar über die Berge aus dem Schwedenreich." Der König erhob sich von seinem Stuhl und trat neben Einar, legte ihm die Hand auf die Schulter und sprach: „Ein Angriff auf Asbjörn könnte die anderen Jarls gegen mich aufbringen, und es würde zu einem Krieg unter meinem Volk kommen. Andererseits verliere ich mein Gesicht, wenn ich Asbjörn weiterhin seine Frechheiten erlaube. Verstehst du das?"

Einar nickte. „Und was erwartest du jetzt von mir?"

„Dass du mir ein Pfand in die Hand legst. Das erwarte ich! Bring mir Asbjörns jüngste Tochter Astrid. Wenn diese erst in meiner Hand ist, wird er zahlen, was er mir schuldet!"
Da mischte sich Gunnar in das Gespräch. „Verzeih mir, König Grjotgard, aber ich glaube nicht, dass Asbjörn uns seine Tochter überlassen wird."

„Was ist mit dir, Gunnar? Hast du die Beinkleider voll?", entgegnete Borkell, der Schwarze, der dem Krieger des Einar gegenüber saß. „Mir scheint, seitdem du für diesen Knaben kämpfst, fehlt dir der Mut!"
Noch bevor Gunnar auf die Frechheit des Borkell antworten konnte, fuhr der König seinen Gefolgsmann wütend an.

„Was erlaubst du dir, Borkell?", rief er zornig aus. „Du beleidigst meinen Gast! Verschwinde aus meiner Halle, und wage es nicht, mir unter die Augen zu treten, bevor ich dich rufe!"
Beleidigt erhob sich der schwarzhaarige Krieger und verließ mit zornigen Flüchen auf den Lippen die Halle.

„Verzeih die Dreistigkeit dieses Ochsen", bat der König, und Einar zog gleichgültig die Schultern empor. „Ich habe mit der Freundlichkeit deines Kriegers ja bereits in Sørhamna Bekanntschaft gemacht."

„Nun, was sagst du?", drängte Grjotgard seinen Gast zur Antwort. „Ich werde dir die Steuern aus dem letzten Herbst, die du mir schuldest, als Lohn erlassen!"

„Ich weiß noch nicht, wie ich es anstellen soll, doch ich werde es versuchen." Ein schelmisches Grinsen lag auf dem Gesicht des jungen Jarls, doch auf den Gesichtern seiner Krieger lag wenig Freude.

*

15. Einars Streich gegen Asbjörn

Wellen schlugen über die Reling, und die Schnigge pflügte mit ihrem Kiel die Fluten des großen Fjordes.

„Wie willst du nun vorgehen?", fragte Gunnar, der neben Einar auf dem Steuerdeck stand und in den Fjord hinaus sah.

„Dieser Asbjörn ist ein harter Knochen, und er wird dir eine solche Tat nicht verzeihen."

„Mir widerstrebt es, dem Jarl von Levanger die Tochter zu stehlen", beschwerte sich Kjelt. „Dies ist kein ehrenhaftes Tun, und die Götter werden es missbilligen!"

„Kjelt hat recht", mischte sich nun Ubbe, der Steuermann, ein. „Du beschwörst einen Zwist mit diesem Asbjörn herauf, denn er wird nicht den König für die Entführung zur Verantwortung ziehen wollen, sondern uns. Asbjörn wird dir Blutrache schwören und dann liegen wir mit ihm in Fehde."

Einar hatte seine Zusage längst bereut, und er wusste nur zu gut, welche Folgen der Streich haben würde. Doch der König hatte ihn in einem schlechten Moment erwischt, und schließlich wollte er auch beweisen, dass der neue Jarl von Tautra ein guter Gefolgsmann war.

„Dann wird Asbjörn auch den König gegen sich haben, denn dieser sicherte mir seine Waffenhilfe zu", versuchte Einar die Bedenken der Männer zu zerstreuen.

„Glaubst du das wirklich, Jarl?", lachte Gunnar auf. „Du hast doch seine Worte gehört. Er will keinen Krieg mit Asbjörn! Nein, er wird sich heraushalten, um nicht die anderen Jarls gegen sich aufzubringen."

Verärgert erkannte der junge Jarl, das er dem König auf den Leim gegangen war. „Nun, was schlagt ihr vor?"

„Segeln wir heim, bemannen wir die anderen Schiffe, und holen uns das Weib mit Gewalt", sprach Gunnar. „So ersparen wir uns lästiges Gerede, und es kommt schließlich auf das Gleiche heraus. Denn zum Krieg mit Asbjörn wird es sowieso kommen!"

„So hätten wir wenigstens die Überraschung auf unserer Seite", stimmte Ubbe dem Stevenhauptmann zu.

„Nein!", rief Einar und schüttelte seinen Kopf. „Nimm Kurs auf Levanger, Ubbe! Wir werden einen anderen Weg finden."

So segelte der Wellenwolf die Ostküste des großen Fjordes entlang nach Norden, und bei der Halbinsel Fylke sahen sie zu ihrer Linken die Insel Tautra. Jetzt wäre es noch möglich gewesen, sich mit den anderen beiden Schiffen zu verstärken. Doch Einar blieb bei seiner Entscheidung, ohne sein Heer die Aufgabe zu bewältigen.

„Dort!" Ubbe zeigte voraus auf eine Halbinsel, die in den Fjord ragte. „Auf der anderen Seite liegt Levanger."

„Nun, Jarl, hast du einen Plan?", fragte Kjelt, und Einar sah ihn an und zog seine Schultern empor. „Noch nicht, mein Freund. Vielleicht werden uns die Götter den Weg weisen!"

„Bei solch einem unehrenhaften Streich? Das glaube ich nicht." Kjelt gefiel immer noch nicht, was der König von ihnen verlangte. „Jarl Asbjörn ist kein Feind! Er ist einer von unserem Volk, und du glaubst Odin wird gefallen, was wir ihm antun wollen?" Er wandte sich ab und ging zum Vordersteven.

Noch bevor der Wellenwolf um die Spitze der Halbinsel fuhr, trat Einar zu Gunnar, der neben Ubbe auf dem Heckstand an der Reling lehnte, und befahl diesem, die

Schnigge auf den Strand zu steuern. „Du hast den Jarl gehört", sprach dieser zu Ubbe, und der Steuermann nickte zustimmend. „Holt das Segel ein! Die Rahe runter, Männer!", rief Gunnar laut, und die Männer ergriffen die Taue, um den Befehl auszuführen.

Knarzend bohrte sich der Kiel in den Sand. „Männer, wir bleiben hier", rief der Jarl und sprang über die Reling.

Es dauerte nicht lange, und die Männer saßen um ein Feuer.

„Sage, Jarl Einar, wie geht es nun weiter?", fragte Breka, der neben dem Mann saß, der ihn aus der Sklaverei befreit hatte. „Ja, Jarl, sage uns, wie es weitergeht", mischte sich Kjelt ein.

„Ich weiß, dass einige unter euch wenig erfreut sind über dieses Unternehmen", begann Einar. „Darum werde ich nur Männer mit nach Levanger nehmen, die dazu bereit sind." Er sah sich um. „Olaf?" Der Angesprochene nickte.

„Hyrning?" Auch dieser nickte zustimmend. „Breka?"

„Ja, mein Jarl, ich gehe mit dir!"

„Stendar?"

„Ich kenne Asbjörn und will mit ihm keinen Streit", entgegnete dieser. „Also bleibe ich hier!"

Da wählte Einar noch drei weitere Männer der Mannschaft aus und übergab Gunnar das Kommando, dann machten sie sich auf den Weg nach Levanger.

Olaf kannte den Weg zu dem Handelsplatz, und bald erblickten sie die Dächer der Stadt. Da sie den Landweg gewählt hatten, sahen sie bald schon ein großes Langhaus. Den Marktplatz und den Hafen erkannten sie aus dem Inneren der Stadt nicht, und so entging ihnen das rege Treiben der Händler, die aus dem schwedischen Jämtland über die Berge gekommen waren, der Pelzhändler aus der Finnmark oder den Schiffen der Kaufleute aus dem Süden.

„Was werden wir nun tun?", fragte Breka. „Wir schauen uns um", grinste Einar. „Und hoffen, dass wir einen Weg finden, den Auftrag des Königs zu erfüllen."
Sie näherten sich dem Langhaus, vor dem einige Krieger gelangweilt herumstanden. „Wo ist das Haus des Jarls?", wandte sich Einar an Olaf. Dieser sah den Jarl fragend an.
 „Das ist Asbjörns Haus! Die Schildhalle ist dort oben auf dem Hügel." Einar war nicht wenig beeindruckt über das, was er sah.
Die Männer suchten sich einen Platz im Schatten eines Baumes, von dem aus sie nicht gleich von den Wächtern des Jarls gesehen wurden, und warteten ab. Die Zeit verstrich und nichts geschah. Außerdem wusste Einar immer noch nicht, was zu tun war.
Und bevor es dunkel wurde, schien es, als hätte Odin mit den Männern ein Einsehen. Ein junges Weib trat aus dem Haus, und ihre Kleider verrieten, dass sie keine Magd oder Sklavin war. „Sieh da", machte Olaf den Jarl aufmerksam. „Das könnte sie sein!"
Sie war ein hübsches Kind, soweit Einar dies aus der Ferne beurteilen konnte. Sie war etwa gleichen Alters wie Breka, und plötzlich durchfuhr es den jungen Jarl wie ein Blitz aus Thors Hammer. Er sprang auf und riss den Gauten vom Boden hoch. „Los, Breka, lauf zu ihr und mach ihr schöne Augen!"
 „Aber ... aber das kann ich doch nicht ...!"
 „Doch, du kannst das! Streng dich an", fuhr Einar dem Gauten über den Mund, und Breka lief achselzuckend los.
 „Ich glaube, ich errate, was du im Schilde führst", grinste Hyrning.
Ohne lange darüber nachzudenken, stürmte Breka auf das Mädchen zu, und als er vor ihr stehen blieb, wusste er nicht, was er sagen sollte. Erstaunt sah sie ihn an.

„Ich … ich bin Breka", stotterte er und kam sich ziemlich albern vor. „Was willst du, Kerl?", fragte sie streng, und der Gaute suchte nach Worten.

„Verzeih, aber als ich dich sah, glaubte ich die leibhaftige Freya zu sehen!"

„Was redest du für einen Unfug daher?", erwiderte das junge Weib mit errötetem Gesicht und sah dem jungen Burschen in seine eisblauen Augen. Breka war kein hässlicher Kerl, und dies war auch der schönen Jarlstochter aufgefallen. „Ich bin Astrid", sprach sie nun lächelnd. „Du kannst mich begleiten, wenn du möchtest." Da grinste Breka, und Astrid glaubte, er täte dies aus Freude über ihr Angebot.
Interessiert folgten fünf Augenpaare den beiden jungen Leuten. Hyrning klopfte dem Jarl auf die Schulter und sprach erfreut: „Der Fisch ist an der Angel!"

„Es scheint so", grinste Olaf. „Hoffentlich weiß der Bursche, was zu tun ist."

„Er weiß es! Und wenn nicht, hoffen wir auf Freyas Hilfe", lachte Jarl Einar.

Es hatte eine Weile gedauert, bis Breka und die junge Astrid wieder vor dem Langhaus erschienen, und die Männer waren mit dem Gauten zufrieden, denn Astrid küsste ihn zum Abschied auf die Wange. Dies deutete Einar als gutes Zeichen für sein Vorhaben.

„Nun, bist du zufrieden, Jarl?", fragte Breka grinsend, und Einar legte dem Gauten den Arm um die Schulter. „Du wirst noch ein echter Weiberheld, mein Freund!"

„Los, erzähle", forderte Hyrning, und Breka sprach: „Diese Astrid ist ein hübsches Kind. Morgen werde ich sie wieder treffen."

Sofort machten die sechs Männer sich auf den Weg zu ihrem Lager, und Einar ging neben Breka, so konnte er mit ihm das weitere Vorgehen besprechen.
An den folgenden Tagen schickte Einar den Burschen nach Levanger, um die Astrid zu treffen und um dieser schöne Augen zu machen. Dazu wurden keine anderen Männer gebraucht, und so blieben alle im Lager am Ufer des Fjordes. „Wann willst du das Mädchen entführen, Jarl?", fragte Hyrning, denn ihm wurde bei der Warterei langweilig. „Seit Tagen sitzen wir hier tatenlos herum, während sich der Gaute vergnügt. Also, wann schnappen wir sie uns?"

„Gar nicht!", war die knappe Antwort des Jarls. Erstaunt sahen die Männer ihren Anführer an.

„Was soll das heißen?", bohrte Hyrning nach, denn die Antwort genügte ihm nicht.

„Es wird nicht vonnöten sein! Ich denke, ich habe einen Weg gefunden, wie wir den Zorn des Asbjörn mildern können", erklärte Einar seinen Plan. „Breka wird Astrid beschäftigen, er wird mit ihr für einen Tag und eine Nacht verschwinden, während wir dem Jarl von Levanger einen Besuch abstatten. Gestern hat sie Breka ihre Kette gegeben, die wir als Beweis dem Asbjörn vor die Nase halten werden." Er hielt das Schmuckstück in die Höhe und grinste. „Er wird glauben, wir haben seine Tochter in der Gewalt, und wird uns geben, was wir verlangen", vollendete Olaf die Erklärung seines Jarls.

„Und wenn Astrid heimkehrt, wird er erfahren, dass es gar keine Entführung gab", verstand Hyrning.

Am folgenden Tag traf sich Breka erneut mit der Tochter des Jarls und verschwand mit dieser zu einem nahegelegenen See. „Wo hast du meine Kette?", fragte das junge Weib enttäuscht, als sie sah, das Breka diese nicht um den Hals trug. Erschrocken fasste sich der Gaute an den Hals. „Beim fetten Arsch eines Riesen!", rief er erschrocken und fasste sich an den Hals. „Ich muss sie verloren haben!"

„Ach, gräme dich nicht, Breka, ich werde dir etwas anderes schenken, das dir sicher besser gefällt als diese Kette!" Sie lächelte verschmitzt und ihre blauen Augen leuchteten. Auf dem See gab es eine kleine, unbewohnte Insel, die sie mit einem kleinen Boot erreichten, das Breka einem Fischer abgeschwatzt hatte. Auf der Insel angekommen, gelang es dem Gauten, unbemerkt von dem jungen Weib, das Boot in einem nahen Schilf zu verstecken, denn Breka hatte den Befehl erhalten, nicht vor der Mittagszeit des nächsten Tages nach Levanger zurückzukehren. Doch war der Schreck der Astrid, als Breka ihr erzählte, das Boot sei abgetrieben, merklich geringer, als es dieser erwartet hatte. Und so verbrachte der junge Gaute eine glückliche Nacht mit der schönen Astrid, denn diese war, entgegen Brekas Vermutung, in Liebesdingen gar nicht so unerfahren. Alles geschah so, wie es Einar geplant hatte. Eine Weile hatten die Männer warten müssen, bis man sie vor den Jarl von Levanger führte, doch dieser begrüßte den jungen Jarl von Tautra freundlich. Dies sollte sich aber bald darauf ändern.

„Du elender Halunke", fluchte Asbjörn. „Ihr dreckiges Pack habt meine Tochter entführt? Ist das eure Art, euch hier vorzustellen, ihr Lumpen?" Die Gemahlin des Jarls weinte bittere Tränen um ihr Kind.

„Glaube mir, Jarl Asbjörn, ich will dir nichts Böses", versuchte Einar die Wut des Jarls und die Trauer seiner Gemahlin zu mildern.

„Bist du wirr im Kopf? Du raubst meine Tochter und sagst, du willst mir nichts Böses?", fauchte er den Fremden an, und auch sein Weib bekam ihren Teil ab. „Höre endlich mit der Heulerei auf!"

„Ja, so merkwürdig sich dies anhört, es ist so", lächelte Einar. Plötzlich sah Asbjörn die Männer von Tautra aus schmalen Augenschlitzen an. „Wer sagt mir, dass ihr die Wahrheit sagt?"

„Seit gestern ist deine Tochter Astrid verschwunden", sprach Hyrning, und Einar zog unter seinem Kirtel die Kette hervor. Für einen Moment schwieg Asbjörn, dann aber drohte er: „Ihr werdet meinen Gau nicht lebend verlassen!"

„Das wäre nicht sehr klug von dir, Jarl, oder glaubst du, dass du deine Tochter dann noch einmal wiedersehen wirst?", drohte nun Olaf seinerseits. „Sie wird sterben, wenn wir nicht vor Sonnenuntergang bei unseren Gefährten sind!" Starr blickte der Jarl von Levanger auf den Boden vor seinem Hochstuhl. „Was wollt ihr für das Leben meines Kindes?"

„Ich muss den Befehl ausführen, den mir der König des Trøndelag auferlegte", sprach Einar ruhig. „Zahle die Steuerabgaben, die du König Grjotgard schuldest, und du wirst deine Tochter noch heute wiedersehen."

„Grjotgard!", entfuhr es leise dem Mund Asbjörns. „Er steckt also hinter all dem hier. Ich hätte es mir denken können."

„Glaube mir, Asbjörn, so verhindern wir einen Krieg, der viele Krieger nach Walhalla führen würde!"

„Soll ich dir etwa dankbar sein, Jarl von Tautra?", lachte Asbjörn bitter auf. „Nein, das bin ich dir sicher nicht, und ich rate dir, lasse dich nie mehr in meinem Gau blicken!" Er rief einen Knecht herbei und gab seine Befehle, sodass bald darauf einige Männer zwei Kisten in die Halle schleppten. Hyrning trat vor, öffnete die beiden Kisten und griff hinein. Silberstücke, Bernsteine und vereinzelt auch Edelsteine rannen durch seine Finger. Zufrieden nickte Jarl

Einar. „Ich denke, der König ist dir nun nicht mehr gram, Jarl Asbjörn."

„Gib mir mein Kind zurück" bat die Jarlsgattin mit Tränen in den Augen und Einar lächelte. „Sie wird bald wieder bei dir sein!"

Einars Krieger schleppten die zwei Kisten mit der Beute den langen Weg vom Hafen bis hinauf zur Königshalle von Lade, und so mancher von ihnen fand, dass die Kisten in Sørhamna besser aufgehoben wären. Sie hatten Blut geleckt und den Geschmack an Raubfahrten zurückgefunden. Unter Jarl Oyvind waren die Krieger kaum auf das Nordmeer hinausgesegelt, um Beute zu machen. Anders als die Männer, die einst zu Jarl Ingvert gehörten.

„Das ist ein schönes Sümmchen, das wir dem König da überlassen", sprach Kjelt, und Einar überhörte den Vorwurf in seiner Stimme nicht. Er legte dem Krieger seine Hand auf die Schulter. „Weil es dem König gehört und wir diesen nicht zum Feind wollen, mein Freund." Der Jarl begann zu grinsen. „Aber sicher wird unsere Zeit noch kommen, und wir werden die Beute heimbringen!" Dann trat Einar neben Breka, den sie einige Zeit später, wieder an Bord genommen hatten. „Du hast deine Sache gut gemacht, mein Freund!" Breka grinste über sein junges Gesicht. „Ich gab mein Bestes." Da zog Einar die Kette der Astrid unter seinem Kirtel hervor und gab sie dem Gauten.

Lange mussten sie nicht warten, als sie vor der Halle ankamen, bis der König sie vor den Hochstuhl rief. Grjotgard Herlaugsson saß auf dem mit feinen Schnitzereien verzierten Thron, und neben ihm sein Weib Andur. Zu seinen Füßen spielten seine beiden Kinder mit geschnitzten Figuren auf einem großen Fell.

„Jarl Einar", rief der König, als die Männer in die Halle geführt wurden. „Ihr seid ja schnell zurückgekehrt!" Dann aber sah er, dass die Krieger ohne die Tochter des Asbjörn kamen, und seine Laune schlug um. „Wo ist die Geisel, die ihr mir holen solltet?", fragte er streng.

„Es gibt keine Geisel, mein König", antwortete Einar und trat vor die Stufen des Podestes, auf dem die Königsfamilie saß.

„Ich dachte mir, es wäre doch reine Zeitverschwendung, wenn ich das junge Weib nach Lade schleppe. So stellte ich Asbjörn gleich in Levanger vor die Wahl, und er zog es vor, seine Schulden zu begleichen." Einar gab seinen Männern ein Zeichen, und diese stellten die beiden Kisten auf den Stufen vor dem König ab.

„Die Königsabgaben der letzten drei Sommer! Jarl Asbjörn ist dir also nichts mehr schuldig!" Stolz öffnete Einar die Kisten mit den Silberstücken, Edelsteinen und den honigfarbenen Bernsteinen. Grinsend blickte Grjotgard sein Weib an. „Sieh nur, Andur, er hat es geschafft!"
Dann wandte sich der König dem Krieger von Tautra zu.

„Du hast bewiesen, dass du ein zuverlässiger Gefolgsmann bist, Jarl Einar!" Zufrieden sah der König den Jarl der kleinen Insel an. „Du brachtest mir zwar nicht die Tochter des Asbjörn, doch hast du es geschafft, dem alten Geizhals die schuldig gebliebenen Steuern abzujagen. Du sollst für deine Mühen gut entlohnt werden!"

„Ich danke dir, mein König!" Einar war zufrieden mit sich und seinen Männern, als Grjotgard ihm einen ledernen Beutel überreichte, dessen Klimpern ihm den Inhalt verriet.

„Ich könnte einen reichen Mann aus dir machen, mein junger Freund. Und darum bitte ich dich um einen weiteren Gefallen!"

„Mein König, ich schlage dir nur ungern eine Bitte ab, aber sicher gibt es einen Mann unter deinen Jarls, der für deine

Aufgaben besser geeignet ist als ich", erwiderte Einar wenig erfreut. Da sah der König seinen Gefolgsmann streng an, und Einar erkannte, dass der König nach Worten suchte.

„Natürlich habe ich gute Jarls, die mit Freude für mich Befehle ausführen, und dies nicht nur wegen der guten Entlohnung", sprach er nach einem Moment der Stille.

„Doch ich möchte, dass du dich beweisen kannst. Vor mir und den Göttern. Also höre! Im Osten liegt das Land der Gauten, und dort besitze ich eine Silbermine."

Erstaunt sahen die Krieger von Tautra den König an. „Das Gautenland ist weit", entfuhr es Gunnar, und der König nickte. „So ist es, Gunnar", antwortete er. „In dem Gau herrscht ein Kleinkönig namens Hrotger, und dieser verkaufte mir die Mine. Das war vor zwei Wintern! In jedem Frühjahr und im Frühherbst schicke ich ein Schiff dorthin, um das geschürfte Silber nach Lade zu holen. Doch als mein Schiff vor einem Mond zurückkehrte, erfuhr ich, dass Hrotger die Mine dem neuen Dänenkönig Horik zum Geschenk machte."

Ohne den Worten des Königs Beachtung zu schenken, fragte Gunnar: „Warum verkauft dir ein Gaute eine Silbermine auf seinem Land?"

„Was sagst du?"

„Warum verkaufte er dir die Mine auf seinem Land?", wiederholte Gunnar seine Frage, denn der König hatte ihm keine Beachtung geschenkt.

„Das will ich dir sagen, Gunnar, obwohl ich dies eigentlich nicht müsste", erwiderte der König spitz und schien über die Frage ein wenig erbost zu sein. „Aus Dankbarkeit verkaufte er mir die Mine. Denn meine Krieger retteten sein Leben! Es war auf einer Handelsfahrt nach Haithabu, als estländische Seeräuber das Schiff des Hrotger angriffen und meine Krieger ihn schützten. So lud er mich bald darauf in seine Halle und unterbreitete mir sein Angebot! Ist deine Neugier nun gestillt, Gunnar?"

„Ja, mein König, das ist sie", gab dieser kleinlaut zu. Der König nickte zufrieden und sprach dann wieder zu Einar: „Ich will in keinem Fall auf die Mine verzichten. Zwar habe ich den Kaufpreis längst durch das geschürfte Silber zurückerhalten, doch bin ich nicht bereit, diesem Horik mein Eigentum zu überlassen, denn der Reichtum macht ihn stark!"

„Was springt für uns dabei heraus?", fragte nun Olaf unverhohlen und grinste den König frech an. „Wir sind Krieger und nicht deine Knechte!"

„Ich will dem Hrotger die Möglichkeit bieten, seinen Fehler wieder gut zu machen", antwortete Grjotgard, „und sollte er dies nicht wollen, werde ich mit einer Flotte nach Götaland segeln, um zurückzuholen, was mir gehört!" Der König erhob sich und trat die Stufen hinab, vor Olaf, dem er gerade einmal bis zur Brust reichte. „Mein großer Freund", sprach Grjotgard spitz und sah an Olaf hinauf. „Ich verspreche dir, dass du nicht leer ausgehen wirst." Dann wandte er sich an Einar. „Diesmal wird es sicher nicht so einfach. Du solltest besser mehr Krieger aufbieten, damit Hrotger sieht, dass ich nicht spaße."
Doch der König sah, dass der Jarl immer noch zögerte.

„Der Gaute schuldet mir die Ausbeute des Winters und des Frühjahrs. Ich bin bereit, mit dir das Silber zu teilen, sollte ich die Mine zurückbekommen."

„Zu gleichen Teilen?", fragte Gunnar dreist.

„Ja, zu gleichen Teilen!"
Nun sah Gunnar seinen Jarl an und grinste. „Lass es uns wagen!" Schwer atmete Einar ein und gab dann sein Einverständnis.

*

Jarl Asbjörn hatte getobt, als die Männer aus Tautra sein Langhaus mit den beiden Kisten verlassen hatten, und er war in Versuchung ihnen seine Krieger hinterherzuschicken. Doch auf Drängen seines Weibes besann er sich und hoffte darauf, dass Jarl Einar Wort hielt. Und es kam, wie es der Jarl von Tautra versprochen hatte.

Die Sonne stand im Zenit, als Astrid mit einem zufriedenen Gesicht, fröhlich pfeifend und völlig unversehrt das Langhaus betrat. Sofort wurde das Mädchen von ihrer Mutter überschwänglich in die Arme geschlossen, und auch ihre Geschwister umringten sie. „Den Göttern sei gedankt, dir ist nichts geschehen! Hat man dich gut behandelt?", rief die Mutter freudig aus.

„Was soll mir geschehen sein?" Verwundert sah Astrid die Anwesenden an und erzählte dann, warum sie die Nacht nicht zu Hause verbracht hatte. Den Breka verschwieg sie allerdings und ersetzte ihn durch eine Freundin.

Langsam begriff Asbjörn, dass seine Tochter zu keiner Zeit in Gefahr war, und er wohl auf einen dreisten Streich hineingefallen war. Seine Wut war groß darüber, doch schnell besann er sich und war froh, dass seiner jüngsten Tochter kein Leid angetan worden war. Hätte er allerdings erfahren, mit wem und was Astrid in der vergangenen Nacht getrieben hatte, wäre dies wohl anders gewesen.

*

FORTSETZUNG FOLGT

ᛗᛟᛖᚷᛖ ᛟᛞᛁᛏᛋ ᚠᚢᚷᛖ

ᚢᛖᛒᛖᚱ ᛞᛁᚲᚺ ᚹᚨᚲᚺᛖᚾ

ᛏᛁᚱᛋ ᛋᚲᚺᛁᛚᛗ ᛞᛁᚲᚺ

ᛋᚲᚺᚢᛏᛉᛖᚾ

ᚦᛟᚱᛋ ᚺᚨᛗᛗᛖᚱ ᚾᚢᚾ

ᛗᛁᛚ ᛞᛟᚾ ᛞᛁᚱ ᚺᚨᛚᛏᛖᚾ

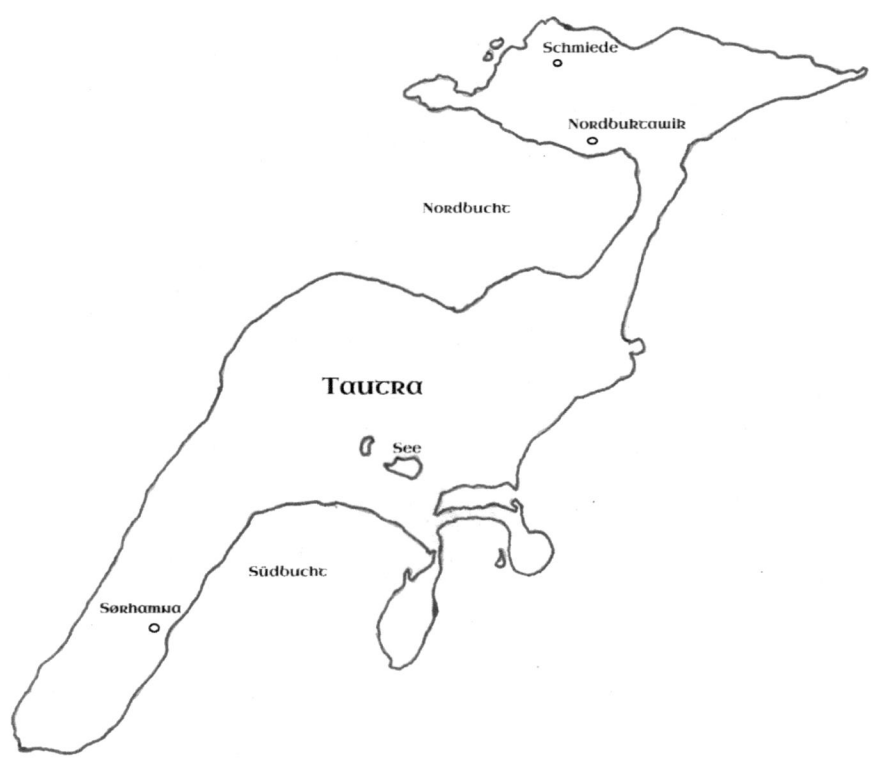